L'apprentie

TARA SUE ME

L'apprentie

Volume 3 de la trilogie « La soumise »

Traduit de l'anglais par Sylvie Cohen

Red Velvet

Publié pour la première fois aux États-Unis sous le titre
The Training 2013 par New American Library,
un département de Penguin Group (USA) Inc.

À Cindy, Danielle et Kathy,
sans qui ce livre n'aurait pas vu le jour.
Je ne vous remercierai jamais assez.

1

Abby

Le trajet jusque chez Nathaniel n'en finissait pas. Ce n'était peut-être qu'une impression. Ou de la nervosité. Non, à la réflexion, c'était de l'impatience.

Après d'interminables semaines de discussions, d'expectatives et de prévisions, nous touchions enfin au but.

J'étais de retour au bercail.

Je portai la main à mon collier – le collier de Nathaniel. Je redessinai du doigt les contours familiers, effleurant les aspérités des diamants en remuant la nuque de droite à gauche pour me réaccoutumer à son contact sur ma peau.

Impossible de décrire les sensations et les émotions que ce bijou provoquait en moi. Disons que c'était un peu à la façon d'un puzzle. La dernière pièce était enfin en place. Même si, ces derniers temps, Nathaniel et moi vivions comme des amants, nous nous sentions incomplets. Me rendre son collier – symbole d'appartenance – venait en quelque sorte combler ce manque. Je ne savais pas l'expliquer, mais je sentais que j'étais de nouveau sienne.

Ma voiture de location s'engagea dans l'allée conduisant à la maison. Les fenêtres étaient éclairées. Il avait réglé la minuterie, anticipant mon arrivée dans l'obscurité. Détail anodin, mais révélateur. Par ce geste, comme par beaucoup d'autres, il voulait me faire comprendre que je ne quittais jamais ses pensées.

Je fis tinter mes clés en me dirigeant vers le porche. Les clés de sa maison. Il m'en avait confié un jeu la semaine passée. Nous n'habitions pas ensemble, mais comme je passais beaucoup de temps chez lui, il était normal que je puisse entrer et sortir à ma guise.

Apollon, son golden retriever, se jeta sur moi dès que j'ouvris la porte. Je lui grattai la tête et le laissai sortir quelques minutes. Pas trop longtemps car, ignorant à quel moment Nathaniel était censé arriver, je voulais avoir le temps de me préparer. Ce week-end devait être absolument parfait.

— Pas bouger, dis-je au chien en remplissant son bol d'eau dans la cuisine.

L'animal obéissait toujours à son maître. Par chance, il m'écouta moi aussi. En temps normal, il m'aurait suivie à l'étage, mais ce soir, je jugeais sa présence inopportune.

Je sortis en vitesse de la cuisine et montai l'escalier menant à mon ancienne chambre, qui allait redevenir mienne le temps du week-end.

Je me déshabillai, empilant soigneusement mes vêtements au bord du lit jumeau. Nathaniel et moi nous étions entendus là-dessus. Je partagerais son lit du dimanche au jeudi, lorsque je dormirais chez lui, et du vendredi au samedi, j'occuperais la chambre qu'il réservait à ses soumises.

À présent que nous avions normalisé nos relations pendant la semaine, nous voulions nous assurer d'être dans de bonnes dispositions durant le week-end. Ce serait plus facile si nous dormions séparément. Surtout pour lui qui passait rarement la nuit avec ses soumises. Entretenir une relation amoureuse avec l'une d'entre elles représentait un défi inédit.

J'entrai dans la salle de jeux, nue. La semaine précédente, j'avais fait le tour du propriétaire. Il m'avait montré un assortiment d'accessoires dont je n'avais pas idée de l'usage et fourni toutes sortes d'explications.

C'était une pièce sobre avec un plancher en bois brut et des murs de couleur sombre, meublée de superbes armoires en merisier et d'une longue table magnifiquement sculptée. Les fers, les menottes, la banquette capitonnée de cuir, la table et le banc de flagellation en révélaient la finalité réelle.

Un coussin m'attendait sous les chaînes. Je m'y agenouillai dans la posture que je devais adopter dans la salle de jeux : les fesses sur les talons, le dos droit, les deux mains à plat sur les cuisses, les doigts écartés, la tête baissée.

Le temps s'étirait interminablement.

Je l'entendis enfin entrer par la porte de devant.

— Apollon ! cria-t-il.

Il appelait son chien pour le faire sortir et m'informer en même temps de son arrivée. Histoire de me donner le temps de me préparer. Sans doute guettait-il le bruit de mes pas à l'étage indiquant que j'avais encore besoin de quelques minutes. J'étais très fière à l'idée qu'il n'entendrait rien.

Je fermai les yeux. Il n'allait plus tarder à présent. J'imaginai ce qu'il était en train de faire : promener Apollon, le nourrir peut-être ? Allait-il se déshabiller en bas ? Dans sa chambre ? Ou entrerait-il dans la salle de jeux en costume-cravate ?

Aucune importance. Quoi qu'il fasse, ce serait parfait.

Je tendis l'oreille – il montait l'escalier. Sans le chien.

L'atmosphère de la pièce changea imperceptiblement à son entrée. L'air se chargea d'électricité, à croire que l'espace entre nous s'était mis à crépiter. Je lui appartenais. Oui, j'en étais sûre à présent. Et, plus important encore peut-être, il était à moi de la même façon.

Mon cœur se mit à battre follement.

Il s'immobilisa devant moi. Il était pieds nus et avait troqué son costume contre un jean noir.

Je gardai les paupières mi-closes, tâchant de vider mon esprit et de ne plus bouger sous son regard inquisiteur.

Il se dirigea vers la table et j'entendis l'un des tiroirs s'ouvrir puis se refermer. Je m'efforçai de me rappeler ce qu'ils contenaient avant de me raviser en m'exhortant au calme.

Il s'approcha. Je sentis un objet en cuir me frôler l'échine.

La cravache.

— Parfait, dit-il en remontant l'objet le long de ma colonne. C'est exactement la position que je veux quand vous vous tiendrez dans cette pièce.

Quel soulagement ! Je voulais tellement lui plaire. Calmer ses inquiétudes. Lui prouver que j'étais prête. Que nous l'étions tous les deux.

Pour l'heure, il faisait montre d'un calme imperturbable. Rien dans sa voix ni son attitude ne trahissait l'ombre d'un doute ou d'une inquiétude. Il démontrait une belle assurance et une grande maîtrise de soi.

La cravache dansa sur mon ventre avant de revenir plus haut. Il me provoquait.

Et j'adorais cela.

Je gardai la tête baissée, même si je crevais d'envie de croiser son regard. Le plus beau cadeau que je pouvais lui offrir était l'obéissance et la confiance absolues. Je restai donc immobile, les yeux obstinément fixés sur le sol.

— Debout !

J'obéis sans me presser. Je me trouvais juste sous les chaînes. En temps normal, elles étaient suspendues au plafond, mais ce soir-là, elles étaient baissées.

— Du vendredi au dimanche après-midi, votre corps m'appartient, dit-il. La table de la cuisine et la bibliothèque restent votre domaine. Là seulement vous pourrez vous exprimer librement. Avec respect, bien entendu.

Ses deux mains frôlèrent mes épaules, descendirent le long de mes bras, puis poussèrent leurs investigations dans la vallée entre mes seins avant de s'aventurer plus bas.

Il malaxa ma chair moite, douloureusement sensible.

— Je veux que vous soyez épilée en permanence. Je vous punirai si je m'aperçois que vous avez oublié ou négligé ce point.

Là encore, nous nous étions mis d'accord.

— En outre, il relève de votre responsabilité que votre esthéticienne travaille correctement. Je n'admettrai aucune excuse. Compris?

Je ne dis rien.

— Répondez.

— Oui, Maître.

Il glissa un doigt dans ma fente, soufflant son haleine chaude contre mon oreille. Son doigt appuya sur mon clitoris.

— J'aime sentir votre peau nue, douce et lisse. Je ne veux pas que votre sexe devienne un parcours d'obstacles sous mes doigts.

Il se plaça dans mon dos et saisit mes fesses à deux mains.

— Avez-vous utilisé le plug, cette semaine?

Je ne dis mot.

— Vous pouvez répondre.

— Oui, Maître.

Sa main repartit devant et je me mordis les lèvres pour ne pas gémir.

— Je ne vous poserai plus la question, précisa-t-il. Il vous incombe de vous préparer à me recevoir de toutes les manières qu'il me plaira. Si je décide de baiser votre oreille, je veux qu'elle soit prête, dit-il en effleurant mon lobe du doigt avant d'y glisser sa langue.

Je ne bronchai pas.

— Compris ? Répondez.

— Oui, Maître.

Il releva mes bras au-dessus de la tête et m'attacha les poignets aux chaînes.

— Vous vous rappelez notre premier week-end ?

Je restai silencieuse.

— Écoutez-moi bien, Abigaïl. Qu'il n'y ait pas de malentendu entre nous. Pour le reste de la soirée, ou jusqu'à ce que je vous y autorise, je ne veux pas un mot, pas le moindre son. À deux exceptions près. Primo, le code secret. Vous pourrez l'utiliser si vous en éprouvez le besoin. Sans que cela entraîne d'ailleurs de conséquence. Secundo, quand je vous demanderai si tout va bien, j'exige une réponse immédiate et sincère.

Sans attendre ma réaction, vu qu'il n'y en aurait pas, il fit planer ses mains sur ma chatte, là où j'en mourais d'envie. Je serrai les lèvres pour ne pas gémir quand il insinua un doigt à l'intérieur.

Je savourais la sensation.

Il fit pivoter son poignet et s'enfonça plus loin.

— Voyons si vous êtes prête. Mmm... trempée, hein ? En temps normal, je vous aurais goûtée moi-même, mais ce soir, je suis d'humeur partageuse.

J'éprouvai un vide dès qu'il retira son doigt. Je n'eus pas le temps de le regretter que déjà il le posait sur mes lèvres.

— Ouvrez la bouche, Abigaïl, et sentez la force de votre désir pour moi.

Il redessina le contour de ma bouche avant de s'y enfoncer.

J'y avais déjà goûté auparavant, par curiosité, mais jamais de cette façon, ni non plus à l'initiative de Nathaniel.

Je me sentais délicieusement dévergondée et très excitée.

— Vous voyez comme vous êtes douce et sucrée, dit-il pendant que je léchais le bout de son doigt.

Je le suçai à petits coups de langue comme si c'était son gland. Puis je le tétai avec ardeur, imaginant son sexe brûlant dans ma bouche.

Vous ne jouirez que lorsque je vous en donnerai l'autorisation, pas avant. Et j'ai bien l'intention de vous torturer.

Les mots qu'il avait prononcés dans son bureau me revinrent en mémoire et je ravalai de justesse un soupir de frustration. La nuit promettait d'être longue…

— J'ai changé d'avis, dit-il lorsque j'eus fini de lui astiquer l'index. Tout bien réfléchi, j'ai très envie d'y goûter moi aussi.

Il écrasa sa bouche sur la mienne pour me forcer à l'entrouvrir. Ses lèvres étaient brutales, dures, exigeantes.

J'allais avoir une attaque s'il continuait ainsi.

Il recula et me souleva le menton.

— Regardez-moi.

Ses yeux croisèrent les miens pour la première fois depuis son arrivée – ils avaient l'éclat et la pureté d'une émeraude de la plus belle eau. Il s'humecta les lèvres et me sourit.

— Vous êtes si douce, prête à me recevoir.

J'aurais tant voulu me jeter sur son corps parfait. Mais je n'en avais pas le droit. Je soutins son regard sans détourner la tête.

Il se dirigea vers la table. Il fourra quelque chose dans sa poche, et je baissai vivement le nez lorsqu'il se retourna. Il fit quelques pas vers moi et soudain, je me retrouvai dans le noir.

— Entièrement à ma merci, dit-il d'une voix aussi soyeuse que le foulard qui me couvrait les yeux.

Il se mit à me masser les seins, encerclant la pointe qu'il roula et tordit délicatement.

— J'avais prévu de me servir des pinces aujourd'hui, dit-il en taquinant de plus belle le petit bourgeon qui se dressait entre ses doigts. Finalement, j'ai choisi autre chose.

Nous avions effectivement parlé des pinces à tétons dont je n'avais encore aucune expérience. Je sentis comme une bulle éclater dans mon ventre. Nathaniel m'avait affirmé que la brève douleur se muerait en plaisir intense et que j'adorerais ça.

Un métal froid me mordit les seins. On aurait dit une roulette à pizza hérissée de piquants. Il la promena lentement autour d'un sein puis de l'autre. La sensation était incroyable. Il contournait habilement mes tétons, s'en rapprochant avant de s'éloigner. Il en ajouta une autre, chacune parcourant un trajet parallèle. Provocantes, taquines, évitant soigneusement l'endroit où je les désirais si fort. Elles s'approchaient à le toucher puis se retiraient *in extremis*. Il répéta ce manège encore et encore. Il me rendait folle.

Il me toucha enfin. Les roues passèrent sur mes tétons au moment où j'allais exploser de frustration. C'était si extraordinaire que je m'oubliai et geignis de plaisir.

— Ahh…

Il stoppa immédiatement et m'arracha le foulard.

— Bon sang, Abigaïl, c'est la deuxième fois en moins de deux heures. Maintenant et à mon bureau.

Il me tira les cheveux en arrière pour m'obliger à lever les yeux.

— Je vais finir par croire que c'est exprès.

J'étais au bord des larmes. Je voulais tellement bien faire. Au lieu de quoi, j'avais déjà échoué à deux reprises. Pire encore, je l'avais déçu.

J'aurais aimé m'excuser, lui dire que j'étais désolée et serais plus attentive à l'avenir. Mais il m'avait ordonné de me taire, et je ne pouvais donc émettre le moindre son.

— Réfléchissons, reprit-il sans me quitter des yeux. Quelle punition s'applique à la désobéissance pendant une mise en scène ?

Il le savait aussi bien que moi. Probablement mieux. Il faisait traîner les choses en longueur pour me flanquer la frousse.

Il feignit de se rappeler.

— Ah, j'y suis. Le châtiment relève du bon plaisir du dominant.

Le bon plaisir du dominant.

Merde.

Qu'allait-il encore chercher ?

Il fit courir ses doigts sur mes fesses.

— Voyons voir, vingt coups, peut-être ? Sauf que cela signifierait la fin de nos petits jeux pour ce soir. Non, ce serait une mauvaise idée.

Pas vingt, non, tout mais pas ça !

Je baissai les yeux, résistant à la tentation de loucher vers le banc de flagellation.

— Je vous en ai donné trois à mon bureau, mais visiblement, cela n'a servi à rien, reprit-il d'un air songeur.

Mon cœur s'emballa si fort qu'il devait le voir palpiter dans ma poitrine.

— Huit, conclut-il. La punition de tout à l'heure plus cinq.

Il se pencha vers moi.

— La prochaine fois, j'en rajouterai cinq pour faire treize. Ensuite, nous irons jusqu'à dix-huit. Et vous n'apprécierez pas, croyez-moi, ajouta-t-il en me tirant brutalement les cheveux.

Bien sûr que non. Quelle question! Déjà que huit me terrifiaient.

Il me détacha les poignets, délaissant le pot de pommade posé sur la table. Apparemment, un petit massage apaisant n'était pas d'actualité.

— À plat ventre sur le banc, Abigaïl! ordonna-t-il.

Oh non.

Non, non, non, non.

J'y arriverais, me répétai-je en gagnant la banquette à pas lents. Nous y arriverions tous les deux. Tout se passerait bien, pas comme la dernière fois. Il m'avait expliqué qu'il avait négligé les soins *a posteriori*. Huit coups, ce n'était pas la mer à boire. Je survivrais.

Et je m'efforcerais de ne pas recommencer à l'avenir.

Je n'étais pas tant taraudée par le souvenir de la souffrance que par l'amertume, une grande déception. J'étais consternée d'avoir désobéi et, plus encore, je me sentais coupable de l'avoir forcé à me punir dès notre premier week-end. La toute première heure, en plus.

Je m'arc-boutai au banc, désireuse d'en finir pour pouvoir reprendre nos ébats au plus vite.

Il ne fit pas durer le plaisir. À peine m'étais-je installée qu'il m'administrait immédiatement une bonne claque.

Échauffement.

Il me cinglait durement. Ses coups n'avaient rien à voir avec les fessées érotiques.

— Je suis très contrarié de vous punir si tôt, dit-il.

Et moi donc!

Il ramassa je ne sais quoi au pied du banc.

— Je vous avais demandé de compter dans mon bureau. Mais comme je vous ai défendu de parler, c'est moi qui vais m'y coller.

La lanière de cuir me cingla les fesses.

— Un, clama-t-il d'une voix forte.

Il revint à la charge.

— Deux.

Aïe!

À «cinq», des larmes ruisselèrent sur mes joues et je me mordis les lèvres jusqu'au sang pour ne pas crier.

— Encore trois, dit-il en me caressant avant de frapper.

— Six, poursuivit-il.

Je m'aperçus qu'il y mettait moins d'ardeur.

Plus que deux et nous pourrions passer à autre chose.

— Sept.

— Huit.

Enfin!

Je l'entendis respirer bruyamment et je clignai des paupières pour chasser les larmes. Il abaissa le fouet et j'entendis ses pas s'éloigner.

Quelques instants plus tard, il était de retour et entreprit de me frotter avec quelque chose de froid et humide.

— Vous allez bien?

— Oui, Maître.

Il me frictionnait les fesses tout en parlant.

— Nous en avons déjà discuté. Je déteste vous punir, mais je ne peux pas fermer les yeux sur l'indiscipline. Vous le savez bien.

Exact. Il m'avait prévenue.

Il se plaça de l'autre côté du banc et s'inclina vers moi, le visage tout près du mien. Il planta un baiser papillon sur une joue puis sur l'autre. Mon cœur battait frénétiquement tandis que ses lèvres s'approchaient des miennes. Enfin, il prit possession de ma bouche – lentement, doucement, longuement.

Je soupirai.

Il recula, les yeux brillants de malice, et me tendit la main.

— Venez là, ma jolie. Je vais savourer votre minou délicieux.

2

Nathaniel

Elle prit ma main, je la pressai brièvement et la relâchai. Elle descendit du banc et se dirigea vers la table d'un pas ferme.

— Paragraphe deux, dis-je.

J'avais bien sûr envisagé la possibilité d'une punition, ce week-end – le premier où nous avions prévu un jeu de rôle. Nous nous étions aimés avec passion ces dernières semaines et, même si notre relation était très satisfaisante, quelque chose nous manquait. Ce week-end charnière pourrait s'avérer particulièrement difficile.

La punir n'avait jamais été mon truc, pourtant j'étais soulagé. Je savais à présent que j'en étais capable. Sauf que je ne m'étais pas demandé comment elle le vivrait.

Je m'aperçus que j'adoptais très vite l'état d'esprit adéquat. Cela ne m'était plus arrivé depuis des mois, et je fus surpris de constater avec quelle aisance je me glissai dans la peau de mon personnage. Nous étions prêts. Elle avait eu raison, comme d'habitude.

Je reportai mon attention sur elle. Elle était déjà en position : allongée sur le dos, les bras le long du corps, les genoux fléchis, largement écartés. La fidèle restitution du paragraphe deux.

— Vous avez bonne mémoire, j'en suis heureux, appréciai-je.

Elle ne réagit pas, mais je savais qu'elle était sensible à mon compliment.

Mes yeux parcoururent son corps. Je détaillai ses membres déliés, constatai l'abandon complet avec lequel elle se livrait à moi. *La perfection à l'état pur.*

Je plaquai les mains sur sa taille et les promenai sur sa poitrine jusqu'à ses bras que je ramenai au-dessus de sa tête. Je croisai son regard.

— Fermez les yeux.

Je repliai ses avant-bras et lui ligotai les poignets à la table. Puis je laissai courir mes doigts sur son ventre et ses hanches, évitant son postérieur endolori, avant de lui attacher également les chevilles. Sa peau se couvrit aussitôt de chair de poule. Quand ce fut terminé, je reculai d'un pas.

Le spectacle qu'elle m'offrait ainsi écartelée était profondément troublant…

— Vous voyez à quel point vous êtes exposée, vulnérable ?

Ses tétons s'érigèrent instantanément. *Parfait.*

Je lui donnai le temps d'absorber mes paroles, sachant qu'elle devait se sentir sans défense dans cette attitude. Je ne la touchai pas, comme si mes mots seuls devaient suffire à la caresser, à l'exciter.

— Je peux vous faire tout ce que je veux. Et c'est exactement mon intention.

J'attrapai un coussin et le glissai sous son cul. Ses fesses devaient encore lui cuire. En outre, cette position me facilitait l'accès. Je faillis lui rappeler qu'elle avait interdiction de jouir sans mon accord, mais je me ravisai. Il fallait qu'elle apprenne. J'étais sûr qu'elle s'en souviendrait. Si, par extraordinaire, ce n'était pas le cas, cela ferait partie de l'apprentissage. D'un autre côté, treize coups supplémentaires, en plus des huit dont je venais de la gratifier, sonneraient le glas de nos divertissements.

— Vous êtes si belle…

Je commençai par son cou avant de m'aventurer plus bas. Mes mains vagabondèrent sur ses épaules délicates, effleurant des pouces son collier au creux de sa gorge. Je lui prodiguai mille caresses pendant de longues minutes pour l'habituer à son état – offerte, pieds et poings liés, sans défense. Lui donner le temps de s'accoutumer à mes attouchements. Petit à petit, mes mains se firent plus rudes, mais elle ne broncha pas.

Je me positionnai entre ses jambes et entrouvris du doigt ses replis luisants de désir. Elle sursauta, se reprit et demeura immobile et silencieuse.

Je plaquai ma paume sur son sexe, le pouce pressé sur son clitoris, le majeur à moitié enfoncé à l'intérieur.

— Mmm… ça vous excite de me servir de cette manière, petite friponne? dis-je en plongeant plus loin. Être attachée vous tourneboule les sens, hein?

Je la caressai du pouce, dessinant de petits cercles autour du bouton palpitant de son clitoris.

— Est-ce de savoir que vous m'appartenez ou parce que je peux faire de vous ce que bon me semble? murmurai-je en lui fourrant un autre doigt à l'intérieur. Les deux peut-être?

Les deux. Je le savais. J'en étais sûr.

Je retirai mes doigts et inclinai la tête pour embrasser sa chair glabre. Elle tressaillit. J'écartai ses lèvres en douceur et lapai sa fente d'un grand coup de langue. Elle fut prise de frissons, mais réussit à se dominer. Je la léchai encore, savourant sa saveur sucrée, inimitable, attentif aux frémissements de sa peau tandis qu'elle s'efforçait de se retenir. Je la branlai à fond avant de revenir à son clitoris que j'encerclai de la langue en tournoyant tout autour. Au passage suivant, je le croquai du bout des dents.

Je lui caressai l'intérieur des cuisses, léchant, mâchonnant, chatouillant sa peau nue à petites touches légères. Puis je la mordillai plus fort, faisant durer son plaisir pour la propulser en apesanteur, à un cheveu de la délivrance.

Je notai sa respiration désordonnée, ses jambes agitées de tremblements et compris qu'elle était à deux doigts de l'orgasme. J'envoyai mon souffle tiède sur son clitoris enflé. Elle se crispa, au bord du gouffre.

Je ne voulais pas réduire ses efforts à néant, sachant que si je torturais encore sa chair sensible, elle serait incapable de se contenir davantage. Je m'écartai pour laisser ma main cheminer le long de ses jambes, le temps qu'elle reprenne ses esprits.

Elle respira à fond et se détendit.

— Bravo, Abigaïl. Je suis très content de vous.

Un petit sourire éclaira son visage.

Oui, ma chérie. Vous devez trouver votre plaisir en comblant le mien.

Elle était entravée depuis assez longtemps. Je la détachai et entrepris de la frictionner en commençant par les poignets jusqu'aux épaules afin de dénouer les tensions, plaçant ses bras le long de son corps lorsque j'eus terminé. Je poursuivis plus bas, déliant ses chevilles, massant délicatement ses mollets. Cela fait, je laissai pendre ses jambes dans le vide, les genoux bien écartés.

Je me dirigeai vers un placard à l'autre bout de la pièce, l'ouvris et en sortis un vibromasseur que je fourrai dans ma poche avec un chat à neuf queues en fourrure de lapin. Je retournai à la table d'un pas plus pesant que d'habitude pour qu'elle m'entende et comprenne ce que je faisais.

Elle n'avait pas rouvert les yeux.

Très bien.

Je promenai doucement les lanières sur sa poitrine avant de les faire serpenter plus bas pour lui chatouiller le ventre.

— Devinez ce que j'ai là, dis-je, constatant avec satisfaction qu'elle ne se rétractait pas. Un martinet. Dites-moi, Abigaïl, aimeriez-vous que je vous fouette?

Sa respiration s'accéléra.

— Je sais que c'est cruel. Je vous défends de parler alors que j'utilise un nouveau jouet.

Je lui assenai un petit coup sur le ventre.

— Vous ferez ce que j'ordonne, n'est-ce pas? Vous vous plierez à tous mes caprices?

C'était l'étape où je voulais la conduire – le moment où elle s'abandonnerait complètement. Où elle me donnerait tout ce qu'elle avait à offrir et plus encore. Elle n'en était pas encore là, même si elle pensait le contraire. Cela prendrait du temps et je le savais.

Je la travaillai au corps sans me presser. Le fouet était censé non seulement exacerber son plaisir, mais aussi lui rappeler que je menais la partie. Certes, je me servirais d'elle, mais je ne lui ferais jamais de mal. Je lui prouverais que je méritais sa confiance. Qu'avec moi, elle était en sécurité.

Je déplaçai le martinet qui atterrit en douceur sur sa poitrine, d'un côté puis de l'autre, les lanières frôlant ses mamelons ultrasensibles. Je recommençai plus bas en accélérant la cadence. La fourrure était très douce. J'avais prévu le daim, mais c'était avant la punition. Je voulais y aller crescendo et je craignais qu'elle ne le supporte pas après la fessée.

Je plaçai le martinet dans ma main gauche et insinuai la droite entre ses jambes, survolant une fraction de seconde son clitoris avant de plonger là où elle mouillait fort.

Parfait.

Je repassai le fouet dans la main droite et frappai le haut de sa cuisse. Les mèches parcoururent l'orée de son sexe. Déjà, je levai le bras pour le coup suivant.

— Ça vous chatouille, Abigaïl? Suffisamment pour vous faire languir, pas assez pour vous soulager?

Je continuai de la sorte encore quelques minutes, alternant les positions et les endroits. Je remarquai qu'elle recommençait à se crisper.

— Détendez-vous, Abigaïl, dis-je en faisant courir la fourrure sur son ventre. Il n'y aura rien de pénible ce soir et, de toute façon, je vous préviendrai le cas échéant.

Elle inspira à fond et se relâcha.

Le martinet remonta sur sa poitrine.

— Très bien. Concentrez-vous sur la sensation.

Je fis traîner les mèches vers le bas et cinglai délicatement son clitoris.

— Fiez-vous à moi.

J'attrapai le vibro et l'allumai.

— Pouvez-vous aller plus loin? questionnai-je, certain qu'elle en était capable.

D'une main, je maniais le martinet tandis que, de l'autre, j'introduisais le vibromasseur avec précaution dans sa chatte. Si je le poussais trop brusquement ou trop vite, elle jouirait aussitôt, alors que d'y aller lentement l'aiderait à s'accoutumer aux vibrations.

Ma bite était de plus en plus à l'étroit dans mon jean, mais je refoulai ma libido pour mieux me concentrer sur elle. Cette soirée lui était dédiée, pour qu'elle s'apprivoise et m'accorde de nouveau sa confiance. Nous devions élaborer un nouveau rapport de domination, un territoire inconnu où je ne m'étais encore jamais aventuré.

Je faisais lentement entrer et sortir le vibro sans cesser de la stimuler avec le martinet. La fourrure atterrissait sur ses seins chaque fois que j'enfonçais le vibro. J'adoptai un rythme puis le modifiai pour la surprendre et l'empêcher de s'habituer.

Elle était de nouveau au bord du gouffre. Je me dépêchai de retirer le jouet que je posai sur la table à côté du fouet. Je m'approchai pour lui caresser tendrement le visage.

— Ouvrez les yeux, ma belle.

Elle cligna des paupières pour s'accoutumer à la lumière, puis me chercha du regard.

La confiance et l'amour que je lus au fond de ses prunelles me coupèrent le souffle. Je me dépêchai de me ressaisir.

— Ça va?

— Oui, Maître.

Je me penchai et effleurai sa bouche de mes lèvres.

— Vous vous en sortez très bien, dis-je en me redressant. Ne fermez pas les yeux.

Je défis la fermeture de mon jean. J'étais assez près pour qu'elle m'entende, mais hors de son champ de vision. Je baissai mon pantalon et libérai mon érection avec soulagement.

J'ignorais combien de temps je pourrais tenir encore. Je me branlai machinalement tout en réfléchissant à la façon dont j'allais procéder.

Je me débarrassai de mon jean avant de m'approcher de la table. Elle était toujours étendue, immobile, la respiration régulière. Je l'examinai avec attention – les petites perles dures de ses tétons, la peau satinée de son ventre dont je me rappelais la saveur légèrement salée après le traitement que je venais de lui infliger. Je fis un énorme effort pour me retenir de la pénétrer avec force.

Comment lui apprendre à se contrôler si j'en étais moi-même incapable?

Je triturai l'un de ses mamelons.

— Nous essayerons les pinces demain, je pense, dis-je, en malmenant le téton jumeau.

Elle respira un bon coup.

— Pour le moment, mettez-vous à quatre pattes, votre joli cul en l'air.

Elle obéit, roulant sur le côté pour se retrouver dans la position requise.

— Les jambes écartées.

Une fois qu'elle fut installée, je reculai pour abaisser la table capitonnée – fabriquée sur mesure, elle était dotée d'un mécanisme permettant d'en régler la hauteur. Cela fait, je me plaçai derrière elle.

— Reculez jusqu'à ce que je vous dise stop.

Elle obéit. Je posai une main sur ses fesses.

— Vous y êtes.

Mes doigts planèrent sur son cul.

— Qu'en dites-vous, Abigaïl? Vous ai-je assez tourmentée?

Je poussai mes hanches contre les siennes pour qu'elle puisse me sentir.

— Avez-vous envie de mon sexe?

En réponse, elle s'accouda sur les avant-bras et patienta.

Je fus bouleversé de la voir se livrer à moi corps et âme, les jambes grandes ouvertes, prête à me recevoir. Je fessai doucement son joli postérieur. À ce stade, la douleur avait dû s'estomper. La claque ne servait qu'à l'exciter davantage.

Je plaçai les mains de chaque côté de ses hanches et m'enfonçai lentement.

Je l'avais prise le matin sous la douche. Deux fois la nuit précédente. J'étais insatiable. Je rejetai la tête en m'immergeant plus loin.

C'était trop bon.

Je me retirai en partie pour pouvoir palper son clitoris du bout des doigts.

— Vous vous en êtes bien tirée ce soir. Je vous permettrai peut-être de jouir.

Je me retirai un peu plus.

— À moins que je ne vous fasse languir jusqu'à demain?

Je me mis à bouger sans hâte, histoire de la pousser à bout. J'allais et venais en prenant tout mon temps, ressortant sans me presser pour revenir encore plus lentement.

Je ralentis encore. J'adorais m'enfouir dans son brasier humide et je voulais pleinement profiter de la sensation. Je coulissais en elle sur toute ma longueur pour l'élargir à chaque nouvel assaut.

Sans prévenir, j'accélérai le rythme. À peine. À chaque passage, je faisais virevolter mon doigt autour de son bouton en évitant soigneusement de le toucher.

— Bougez avec moi.

À la poussée suivante, elle se cambra à ma rencontre, m'aspirant plus profondément en elle.

Je conservai une cadence régulière. Ses seins oscillaient voluptueusement au creux de mes paumes à chaque coup de reins. J'agaçai un téton entre le pouce et l'index, imaginant les pinces que j'y poserais le lendemain, sa tête renversée en extase tandis que je la propulserais au septième ciel.

Je gratifiai le téton jumeau d'une chiquenaude avant de le rouler entre mes doigts. Elle s'arc-bouta contre moi pour me montrer la violence de son désir. J'empoignai ses flancs et je l'entendis hoqueter sous mes doigts. Nous ne pourrions guère tenir plus longtemps, ni l'un ni l'autre.

J'accélérai encore, la pilonnant avec frénésie tandis qu'elle haletait, le souffle de plus en plus haché.

— J'adore être en vous, dis-je en enfonçant mes doigts dans ses hanches, m'efforçant vainement de l'attirer encore plus près. Plus fort. Le plus étroitement possible. J'aime la façon dont votre corps se distend pour mieux m'accueillir.

J'ondulais des hanches pour la harponner plus loin encore.

Mes paroles se muèrent en grognements. Je ne savais plus où j'en étais. Le monde s'évanouit. Le temps ralentit. Nous étions seuls au monde.

Elle trembla sous moi.

— Devrais-je vous laisser jouir?

Elle arqua le dos pour toute réponse.

— Ou me montrer très méchant?

Elle se frotta contre moi sans retenue.

— Vous faire attendre jusqu'à demain? Vous obliger à vous morfondre toute la nuit?

Je bougeai plus vite en de longues ruades brutales. Elle se figea, le corps tendu, crispé à force de se contenir. J'avais les couilles douloureuses.

Mon doigt tourbillonna autour de son clitoris.

— Jouissez pour moi, chérie. Je veux vous entendre.

Son cri résonna dans le silence.

Je la possédai sans relâche.

Ses muscles m'enserrèrent comme un étau. Son orgasme déclencha le mien et j'accédai enfin à l'extase.

Exténuée, elle s'effondra sur la table, hors d'haleine, molle comme une poupée de chiffon. En appui sur les coudes, je déposai un chapelet de petits baisers dans le creux de ses reins Elle ne bougeait plus.

— Ça va? demandai-je.

— Oouі… Maître.

Je la caressai, l'embrassai partout, grimpant même sur la table pour me rapprocher le plus possible.

— Levez-vous quand vous vous sentirez prête, dis-je au bout d'un moment. N'hésitez pas à vous exprimer si vous en éprouvez le besoin.

Comme elle n'esquissait pas un geste, je pris mon temps, la massant, la mordillant, mes lèvres papillonnant sur sa peau.

— Vous avez été parfaite. Je suis très content de vous.

Elle pivota vers moi, un sourire satisfait aux lèvres. Je ne pus m'empêcher de l'embrasser encore une fois. *Pourquoi me l'être interdit si longtemps?*

— Allez prendre un bain. Buvez un verre d'eau, ou ce que vous voudrez, et retrouvez-moi à la bibliothèque dans trente minutes.

3
Abby

C'était l'orgasme le plus fabuleux de ma vie. D'une certaine manière, avoir interdiction de parler, d'émettre le moindre son, ne pas pouvoir bouger sans autorisation avaient rendu ce moment encore plus torride. *Jouissez pour moi, chérie. Je veux vous entendre.* En quittant la salle de jeux, j'avais des frissons partout rien que d'y repenser.

De retour dans ma chambre, j'avisai un seau à glace contenant une bouteille d'eau, posé sur la commode. Je mourais de soif mais, curieusement, ce ne fut qu'à ce moment-là que j'en pris conscience. Nathaniel y avait veillé. Il pensait à tout.

J'avalai la moitié de la bouteille avant de remarquer le déshabillé étalé sur le lit. Je souris. Encore une délicate attention. Je posai la bouteille et ramassai la nuisette. Vert tendre, elle n'était ni trop sexy ni trop courte. Exactement ce qu'il fallait.

Ayant amplement le temps avant le prochain rendez-vous, je pris une longue douche, laissant le jet brûlant ruisseler sur ma peau. En enfilant la nuisette, j'eus une heureuse surprise :

le satin glissa sur mon corps comme un filet d'eau fraîche, apaisant ma peau échauffée après nos ébats, de sorte que je sentais la présence de mon maître m'envahir.

Je m'immobilisai sur le seuil de ma chambre.

Mon maître.

C'était la première fois que je pensais à lui comme tel et non comme *Nathaniel.*

Préférant ne pas m'attarder sur le sujet, je dévalai l'escalier, pressée de le retrouver.

Il m'attendait devant la table basse supportant les alcools. Il me détailla à mon entrée et sourit d'un air approbateur.

— Cette nuisette vous va à ravir, Abigaïl.

Abigaïl. Un rappel. C'était peut-être ma bibliothèque, mais le week-end était loin d'être terminé, je portais son collier et je devais me comporter en conséquence.

Il était à tomber dans son pantalon de coton marron noué par une cordelette. Je baissai les yeux et m'absorbai dans la contemplation de mes orteils.

— Merci, Monsieur.

— Regardez-moi.

Je levai les yeux et croisai son regard brillant d'émotion.

— Vous êtes chez vous dans cette pièce, vous vous rappelez?

— Oui, Monsieur.

Je pouvais le nommer *monsieur* à la bibliothèque ou à la table de la cuisine, m'avait-il expliqué, la semaine d'avant. Partout ailleurs, les week-ends, il exigeait que je l'appelle *maître.*

— Que pensez-vous de la sensation? Je veux parler de la nuisette.

Je me déhanchai d'instinct. Le satin caressa mes fesses endolories.

Il sourit comme s'il savait exactement ce que j'éprouvais. Qui sait? C'était sans doute le cas. Il ne laissait jamais rien au hasard.

Il me fit signe d'avancer.

— Approchez. Voulez-vous du vin rouge?

— Volontiers, merci.

Il désigna le plancher devant la cheminée. Des piles de coussins et de couvertures y étaient disposées, formant un petit nid douillet. Je m'y installai avec précaution.

Il m'y rejoignit peu après et me tendit un verre. Je notai qu'il ne se servait pas. Ce n'était guère une surprise, étant donné ce qu'il m'avait raconté le mardi précédent sur le canapé où nous avions pris place après dîner.

— Vous avez dû croire que j'exagérais pendant la soirée de Jackson et de Félicia, quand je vous ai dit que votre départ avait failli m'achever.

— En effet, cela ne vous ressemblait pas.

— J'étais au fond du trou après votre départ. Ça a commencé dès mon retour à la maison, après vous avoir suivie chez vous en voiture.

Je ne voyais pas où il voulait en venir. Je n'avais pas envie de remuer ces souvenirs douloureux et j'étais certaine que lui non plus.

Il esquissa un geste vague de la main.

— Je ne sais pas exactement le nombre de verres que j'ai pu ingurgiter cette nuit-là, mais c'est grâce à Jackson que je n'ai pas mis le feu à la bibliothèque.

— Pardon?

— Je ne me rappelle pas bien. C'est comme si j'étais amnésique. J'étais… bref, je devais vous le dire, conclut-il après une longue pause.

Il avait failli mettre le feu à sa maison. Il en parlait avec un cynisme, une désinvolture qui me choquèrent profondément.

— Vous auriez pu mourir.

— Je ne crois pas. De toute façon, j'étais trop soûl pour faire quoi que ce soit d'irrémédiable. Du moins, c'est ce que je me suis dit après coup. Je ne suis pas du genre suicidaire. Je n'avais aucune intention de mourir, je voulais juste…

— Brûler la maison?

Il secoua la tête.

— Non. Seulement la bibliothèque.

— Ça n'a pas de sens. Vous risquiez d'incendier toute la maison.

— Je sais, mais ça me paraissait logique à ce moment-là. En tout cas, je ne me souviens que de la souffrance, du vide, du désespoir.

Je lui pris la main et la caressai.

— Tout s'explique.

Il m'embrassa le bout de doigts.

— De quoi parlez-vous?

— De la réaction de Jackson.

Il releva brusquement la tête.

— Que vous a-t-il dit? Je vais lui botter les fesses à celui-là, s'il vous a manqué de respect.

Je posai un doigt sur ses lèvres pour le faire taire.

— Non, pas du tout. Félicia, en revanche… Je me rappelais encore sa crise le jour où elle était revenue avec la bague au doigt. Elle m'a accablée de reproches. Je comprends maintenant. Elle devait savoir à quel point mon départ vous avait affecté.

— Toute la famille était malade d'inquiétude. Jackson passait me voir tous les jours. J'ai fini par lui avouer que c'était ma faute si vous étiez partie. Que vous n'y étiez pour rien.

Ma main reposait sur son genou. Je le pressai avec tendresse.

— Je comprends maintenant pourquoi il m'a serrée dans ses bras pendant la fête. J'ai remarqué que quelque chose avait changé, ce soir-là.

Il étouffa un soupir.

— Je suis désolé qu'il ait cherché à vous culpabiliser. Il y a tellement de choses que j'aurais dû vous dire. À partir de maintenant, nous allons discuter. Beaucoup. Et de tout.

Discuter beaucoup et de tout. C'était probablement ce qu'il avait à l'esprit en me conviant à la bibliothèque.

Il me tendit une assiette généreusement garnie.

— Je sais que vous avez dîné tôt. Voulez-vous grignoter quelque chose?

Mon ventre gargouilla en guise de réponse. Je ne m'étais pas rendu compte que j'avais l'estomac dans les talons.

Du fromage, des crackers, des amandes grillées, du raisin et des cerises confites remplissaient l'assiette. Il la plaça entre nous. J'avalai un morceau de cheddar et engloutis une poignée d'amandes. Il se contenta de quelques grains de raisin et d'un cube de gruyère.

La collation était délicieuse et bienvenue. Cela étant, je me creusais la tête pour découvrir la raison de ma convocation à la bibliothèque. Nous aurions pu nous retrouver à la cuisine. Ou au lit. Pourquoi ici?

Tu pourrais le questionner, pensai-je. Seulement, même dans le cadre de la bibliothèque, il me paraissait étrange de m'adresser à lui comme un jour de semaine ordinaire.

Je commençai à comprendre ce que «discuter» sous-entendait.

Nous n'avions pas beaucoup dialogué la dernière fois que j'avais porté son collier.

Mais que pouvais-je lui dire? Le remercier pour cet orgasme sensationnel?

Il s'éclaircit la gorge et me sourit.

— Cela ne se renouvellera pas tous les soirs, naturellement. Du moment que c'était notre première nuit et votre deuxième expérience dans la salle de jeux, je me suis dit que ce serait une bonne idée d'en parler tous les deux. Bien sûr, il faut que l'échange soit réciproque.

Je suivais du doigt la frise dorée sur le bord de l'assiette.

— Je sais. C'est juste que... c'est étrange.

— Nous pourrions peut-être parler de cela aussi, si vous le souhaitez.

Nous nous inclinâmes en même temps pour pêcher un raisin dans l'assiette. J'écartai la main quand nos doigts se touchèrent.

— Vous voyez? dit-il la voix troublée. Pourquoi réagissez-vous ainsi?

Je détournai la tête.

— J'essaye de compartimenter les jours de la semaine et le week-end. C'est beaucoup plus difficile que je ne le croyais.

Il me souleva le menton pour pouvoir accrocher mon regard.

— Pour quelle raison?

— Je ne veux pas tout gâcher en dépassant les bornes.

Il émit un petit rire.

— C'est peu probable, si vous voulez mon avis. vous aurez peut-être du mal dans d'autres domaines, mais je ne crois pas que me témoigner du respect à la bibliothèque ou à la cuisine vous pose problème.

— Facile à dire, pour vous qui avez l'habitude.

— Je vous objecterais que ça – il désigna l'espace qui nous séparait – c'est nouveau pour moi. Maintenant que j'y pense, ajouta-t-il, les yeux levés au plafond, le front plissé, vous avez peut-être raison sur certains points.

Évidemment que j'avais raison.

— Le fait est, poursuivit-il, que nous ne pouvons pas parler sincèrement si vous ne vous sentez pas tout à fait détendue en ma présence.

Il repoussa l'assiette et mon verre de vin.

— Qu'allons-nous faire pour y remédier?

Mon cœur se mit à battre à la folie.

— Je donne ma langue au chat.

Un petit sourire ironique étira le coin de ses lèvres.

— Au chien, plutôt.

Mon esprit s'emballa.

— C'est une blague? dis-je, incapable de déterminer s'il plaisantait ou non.

— Oui. Et pas très bonne, je l'avoue. Je m'efforce d'alléger un peu l'atmosphère.

Sa voix baissa d'un ton pour devenir un murmure et ses yeux s'assombrirent.

— Venez près de moi.

J'obéis. Il saisit mon visage dans ses mains et m'embrassa sur la joue.

— Comment puis-je vous aider à vous détendre et à vous livrer sans réserve? À exprimer vos sensations sans aucune retenue?

Qu'il me touche, voilà ce que je désirais, ce dont j'avais inconsciemment besoin. Je me liquéfiai dans ses bras. Ses lèvres tracèrent un chemin de ma joue à mon oreille.

— Voilà, dit-il, en sentant mon corps réagir.

Je me tournai vers lui. Nos lèvres s'effleurèrent. Je me rapprochai imperceptiblement et il enroula un bras autour de mes épaules. Il me serra contre sa poitrine et m'allongea sur les coussins.

— C'est mieux?

Je fermai les yeux.

— Beaucoup mieux. Merci.

Il me caressa les cheveux pendant que je me laissais bercer par les battements réguliers de son cœur.

— Bon, voilà ce que nous allons faire, reprit-il après quelques minutes. Dites-moi ce qui vous a plu.

Nous avions discuté du contrat pendant des heures. De ce que nous avions envie d'expérimenter. Pourquoi alors étais-je si embarrassée d'évoquer ce qui venait de se passer? Je devais être folle. Nathaniel connaissait tout de moi. Il m'avait touchée partout. Il n'y avait pas de quoi être gênée.

— Ne pas pouvoir émettre un son a amplifié l'intensité, murmurai-je.

— Intense comme «J'ai adoré et on recommence» ou comme «J'ai détesté et plus jamais ça»?

J'inspirai profondément et respirai son odeur boisée qui me troublait l'esprit. Il venait apparemment de prendre une douche, lui aussi.

— J'ai adoré et on recommence.

— Je suis convaincu que vous êtes capable d'aller plus loin. Nous verrons si vous pouvez aller un cran plus haut, la prochaine fois.

J'avais des fourmis dans tout le corps. *Plus haut la prochaine fois.* Je me perdis en conjectures. J'étais si heureuse qu'il pense que je pouvais faire mieux, même si, pour ma part, j'étais convaincue du contraire.

— J'ai aimé le martinet, dis-je, désireuse de changer de sujet. Ce n'était pas du tout ce à quoi je m'attendais.

Sa main erra sur mon flanc et il accentua la pression de ses doigts sur mes fesses.

— Je n'utiliserai que la fourrure de lapin, ce week-end. Au fait, je ne plaisantais pas en parlant des pinces. Nous verrons ça demain. C'est une bonne chose que vous ayez utilisé le plug, conclut-il contre mon oreille.

Je hochai la tête, incapable de parler. Les picotements s'intensifièrent et se logèrent entre mes cuisses.

Argh...

— Et les huit coups? s'enquit-il.

— Un mal de chien.

— C'était le but.

— Je m'en doute. À ce propos, vous n'aviez pas l'air surpris. Vous vous doutiez que j'allais échouer si vite?

— J'avais envisagé cette éventualité. C'était logique. Mais je ne voulais pas anticiper. De quoi aurais-je eu l'air?

Je nichai ma tête contre son torse.

— Je ne vous aurais pas cru, de toute façon.

— Probablement pas.

— Le pire, c'est de vous avoir déçu.

— Je n'aime pas vous punir. Mais je devais vous donner une leçon. J'observe d'ailleurs que vous n'avez pas recommencé.

Je ne voulais plus entendre parler de ce fiasco. Je tendis le cou pour croiser son regard.

— Et vous, enchaînai-je très vite. Qu'avez-vous préféré?

— Ce que j'ai préféré? C'est vous. La confiance que vous m'accordez. Votre obéissance aveugle. Le plaisir que vous manifestez à me combler.

Je secouai la tête.

— Ce n'est pas ce que je voulais dire. Je...

— Chhhhut... Je n'ai pas fini.

Je refermai la bouche.

— Vous êtes exquise lorsque vous me servez. Voilà ce que je préfère, ma jolie.

Je ne pus me retenir de l'embrasser. Je brûlais d'envie de lui dire que je l'aimais, mais je n'étais pas sûre d'en avoir le droit. Ce n'était peut-être pas prudent. Mieux valait taire certaines choses pendant le week-end. Pour le moment, en tout cas. Il y aurait un tas d'autres occasions de nous déclarer notre amour.

Il me disait rarement qu'il m'aimait, d'ailleurs. Qu'il n'exprime pas ses sentiments ne me dérangeait pas. D'une certaine façon, la rareté de ses élans les rendait d'autant plus précieux.

Il n'essaya pas d'approfondir le baiser, ni moi non plus. Nous sentions l'un et l'autre que, pour le moment, le simple contact de nos lèvres était suffisant. Le silence retomba, à peine troublé par les battements réguliers de son cœur. Je me blottis avec délices dans le refuge de ses bras.

— Quelque chose vous a déplu? ajouta-t-il.

— Non, rien.

Je savais qu'avec le temps, il serait plus facile de m'épancher. Je me demandai ce que je dirais s'il faisait un jour quelque chose qui me déplaise vraiment.

— Et vous?

— Rien non plus.

J'ignore combien de temps nous nous étions attardés à la bibliothèque.

— Vous devriez aller vous coucher, si vous avez fini de manger, lâcha-t-il au moment où la pendule sur la cheminée sonnait minuit. Il est tard.

À peine m'étais-je dégagée de son étreinte que je me sentis aussitôt en manque.

Il se leva à son tour et m'effleura l'épaule au moment où je tournais les talons.

— Petit déjeuner à la salle à manger à huit heures. Nous nous rendrons dans la salle de jeux ensuite. Peu importe que vous vous en occupiez ce soir ou demain matin, mais je veux qu'elle soit nettoyée avant le petit déjeuner.

Une nouvelle vague de désir me submergea tandis qu'il me donnait ses ordres.

— Bien, Maître.

Il me gratifia d'un léger baiser.

— Bonne nuit, Abigaïl.

Je me tournai et me retournai dans mon lit sans trouver le sommeil. J'y avais pourtant dormi de nombreuses fois, plus souvent que dans celui de Nathaniel, à vrai dire. Pourquoi alors le sommeil me fuyait-il? Il était là, tout près, au bout du couloir. Nous avions décidé de faire chambre à part, les week-ends. D'un commun accord.

Je me demandai s'il avait également du mal à s'endormir.

Au moment où je me résignai à descendre à la bibliothèque me verser un doigt de cognac, j'entendis les notes douces et poignantes du piano. Une mélodie à la fois délicate et apaisante dans sa simplicité.

Je soupirai d'aise, fermai les paupières et cessai de gigoter.

4

Nathaniel

J'étais certain que le sommeil me fuirait. L'accueillir de nouveau sous mon toit en tant que soumise, même si c'était notre vœu commun – et même un besoin vital –, ne serait pas facile. Son souhait de dormir les vendredis et samedis dans son ancienne chambre me soulageait en partie. Quant à ce qu'elle m'avait déclaré dans la bibliothèque – que notre liaison serait plus simple pour moi parce que j'y étais habitué –, rien ne pouvait être plus éloigné de la vérité. Notre relation était un territoire inexploré.

Je quittai la bibliothèque après avoir longuement joué du piano et remontai à l'étage. En passant devant sa chambre, je me demandai si elle dormait ou si elle s'agitait dans son lit sans trouver le repos. Elle aurait du mal à s'endormir, je l'aurais parié. J'aurais peut-être dû l'inviter à coucher au pied de mon lit.

Je m'attardai un moment devant ma porte. Elle avait déjà dormi par terre dans ma chambre, mais je ne l'avais jamais permis à aucune de mes soumises la nuit suivant la pose du collier. *Cela signifiait-il que je serais incapable d'être en même temps son dominant et son amant?*

Je préférai ne pas m'appesantir sur le sujet. Mes pensées dérivèrent sur Abigaïl, parée de mon collier. Dans le plus simple appareil. Je me repassai notre conversation dans la bibliothèque. Je m'étais fait violence pour réprimer l'envie de la prendre. Faire glisser la nuisette de ses épaules et épouser de mes mains ses courbes somptueuses... Mon sexe était dur comme du béton. J'insinuai une main dans mon pantalon et l'empoignai en visualisant les scènes de la journée.

À quatre pattes dans mon bureau.

À genoux dans la salle de jeux.

Se retenant de gémir au moment où je l'informais de mon intention d'utiliser les pinces.

Mon regard dériva sur la chambre voisine.

Elle était ma soumise et devait me servir de n'importe quelle manière.

Je poussai résolument le battant. Elle dormait.

— Réveillez-vous!

Elle marmonna quelques mots indistincts et se retourna de l'autre côté.

— Tout de suite, Abigaïl.

Elle ouvrit des paupières lourdes de sommeil, se redressa avec peine, ses cheveux sombres balayant ses épaules, et rajusta d'une main la bretelle de sa nuisette qui avait glissé.

J'abaissai prestement mon pantalon sur mes hanches et l'envoyai valser sur le sol d'un coup de pied.

— Les nuits de vendredi et samedi, vous ne dormirez que si je le veux. Or là, justement, cela ne me convient pas.

Son regard se posa sur mon érection. Elle avait parfaitement compris l'allusion.

— Je me sens d'humeur charitable. Je vous laisse le choix.

Elle cligna des paupières.

— Comme vous le désirez, Maître.

Je me dirigeai vers le lit et me penchai vers elle.

— Je viens de vous dire ce que je désire, Abigaïl, il me semble. À vous de voir comment vous voulez me prendre.

Elle baissa de nouveau les yeux. Était-elle mal à l'aise? Était-ce cela le problème? Il fallait qu'elle le surmonte, et vite. La gêne n'avait pas de place dans notre relation.

J'attrapai les bretelles de la nuisette que je fis passer par-dessus sa tête.

— Quelle que soit votre décision, nous n'avons pas besoin de ça maintenant.

Je louchai vers elle. Elle était nue, silencieuse.

— Le temps est écoulé. Comme vous ne m'avez toujours pas dit ce que vous préférez, je choisirai à votre place.

Je la retournai et l'attrapai par les épaules de manière à l'allonger sur le flanc, la tête au bord du lit.

— Et puisque vous vous obstinez à ne pas répondre alors que je vous ai posé une question, j'utiliserai votre bouche autrement.

Je me penchai et me poussai en avant, effleurant ses lèvres de mon gland.

— Si vous faites du bon boulot, vous aurez peut-être le droit de vous rendormir.

Je me plantai dans sa bouche, me noyant dans sa chaleur. C'était si bon que je sentis ma queue durcir encore, si c'était possible. Je posai une main sur sa gorge pour contrôler sa respiration et entrai plus loin.

Elle me goba à fond, me suçant avec vigueur tandis que je baisais sa bouche sans me presser. Sa langue m'encercla et me caressa lorsque je me retirai et elle me lécha sur toute ma longueur quand je la pénétrai de nouveau.

Elle venait encore de désobéir. Je lui avais posé une question, exigé une réponse et elle s'était défilée. Il fallait que je traite ce problème une bonne fois pour toutes.

— Je vais jouir, annonçai-je, au bord de l'orgasme.

J'avançai plus profondément dans sa gorge.

— Interdiction d'avaler. Vous allez garder mon sperme en bouche jusqu'à nouvel ordre.

Je me figeai, les doigts vrillés dans ses hanches, tandis que les premières vagues de l'orgasme me submergeaient.

Elle resta inerte quand je m'écartai pour récupérer mon pantalon et ne bougea pas davantage lorsque je pivotai vers elle.

— Redressez-vous.

Elle obéit, respirant par le nez, les joues légèrement gonflées.

Je m'approchai et attrapai sa mâchoire dans ma paume.

— Quand je vous dis que j'attends une réponse, c'est que j'attends une réponse. Avaler mon sperme est un honneur que je n'accorde pas à la légère. Compris?

Elle fit oui de la tête.

Je pressai ses joues.

— Savourez-en le goût, car vous êtes la seule à avoir ce pouvoir. L'unique soumise autorisée à me servir. Celle que j'ai élue pour porter mon collier, ajoutai-je en lui relevant le menton d'un geste brusque.

Je vis ses yeux s'embuer et éprouvai un certain malaise, dont je fis abstraction. Il me fallait frapper un bon coup ce week-end, afin qu'elle saisisse que je n'avais pas menti en lui affirmant qu'elle en verrait de toutes les couleurs.

Je séchai ses larmes du pouce. Visiblement, elle avait retenu la leçon.

— Je décèle de la déception dans votre regard, Abigaïl. Avalez maintenant.

Je pressai les doigts sur sa mâchoire et la regardai déglutir. Le week-end serait particulièrement difficile pour nous deux, je l'avais prévu, mais pas à ce point.

Je voulais lui faire comprendre que tout allait bien, mais je ne savais comment m'y prendre. Je n'avais jamais été confronté à pareille situation dans le passé.

Elle se tenait devant moi, tête baissée, l'air abattu. Je cherchais mes mots. Que lui dire pour la rassurer? La convaincre que ce n'était qu'un mauvais moment à passer et qu'elle ne devait pas s'inquiéter. Le hic était que je ne me voyais pas lui susurrer des mots d'amour juste après l'avoir maltraitée.

Soudain, il me vint une idée. Je m'inclinai et lui chuchotai à l'oreille:

«Car je dois aimer puisque je vis.
Et la vie est ce que vous m'offrez.»

Elle n'avait certainement pas oublié les deux derniers vers de *Car elle me demandait pourquoi je l'aimais* de Christopher Brennan, qui avait clôturé l'une des soirées poétiques organisées à la bibliothèque où elle travaillait.

Elle hoqueta de surprise. Je souris. Oui. Elle se rappelait.

J'effleurai sa joue de mes lèvres et reculai d'un pas.

Bonne nuit, ma jolie.

Je retournai dans ma chambre et me glissai dans mon lit. Je l'entendis s'agiter dans la maison. Elle nettoyait la salle de jeux, incapable de se rendormir après le traitement que je venais de lui infliger.

Je consultai le réveil. Deux heures. Il était très tard. Je me demandais comment Paul et Christine s'y étaient pris au cours du premier week-end suivant leur nouvel accord. Paul était probablement encore réveillé. La dernière fois que nous avions parlé, il m'avait dit que leur petit Sam souffrait de coliques. Quoi qu'il en soit, je doutais qu'il apprécie d'être dérangé au milieu de la nuit. Je l'appellerais plus tard. Après le petit déjeuner ou au début de l'après-midi.

Je roulai sur le côté et ne sombrai dans le sommeil qu'après l'avoir entendue regagner sa chambre.

Elle m'attendait dans la salle de jeux peu après le petit déjeuner. À genoux, les mains à plat sur les cuisses, la tête baissée, vêtue en tout et pour tout de mon collier. La position obligatoire. Mon sexe fit un bond devant ce spectacle.

Belle à couper le souffle.

— Parfait. Je n'en attendais pas moins de vous.

Son regard brilla de fierté.

— Debout, Abigaïl. Laissez-moi voir ce qui m'appartient.

Elle avait les yeux baissés, mais je sentais son impatience et son excitation. La pièce en vibrait presque.

Je me plaçai derrière elle et flattai son flanc de la main. Sa respiration s'emballa. Je me penchai pour lui murmurer à l'oreille.

— Nous irons plus loin aujourd'hui.

Je la sentis frissonner contre moi.

— Je peux repousser vos limites parce que je sais que vous utiliserez votre code secret en cas de besoin.

J'empoignai un sein dans ma paume.

— Vous pouvez vous exprimer et jouir tout votre soûl. Mais j'exige une franchise totale quand je vous demanderai si tout va bien.

J'allai chercher les pinces à tétons dans l'armoire avant de revenir vers elle.

— Je ne vous bande pas les yeux. Je veux que vous voyiez ce que je suis en train de faire.

Je m'inclinai pour gober un mamelon entre mes lèvres. Je fis tourner ma langue autour, lui arrachant un gémissement de bonheur. Je happai un sein dans ma bouche et tendis ma main libre pour triturer l'autre téton. Lorsqu'elle commença à frissonner sous mes caresses, j'alternai et appliquai le même délicieux supplice au sein jumeau.

Je me redressai et saisis le gauche dans mes mains. Je le pelotai, le roulai, le pinçai entre mes doigts, observant sa peau se hérisser de chair de poule. Elle allait souffrir un peu, il fallait que je m'assure qu'elle était prête.

— Inspirez à fond, ma jolie, détendez-vous, dis-je en tordant son téton d'une main tandis que j'ouvrais la pince de l'autre avant de la poser avec douceur.

Elle expira en haletant.

Je descendis la main plus bas et la caressai entre les jambes.

— Très bien.

Je recommençai le même manège avec l'autre téton – délicatement, surveillant ses réactions avec attention. Elle ferma les yeux, le corps secoué de frissons, mais elle avait l'air de bien supporter.

— Ça va? demandai-je quand j'eus terminé.

Elle sourit.

— Oui, Maître.

Je lui rendis son sourire.

— Regardez-vous, Abigaïl. Voyez quelle petite dévergondée vous faites.

Mon regard suivit le sien. Je me délectai à la vue de ses tétons chargés de mes pinces, la chaîne se balançant entre les deux.

— Nous allons jouer à un petit jeu. Vous allez me dévêtir.

Elle contemplait toujours ses seins.

— Regardez-moi.

J'attendis qu'elle relève la tête pour continuer.

— Voici l'idée: chaque fois que vous toucherez mon sexe, vous me devrez un gage et j'aurai le droit de tirer sur la chaîne.

Je reculai d'un pas.

— C'est parti.

Je ne portais que mon bas de jogging. Elle aurait du mal à me déshabiller sans frôler ma bite, même si ce n'était pas impossible. Les pinces étaient une nouveauté pour elle. Au cas où elle ne les supporterait pas et souffrirait trop, elle éviterait de me tripoter pendant les prochaines minutes, voilà tout.

Mon pantalon n'avait pas encore atterri par terre que déjà je comptais quatre attouchements. Elle termina par une caresse effrontée en se relevant.

Je dissimulai un sourire.

— Combien de fois?

— Quatre, Maître.

Quatre...

Je pesai lentement sur la chaîne. Elle émit un gémissement qui se répercuta sur toute la longueur de ma queue.

Dieu que j'aimais cette femme!

— Vous m'en devez encore trois. Je les garde pour plus tard.

J'allai prendre une cordelette de soie dans l'armoire. Je revins derrière elle, lui attrapai les bras et les attachai dans son dos.

— J'adore vous voir dans cette position, dis-je en la contournant pour me camper devant elle. Vos seins dressés vers moi en une offrande muette.

Je glissai un doigt sous la chaîne, capturai son regard et tirai lentement vers le haut.

Ses paupières papillonnèrent.

— Oh, mon Dieu.

— Vous aimez aussi, n'est-ce pas?

— Oui, Maître, geignit-elle.

Je souris, ravi de la voir si réceptive, si soumise.

— Écartez les jambes.

J'y introduisis un doigt, elle était toute trempée, fin prête.

Enfin, pas tout à fait.

Je la voulais encore plus excitée. Plus sensible.

Je m'accroupis entre ses jambes et embrassai son clitoris. Puis je m'écartai et soufflai doucement dessus. Je dardai ma langue et léchai sa fente de bas en haut en consacrant toute mon attention à son petit bouton. Je déposai une pluie de baisers à l'intérieur de ses cuisses et traçai une ligne jusqu'au milieu avant d'atterrir sur son excroissance palpitante. Je la mordillai, la lapai, puis je tendis la main pour attraper la chaîne et y imprimer une légère secousse. Elle glapit. Je m'activai avec zèle sur son bouton, alternant plaisir et douleur. Je l'éraflai du bout des dents en pesant plus fort sur la chaîne. Elle se tortilla contre moi.

Je lâchai la chaîne et introduisis deux doigts en elle, percutant l'endroit hypersensible qui allait lui faire perdre l'esprit, j'en étais sûr. Je fis jouer ma langue autour de son clitoris en enfonçant mes doigts plus profond dans sa chair.

Elle haleta et explosa autour de moi.

Elle avait le souffle court et je remarquai ses joues délicieusement rosies. Apparemment, tout allait bien, mais elle avait porté les pinces assez longtemps pour une première fois.

J'en saisis une d'une main et empoignai son sein de l'autre.

— Respirez à fond, ma jolie.

Je sentis son souffle chaud sur mon torse et mes épaules.

— Encore. Expirez.

J'en profitai pour retirer la pince avec la plus grande prudence. Elle soupira bruyamment lorsque le sang reflua.

— Ça va toujours?

— Oui, Maître.

J'insinuai de nouveau ma main entre ses jambes et palpai sa chair encore sensible. D'instinct, elle gigota contre moi.

— Encore une fois, lui dis-je lorsqu'elle se relâcha. Expirez.

Je détachai la seconde pince. Puis j'introduisis un doigt dans sa fente, stimulant son clitoris du pouce dans le but de lui faire oublier la douleur. Ses cheveux me frôlèrent la joue lorsque je lui murmurai combien j'étais content et fier de sa prestation. Elle soupira bruyamment.

— Écartez bien les jambes, ordonnai-je en reculant.

Je la laissai attendre quelques instants pour la faire mourir d'impatience, à bout de nerfs. Elle était magnifique.

Je m'emparai du pot de lubrifiant sur la table et me plaçai dans son dos. Je l'enlaçai de mes bras, laissant courir mes doigts sur ses tétons délicats. Elle gémit en poussant son bassin contre mes hanches.

Je gloussai de plaisir et me dépêchai d'enduire mon sexe et mes doigts de pommade.

— Vous m'avez dit un jour que sentir ma bite dans votre petit trou suffisait à vous embraser de l'intérieur, fis-je.

Elle sauta en l'air lorsque j'appliquai le lubrifiant sur la raie de ses fesses.

— Prête pour un autre round, Abigaïl?

5

Nathaniel

Elle marmonna quelque chose que je ne saisis pas.

— Exprimez-vous clairement ou taisez-vous, fis-je en assenant une tape sur ses rondeurs. Compris?

— Oui, Maître.

— Très bien.

J'attrapai ses poignets toujours entravés dans ma main gauche.

— Penchez-vous.

Elle bougea avec précaution, cherchant ses marques. Je la tenais fermement afin qu'elle s'abandonne en toute confiance, les jambes largement écartées pour trouver l'équilibre. Je me rinçai l'œil devant ce tableau d'un érotisme incroyable.

— Très bien, Abigaïl. J'adore voir votre cul bien dilaté dans cette position.

Le doigt lubrifié de ma main droite décrivit un cercle.

— Voyons si vous disiez vrai à propos du plug.

J'appliquai une légère pression sur son œillet.

— Je suis impatient de vous prendre par là.

Elle gémit et se cambra contre ma main. Mon doigt glissa sans heurt entre ses fesses.

Mmm…

Je la pénétrai lentement du doigt, la tenant d'une poigne ferme pour l'empêcher de glisser. Sa tête s'affaissa entre ses jambes, ses longs cheveux balayant le plancher à chaque poussée.

J'y logeai un deuxième doigt pour l'étirer, la préparer petit à petit. Elle était encore si étroite.

Le temps qu'elle s'habitue, je songeai à modifier mes plans. La prendre ici, par terre, ne fonctionnerait pas. Je ne pourrais jamais la maintenir, lui procurer des sensations et la pénétrer sans peser inutilement sur ses bras et ses épaules.

Je balayai la pièce du regard et avisai le banc de flagellation.

Parfait.

— Avouez que mes petites gâteries pour vous préparer vous ont manqué, hein?

Je m'enfonçai plus loin. Mon sexe était presque douloureux de désir, mais j'avais beau en crever d'envie, c'était encore trop tôt. Elle me faisait confiance pour que tout se passe au mieux et je ne pouvais pas la décevoir.

Elle cessa de s'agiter lorsque je suspendis mes va-et-vient. Une fois certain qu'elle ne risquait pas de perdre l'équilibre, je lâchai prise et insinuai une main entre ses cuisses pour caresser sa chatte mouillée et effleurer du pouce son clitoris bien dur.

— C'est parfait, Abigaïl. Je vois que vous vous êtes vraiment servie du plug. Ma queue vous a manqué aussi, n'est-ce pas?

— Oui, Maître.

Je continuai à titiller son bouton d'une main tout en l'étirant soigneusement de l'autre. Ses petits cris de gorge me ravissaient.

— Dès que j'aurai ôté mes doigts, vous irez vous installer sur le banc.

Je l'utilise pour les châtiments, lui avais-je expliqué un jour. *Mais il peut avoir d'autres usages.* Allait-elle s'en souvenir et m'obéir aveuglément?

Je me retirai en décrivant un dernier cercle autour de son clitoris.

— Debout, dis-je en la tirant par les mains.

Elle obéit, ses longues mèches en bataille encadrant son visage.

— Filez sur le banc, ma jolie.

Elle n'hésita pas. Consciente, du moins je l'espérais, qu'elle n'avait rien à craindre.

— Je suis fier de vous, répétai-je lorsqu'elle fut confortablement installée. De la confiance absolue que vous placez en moi.

Elle était perchée sur le banc, le cul en l'air, les bras ligotés, dans le dos, les cuisses grandes ouvertes. Je me plaçai derrière elle et me collai contre ses fesses.

— Vos tétons, vous les sentez mieux dans cette position, n'est-ce pas? demandai-je en l'enculant de nouveau de mon doigt huileux. Ils frottent sur le banc chaque fois que je me plante en vous, non?

Son corps oscilla au moment où je me retirai presque entièrement.

Je recommençai à l'élargir, faufilant une main entre ses jambes pour caresser sa fente. Je voulais la mettre sur des charbons ardents, la rendre folle de désir et de frustration. Les mouvements de son corps contre le banc, la friction de mes doigts qui l'étiraient, tripotaient son clitoris : je la stimulais de partout pour l'entraîner vers l'extase.

Elle geignit.

— Qu'y a-t-il ? Que désirez-vous ?

— Oh, mon Dieu… bredouilla-t-elle lorsque je m'enfonçai un peu plus loin.

Je lui assenai une claque sur les fesses. Elle lâcha un soupir de bonheur.

— Que voulez-vous ? Dites-le.

— Vous, haleta-t-elle. En moi.

— Êtes-vous prête ?

J'ôtai mes doigts et logeai mon gland entre ses fesses.

— S'il vous plaît…, supplia-t-elle.

J'y allai lentement, sachant que ce serait douloureux.

— Tout doux, dis-je en me parlant à moi-même. J'entrai avec circonspection, serrant les dents pour ne pas l'empaler brutalement.

Je m'immobilisai le temps d'immiscer deux doigts dans son sexe brûlant.

— Vous voyez l'effet que vous avez sur moi ? Est-ce pareil pour vous ?

Elle exhala un grognement tandis que mes doigts malmenaient son clitoris. Je soulevai mon bassin et stoppai net en l'entendant haleter soudain.

— Ça va ?

— Oui, Maître, dit-elle d'une voix crispée. Encore. S'il vous plaît.

J'obéis et entamai un lent va-et-vient. Je fourrai les doigts dans sa chatte dégoulinante et sentis les allées et venues de ma verge à travers la paroi de son vagin.

Que c'était bon !

Je m'enfonçai plus loin et m'amarrai au plus profond, la clouant au banc. Elle se contracta autour de mes doigts.

— Jouissez quand vous voulez, dis-je d'une voix tendue.

Elle arqua le dos quand je revins à la charge. Je commençai sur un rythme lent – ma queue entrant au moment où mes doigts ressortaient et effleuraient son clitoris. Et vice-versa.

Si je l'enflammais en la prenant de cette façon, l'inverse était vrai : elle m'incendiait tout entier. Chaque souffle, chaque battement de cœur, chaque nerf pulsait au rythme de son nom. De la faim que j'avais d'elle. Je n'étais plus qu'un brasier.

Je rejetai la tête en arrière et accélérai le rythme. Son corps heurta le banc avec force.

Elle gémit en se contractant autour de moi.

J'incurvai mes doigts plus loin.

— Je ne peux plus…, bredouilla-t-elle.

— Alors n'essayez pas, rétorquai-je en accélérant l'allure.

Elle poussa un long cri de jouissance.

Après une ultime poussée, je jouis à mon tour et éjaculai à longs jets entre ses fesses.

Nous restâmes immobiles un long moment, pantelants. Seuls les battants désordonnés de nos cœurs brisaient le silence. Je repris mes esprits et je ressortis en douceur.

— Ça va ?

— Oui.

Je souris.

— Je reviens. Ne bougez pas.

Je me rendis à la salle de bains attenante et me lavai les mains sans la quitter du regard. J'attrapai des draps de bain posés sur le radiateur mural et trempai plusieurs gants de toilette dans l'eau brûlante, sachant qu'ils auraient refroidi quand j'en aurais besoin.

J'étalai les serviettes sur le sol. Après quoi, j'entrepris de lui détacher les bras, j'embrassai ses poignets et lui massai les épaules pour les soulager. Je m'emparai de l'un de ses bras et plaquai un baiser au creux du coude avant de le placer le long de son corps, puis répétai la même opération avec l'autre. Je m'agenouillai près d'elle de manière à être à sa hauteur. Ses yeux étaient assombris de plaisir.

Je l'embrassai doucement.

— Vous me surprenez. Pouvez-vous vous lever?

Elle hocha la tête et s'exécuta.

Je la guidai par le bras.

— Venez vous étendre sur les serviettes. Elles sont bien chaudes.

Une fois qu'elle fut allongée, je la nettoyai à l'aide du gant, puis l'enveloppai dans un drap de bain. Elle ronronnait de contentement.

— Inutile de vous demander si c'était bon, dis-je sur un ton taquin.

Un gloussement langoureux me répondit. Je plantai un léger baiser sur ses lèvres.

Fatiguée?

Elle ferma les paupières et réprima un bâillement.

— Mmm… un peu lasse, peut-être. J'ai l'impression d'être une méduse. Toute molle et visqueuse.

Un peu lasse?

J'étouffai un rire. Elle avait à peine dormi quatre heures. Sans doute moins. Elle devait se sentir complètement groggy.

Je l'embrassai une dernière fois.

— Allez vous reposer, maintenant. Mangez quelque chose si le cœur vous en dit. Ne vous occupez pas de moi. Et octroyez-vous une sieste, surtout.

Je me préparai un sandwich et, après m'être assuré qu'elle dormait à poings fermés, j'appelai Paul du salon.

Il répondit à la deuxième sonnerie.

— Nathaniel?

— Salut, Paul.

— Comment ça se passe avec Abby?

Il savait à quel point ce week-end était important pour moi et combien je le redoutais. J'avais beaucoup de chance d'avoir un ami avec qui parler. J'aurais été perdu, sans personne à qui me confier.

Et Abby?

— Oh, non, murmurai-je à haute voix, soudain frappé par l'évidence.

Avec qui Abby pouvait-elle s'épancher?

Avec personne.

Elle n'avait que moi. Mais en tant que dominant, est-ce que je comptais vraiment? Vers qui d'autre pouvait-elle se tourner? Félicia voyait notre relation d'un mauvais œil. Nos rapports s'étaient améliorés, mais elle n'approuvait pas notre façon de vivre. Abby s'était liée d'amitié avec Elaina. Seulement, même si la femme de mon meilleur ami était au courant de notre mode de vie et l'acceptait, elle ne pouvait lui être d'un grand soutien dans la situation actuelle.

Je m'avachis dans mon fauteuil.

J'avais encore tout faux.

— Nathaniel! aboya Paul, me ramenant sur terre. Tu vas me dire comment va Abby, oui ou non?

— Pardon, fis-je, émergeant de ma torpeur. Elle va bien. Elle dort.

— Bon. Alors donne-moi des détails.

— Je me disais que j'ai de la chance de pouvoir compter sur toi, de pouvoir te parler d'un tas de choses. Je ne sais pas ce que je ferais sans toi. Abby n'a personne. Elle avait bien une amie qui pratiquait la soumission en dilettante, mais je crois qu'elles ont perdu contact.

— Je vois.

Je songeai au mal que j'avais à lui arracher les mots de la bouche lorsqu'elle portait mon collier.

— Nous discutons de temps en temps, mais c'est rare.

— Donc en dehors de toi, elle n'a pas d'amie qui vive de cette façon?

— Pas que je sache.

— Tu as pensé à l'emmener à une soirée où elle pourrait rencontrer des gens avec qui échanger?

J'y avais effectivement réfléchi. J'envisageais de renouer avec quelques-uns des membres de notre communauté après le mariage de Jackson et Félicia.

— Oui. Mais il y a le mariage de mon cousin qui approche, et puis nous venons juste de reprendre nos relations ce week-end. Alors…

Excuses bidon. J'aurais dû m'assurer qu'elle disposait du soutien nécessaire, toute affaire cessante.

— Tu te rappelles ce que je t'ai dit quand je suis venu te voir?

Je rougis de honte à l'idée que Paul avait dû délaisser son bébé pour se précipiter à mon secours.

— Quand tu m'as traité de petit merdeux et d'enfoiré?

— C'est ça.

— Tu m'as sorti un tas de choses. À quoi penses-tu exactement?

— Je t'ai aussi invité à nous rendre visite lorsque vous auriez renoué.

Honnêtement, je n'en avais pas le moindre souvenir. Sans doute parce que je ne croyais pas qu'Abby et moi pourrions nous rabibocher un jour.

— Je sais que Jackson se marie dans deux semaines, poursuivit-il. Mais n'y aurait-il pas un moyen? Le week-end prochain?

Je consultai mentalement mon emploi du temps. C'était jouable.

— Pourquoi pas?

— Je vais voir avec Christine si sa mère peut garder Sam quelques heures, samedi après-midi. Demande à Abby. Entre-temps, envoie-moi vos listes. Nous pourrions peut-être jouer tous les quatre. Tu partages tes soumises ou pas?

Partager n'était pas un problème pour Paul et Christine, je le savais. Quant à moi, j'étais résolument contre.

Partager Abby?

J'étais incapable d'imaginer les mains, la bouche d'un autre sur elle. Des doigts étrangers cramponnés à ses cheveux.

Jamais.

— Toujours pas.

— Dommage. On aurait pu nous quatre…

— De toute façon, Abby refuserait. Ça fait partie des limites qu'elle ne veut pas dépasser.

— Et si vous étiez spectateurs? Tu crois qu'elle accepterait? Christine prend son pied devant un public, et nous avons tous les deux très envie de nous remettre à jouer.

Je réfléchis un moment.

— C'est une bonne idée. Je vais lui en parler.

— Comment s'est passée la punition? questionna-t-il, lorsque je mis le sujet sur le tapis.

— Pas facile. Ni pour l'un ni pour l'autre. Ça l'a déboussolée et du coup, moi aussi…

— Et tu t'es demandé si tu avais eu raison?

— Exactement. Je ne me rappelle pas avoir eu autant de mal avec les autres.

— Tes autres soumises?

— Oui. Je ne me souviens pas d'avoir éprouvé des sentiments aussi confus et contradictoires.

— Moi si.

— De quoi parles-tu?

— Je n'ai pas oublié le jour où tu m'as appelé au secours la première fois que tu as puni Beth.

— Beth? C'était il y a des lustres.

— Tu ne savais plus où tu en étais. Exactement comme aujourd'hui. Peut-être pire, même.

Je n'en avais aucun souvenir. Il y avait si longtemps que cela me paraissait appartenir à une autre existence.

— Tu as la mémoire courte. Veux-tu que je te remette les idées en place.

— Arrête, Paul, viens-en au fait.

— Faire souffrir quelqu'un n'est pas naturel, même dans le type de relation que vous avez. J'aurais de quoi m'inquiéter si tu trouvais cela normal.

— Je sais, mais...

— Il n'y a pas de mais. La plupart des dominants que je connais éprouvent exactement la même chose.

— Comment ça s'est passé pour Christine et toi? Le week-end où vous avez établi une vraie relation entre vous?

— Christine et moi? C'était différent. Nous le faisions vingt-quatre heures sur vingt-quatre, sept jours sur sept.

— Je croyais que c'était avant que vous commenciez à sortir ensemble.

— Non, après.

Je tentai de m'imaginer vivre ainsi avec Abby.

— Ah bon? Ça a duré longtemps?

— Plusieurs mois, mais ça n'a pas marché. C'était trop difficile. Tout le monde porte sa croix, tu vois.

— Aujourd'hui encore?

— Oui. Cela dit, ce n'est plus le même combat.

Je poussai un soupir de soulagement. Ce que j'éprouvais était normal. Ça pouvait marcher entre Abby et moi. C'était uniquement une question de temps.

— Tu as des projets pour demain? reprit-il.

Abby avait passé la nuit de jeudi avec moi, et je n'étais pas sûr qu'elle voudrait rester chez moi jusqu'au lundi suivant.

— J'hésite à lui demander de dormir ici demain soir.

— Je ne suis pas certain que ce soit une bonne idée.

— Pourquoi?

— Cette situation est nouvelle pour toi. Et si tu veux le savoir, je pense qu'Abby serait capable de la gérer mieux que toi. Quant à toi, à mon avis, tu auras à faire un travail d'introspection demain soir. Du coup, je me demande si tu n'aurais pas intérêt à être seul pour te faciliter les choses.

Il avait probablement raison. Il faudrait que je me concentre sur le week-end qui venait de s'écouler, après en avoir discuté avec Abby. Ce serait sans doute plus facile si elle repartait.

Après tout, il y aurait toujours lundi soir. Mardi soir. Et mercredi soir…

Les pleurs de Sam interrompirent le fil de mes pensées.

— Argh… il ne dort jamais, dit Paul. J'y vais.

— Du coup, je ne suis plus du tout sûr d'avoir envie de venir chez toi le week-end prochain, ironisai-je.

— Je te reçois cinq sur cinq.

Je raccrochai après lui avoir promis de discuter de nos projets avec Abby et de le rappeler dans le courant de la semaine.

J'avais à peine raccroché que le téléphone se remit à sonner.

Jackson.

— Salut, cousin. Quoi de neuf?

— Félicia et moi aimerions vous inviter à un barbecue demain soir. Pendaison de crémaillère.

Ils venaient d'acheter une maison à la périphérie de la ville, Jackson ayant décidé que son penthouse ne convenait pas à des nouveaux mariés. Ils avaient commencé à emménager le week-end précédent, même si, en théorie, Félicia habitait toujours avec Abby.

Encore un sujet que nous devrions aborder le plus tôt possible.

— Un barbecue?

— Tu sais. Des steaks. Des patates. De la nourriture virile, quoi. Mais je peux ajouter du poisson sur le grill si tu veux.

Je voulais avoir le temps de récupérer le collier d'Abby et de lui soumettre le programme du week-end prochain avant de prendre une décision.

— La viande, ça me va très bien, dis-je en réfléchissant à toute vitesse. Vers quelle heure?

— Je ne sais pas, répondit-il. Quelle importance? Tu as un avion à prendre ou quoi?

— Cinq heures, ça irait?

Ce qui nous laisserait deux heures. Pas top pour notre premier week-end, mais ça pourrait aller.

— C'est parfait, dit-il. Non, chérie, l'entendis-je enchaîner sans transition. Ça, ça reste là. C'est un truc de foot.

Je toussotai discrètement.

— Désolé, Nathaniel, fit-il. Ah les femmes, tu sais ce que c'est. Je l'adore, Félicia, mais pas question qu'elle touche à mes affaires.

En raccrochant, je balayai le salon du regard.

Les femmes, tu sais ce que c'est…

Eh bien non, justement, je l'ignorais.

6

Abby

Il récupéra le collier vers quinze heures le dimanche après-midi. Ses doigts effleurèrent mon cou. Ce simple contact me fit frissonner.

— Merci de m'avoir servi ce week-end, dit-il.

— Merci de m'avoir permis de te servir.

Je ne voulais surtout pas qu'il pense que ces quarante-huit heures m'avaient laissée sur ma faim. Compte tenu surtout des erreurs que j'avais commises.

C'était fou, mais je me sentais différente sans le collier. Pas comme si j'étais libérée d'un poids ou d'un fardeau. C'était inexplicable. Maintenant que Nathaniel me l'avait retiré, je comprenais ce qu'il avait voulu dire en affirmant que le porter me mettrait dans un certain état d'esprit.

Je coulai un regard dans sa direction et devinai l'ombre d'un sourire sur ses lèvres.

— Tu veux bien t'asseoir là, à côté de moi, pour que nous bavardions un peu? proposa-t-il.

On aurait dit que quelque chose avait changé en lui aussi. Il se comportait autrement. Avec moins d'assurance.

Ou était-ce l'effet de mon imagination?

La fille des jours ordinaires se serait gentiment moquée de lui. La semaine précédente, je lui aurais même répondu du tac au tac.

Seulement, je venais de passer deux jours à céder à mes pulsions primitives, lesquelles n'incluaient pas de reparties cinglantes.

Et naturellement, il le savait.

— J'avais espéré que tu serais plus…

Il s'interrompit, cherchant ses mots.

— … désinhibée sans le collier.

Là, il exagérait.

— Parce que tu trouves vraiment que j'étais inhibée, ce week-end? À quel moment exactement? Quand j'étais étalée toute nue sur le banc? Ou ligotée à la table? Ça y est, j'y suis, ajoutai-je en me tapotant le front de l'index. Les pinces à tétons, c'est ça, hein?

Je repris mon souffle avant de me lancer dans une longue diatribe concernant nos activités du samedi soir, lorsqu'il saisit mon visage dans ses mains pour me donner un long baiser dévastateur.

— Enfin, je te retrouve, dit-il en s'écartant, les mains encadrant mon visage. Je me disais bien que tu te cachais quelque part.

J'enfouis les doigts dans ses cheveux, tirant sur ses mèches ébouriffées.

— Je ne suis jamais partie, que je sache.

— Ce n'est pas ça. Je craignais que tu restes bouche cousue. Ou qu'un malaise s'installe entre nous.

Je fronçai les sourcils.

— Attends un peu. J'ai juste besoin de… Est-ce que *m'adapter* est le mot approprié?

Il me désigna le canapé, s'assit et tapota les coussins à côté de lui.

— Comme tu veux. Pose-toi là, près de moi, d'accord? Allonge les jambes sur mes genoux. Je vais t'offrir un petit massage.

J'obéis et posai les pieds sur ses cuisses.

— Je sais que j'abuse de ta gentillesse, mais j'adore me faire masser.

Il souleva mon pied gauche qu'il se mit à peloter en étirant mes orteils de ses longs doigts magiques.

— Ma gentillesse? Comment ça?

— En nous donnant une chance. Quelle que soit la manière dont nous nous y prendrons.

— Tu ne vas pas jeter l'éponge et me dire que tu ne veux plus du collier?

— Bien sûr que non. Comment peux-tu penser une chose pareille?

Le silence retomba pendant quelques minutes. Il s'affairait d'un air concentré, les sourcils froncés.

— J'ai peur d'avoir été trop dur et autoritaire envers toi et que tu me rejettes. Jusqu'à un certain point, en tout cas.

— Tu le crois vraiment?

— Oui.

J'avalai ma salive avec peine. Ce ne serait pas facile, mais il fallait que je lui confie mes craintes avec une honnêteté au moins égale à la sienne.

— Je me disais que tu ne voudrais pas de moi non plus. Que me former serait si pénible que tu finirais par baisser les bras. Et puis j'ai commis plein d'erreurs…

Ses mains cessèrent leur merveilleux manège.

— Le contraire m'aurait surpris. C'était notre premier week-end et j'ai été plus sévère et exigeant que d'habitude.

J'accueillis cette remarque avec soulagement.

— C'est vrai?

— Je te l'avais dit vendredi soir.

— Oui, et une heure après, je me plantais en beauté.

Il reprit son massage.

— Dis-moi franchement. Qu'as-tu ressenti quand je t'ai interdit d'avaler mon sperme?

Je me remémorai la scène.

— J'avais peur d'être prise d'un haut-le-cœur et de tout te recracher à la figure. Et puis j'étais terriblement fâchée de t'avoir déçu. D'un autre côté, je ne te cache pas que je suis assez fière du pouvoir que j'exerce sur toi. La preuve, tu n'as pas pu t'empêcher de venir me réveiller au milieu de la nuit.

— C'est vrai.

— Et puis… te renvoyer ce pouvoir et t'abandonner les rênes, c'est…

Il sourit, attendant patiemment que je termine ma phrase.

— Bref… j'adore.

— Et la punition?

— Je mentirais en te disant que c'est ma tasse de thé. Personne n'aime souffrir gratuitement. Je ne suis pas maso, tu sais.

— C'était efficace au moins?

— Très.

— Tant mieux. C'était le but recherché. Au fait, pourquoi ne m'as-tu pas répondu quand je t'ai demandé comment tu préférais me prendre?

— Parce que je réfléchis trop. Je ne savais pas quoi dire, ce que tu aurais voulu entendre, ce qui arriverait si je tirais la mauvaise carte.

Ses pouces s'affairaient toujours sur la plante de mon pied, pressant et massant la zone sous mon gros orteil.

— Le pire, c'est le silence. C'est exceptionnel que je te laisse l'initiative pendant le week-end, et quand cela arrive, j'entends que tu obéisses. Tu aurais pu décider n'importe quoi – même ta main.

— Même te chevaucher?

Il me dévisagea et je vis ses yeux s'assombrir.

— Je ne t'ai imposé aucune restriction. Je me suis contenté de te laisser le choix, un point c'est tout.

L'image de nos deux corps emmêlés bougeant à l'unisson me revint à l'esprit.

— Et si je t'avais demandé de me faire l'amour?

La façon dont il avait débarqué dans ma chambre ne cadrait pas vraiment avec cette hypothèse. De toute manière, je ne l'aurais jamais suggérée. N'empêche que je voulais savoir comment il aurait réagi.

Il souleva mon pied et embrassa la plante.

— Je ne me serais pas conduit de cette façon.

— Mais tu l'aurais fait?

— Oui, puisque tu le désirais.

J'étais infiniment frustrée par contrecoup.

— Oh!

— Abby, ne te laisse pas abattre, fit-il, comme s'il comprenait ma déception. Dis-toi bien que l'échec fait partie intégrante de l'apprentissage.

— Peut-être, mais j'ai raté une occasion unique.

— Et tu en rateras d'autres. Comme moi. Apprendre, c'est courir le risque de se tromper pour progresser.

Il saisit l'autre pied, dont il se mit à frotter délicatement la plante de haut en bas.

— Merci pour le poème, dis-je.

Les quelques vers qu'il m'avait récités avaient opéré le miracle d'apaiser mes peurs.

— Je t'en prie. Tout le plaisir était pour moi.

La maison de Félicia et Jackson était magnifique. Elle comportait cinq chambres flanquées de cinq vastes salles de bains et trois toilettes séparées, sans oublier l'immense terrasse. J'avais consacré la plupart de mes pauses déjeuners et de mes soirées à arpenter les magasins de meubles, les antiquaires et les boutiques de créateurs. Félicia avait la décoration dans le sang. Elle savait ce qu'elle voulait et l'obtenait la plupart du temps. Bien sûr, être fiancée à l'un des footballeurs les plus célèbres du pays était un sérieux avantage.

Pourtant, la tristesse avait terni les dernières semaines que je passais avec elle. Nous étions inséparables depuis tant d'années… J'avais du mal à me figurer qu'elle allait déménager dans une quinzaine de jours. Lorsque je ne dormirais pas chez Nathaniel, je me retrouverais bien seule.

À moins que…

Non. Il était trop tôt pour envisager d'emménager là-bas. Même s'il me le proposait.

Au fond, où était le problème, puisque je passerais le plus clair de mon temps chez lui après le mariage, de toute façon.

Quand même…

Trop risqué. Inutile de précipiter les choses.

Il ouvrit ma portière et me tendit galamment la main.

— Un sou pour tes pensées.

J'entrelaçai mes doigts aux siens.

— Rien de particulier. Je réfléchissais.

— Rappelle-moi de te dire quelque chose à propos du week-end prochain, ajouta-t-il pendant que nous montions les marches du perron.

Je le dévisageai, interloquée. Il n'avait pas l'habitude de me consulter à ce sujet.

— Le week-end prochain? Pourquoi? Qu'as-tu prévu?

Il me pressa la main.

— On en reparlera plus tard.

Jackson nous ouvrit. Il alla vers moi et me serra dans ses bras.

Je lui rendis son étreinte avec affection.

— Entrez, entrez. J'étais sur le point d'allumer le barbecue. Félicia est dans la cuisine, ajouta-t-il à mon intention. Elle aimerait avoir ton avis à propos de je ne sais quoi.

— Pas du tout, elle veut juste que j'approuve ses décisions sans réserve.

Il éclata de rire.

— Bien vu, tu as sans doute raison.

Félicia préparait une salade dans la cuisine. Une fois les hommes partis sur la terrasse avec les steaks destinés au barbecue, elle me jeta un regard surpris.

— Tiens, tu ne portes pas ton collier?

Je ne lui avais pas parlé des nouvelles clauses de notre accord. Elle savait seulement que j'avais passé le week-end chez Nathaniel et elle avait probablement deviné le reste. Je me perchai sur l'un des tabourets de bar tout neufs que nous avions achetés la semaine précédente.

— Je croyais que tu ne voulais pas de détails. Tu vois, je savais qu'ils iraient bien dans la cuisine, enchaînai-je sans transition en désignant les sièges, histoire de couper court à la conversation.

Elle nettoya une tête de laitue dans l'évier.

— Oui, tu avais raison. Et non, je ne veux pas de détails. Je m'attendais à le voir autour de ton cou, c'est tout. D'autant que tu as passé le week-end chez lui. Ce qui me rappelle que tu n'as même pas emporté un sac avec tes affaires.

Cette fille était sacrément observatrice.

— Ou tu veux des détails, ou tu n'en veux pas. C'est l'un ou l'autre. Je peux t'aider? ajoutai-je en attrapant un couteau.

Sans mot dire, elle me tendit un concombre que j'entrepris de découper.

— Si tu tiens à le savoir, je porte le collier le week-end, pas pendant la semaine.

— C'est possible, ça?

Je m'appliquais à détailler le concombre en petits cubes.

— Franchement, Félicia…

— Écoute, je m'inquiète pour toi. Surtout depuis la dernière fois…

— Tu es adorable, mais ce n'est pas la peine. Les choses ont changé depuis la dernière fois.

— Il a intérêt à faire gaffe. De quoi aurais-je l'air si je trucidais mon cousin par alliance?

J'eus un pincement au cœur à l'idée qu'elle ferait bientôt partie de la famille de Nathaniel. Elle aurait pour ainsi dire un lien particulier avec lui et pas moi.

— Au moins, il est en diamants, ajouta-t-elle. Il ira bien avec ta robe.

Son commentaire me désarçonna. Je n'imaginais pas le porter pendant la cérémonie. Seulement, le mariage étant prévu un week-end, je n'avais pas le choix. Je me mordillai les lèvres en déposant le concombre dans le saladier. Ce n'était pas bien grave. Je l'avais déjà arboré en présence de la famille. Je pouvais donc recommencer.

Oui, mais c'est le mariage de Félicia.

Pas de problème. Nathaniel n'allait pas m'attirer dans un placard sombre pour me fesser avec un cintre.

D'un autre côté, ce serait amusant.

Je rougis à cette idée.

Arrête tes bêtises.

Et s'il m'obligeait à glisser sous la table pour le sucer?

Non, il ne ferait jamais ça.

Je secouai la tête pour chasser cette vision. *Concentre-toi sur la salade, Abby.*

Je devrais servir Nathaniel pendant le mariage. J'avais beau m'évertuer à ne plus y penser, je n'y parvenais pas et laissais courir mon imagination. Le temps de préparer la salade, j'avais déjà concocté un tas de scénarios possibles, tous plus cochons et passionnants les uns que les autres.

Je lavais le couteau au robinet quand j'entendis des rires fuser au bout du couloir. Jackson et Nathaniel surgirent dans la cuisine.

Jackson était beau à couper le souffle. Avec sa carrure d'athlète et sa bonne humeur constante, il faisait tourner toutes les têtes.

Son cousin, plus taciturne et discret, se mouvait avec une élégance, une assurance tranquille qui me faisaient battre le cœur. Il posa les steaks sur la table, ses prunelles brûlantes rivées sur moi. Je tressaillis et fixai ses lèvres pleines, me rappelant les baisers qu'il avait plaqués le long de mon échine après m'avoir prise sur le banc de flagellation, la veille. La façon dont il m'avait ordonné d'observer mes seins hérissés de pinces.

Petite coquine.

Les joues brûlantes, je baissai précipitamment les yeux sur le couteau que j'étais en train de rincer.

— Abby, tu es toute rouge, intervint Jackson. Tu veux que je mette la clim?

Je désignai l'évier du menton.

— Non, pas la peine. C'est à cause de l'eau chaude.

Bien entendu, Nathaniel n'était pas dupe. Il se plaça derrière moi, s'empara du couteau qu'il posa sur le comptoir et me fit pivoter vers lui.

— À mon avis, il est assez propre comme ça. Ça va, Abby, tu es sûre?

Les mots qu'il m'avait serinés *ad nauseam* ces derniers jours pour s'assurer que je me sentais bien et étais capable de poursuivre le jeu. Je me mis automatiquement en mode soumise.

— Oui, Maî..., Nathaniel, bafouillai-je.

Je me haussai sur la pointe des pieds et effleurai sa joue de mes lèvres avant de lui chuchoter à l'oreille.

— Ça va très bien. J'étais perdue dans mes pensées, c'est tout.

Son expression restait indéchiffrable, à croire qu'il réfléchissait s'il allait ou non me répondre.

— Je me demandais..., marmonna-t-il sans finir sa phrase.

— Hé, vous deux, dit Jackson. Arrêtez les mamours. On passe à table.

Nathaniel m'avait prise dans ses bras et, de l'extérieur, nous avions l'air d'un couple amoureusement enlacé. Je me tournai vers Félicia qui hocha la tête d'un air approbateur en sortant du placard une pile d'assiettes qu'elle fourra dans les mains de Jackson.

— Tiens, dit-elle, emporte ça dehors avec les steaks. Je ne sais pas pourquoi vous les avez ramenés à la cuisine. Vous voulez bien vous charger de la salade? nous demanda-t-elle, à Nathaniel et à moi.

— O.-K., dis-je, sans m'arracher à l'étreinte de Nathaniel.

Félicia et Jackson se hâtèrent d'aller vérifier la cuisson des pommes de terre sur le grill.

— Désolée, lançai-je à Nathaniel quand ils furent loin.

— De quoi?

— Ça m'a échappé, je ne sais pas pourquoi…

— Arrête de t'excuser pour un oui ou pour un non, tu me le promets?

— Je vais essayer. Je ne sais pas ce qui m'est passé par la tête, repris-je. C'est peut-être parce que tu m'as demandé si j'allais bien. Ça a dû déclencher je ne sais quoi.

— C'est ma faute. Je ferai plus attention à l'avenir.

Il alla chercher deux flacons de vinaigrette dans le frigo.

— Il n'y a que des sauces italienne et ranch? Pas de sauce au bleu?

Je haussai les épaules.

— Félicia n'a pas eu le temps de remplir le frigo, je suppose. Tu vas devoir te contenter de sauce italienne, ce soir, j'en ai peur.

Il reprit la conversation là où il l'avait laissée.

— Quand je suis entré dans la cuisine tout à l'heure, tu m'avais l'air bien songeuse, j'aimerais savoir à quoi tu pensais. Nous n'aurions peut-être pas dû venir et rester à la maison ce soir, enchaîna-t-il en mastiquant pensivement un bout de concombre chipé dans le saladier.

Je m'étais posé la même question. C'était étrange de se comporter en couple «ordinaire» après un week-end aussi agité.

— Je sais. Mais ça va aller. Jackson est tellement drôle et puis je veux montrer à Félicia que tout se passe bien entre nous.

J'attrapai le saladier et me dirigeai vers la porte.

Nous étions sortis plusieurs fois avec Félicia et Jackson depuis que nous nous étions réconciliés. En fait, une partie de moi regrettait de ne pas être restée à la maison avec Nathaniel, tandis que l'autre avait très envie de la compagnie de Jackson et de Félicia. Pour leur prouver, d'une certaine manière, que nous étions capables d'avoir une relation normale, comme tout le monde.

Jackson retirait les pommes de terre du barbecue.

— Vous arrivez juste à temps, dit Félicia.

Nathaniel posa les sauces sur la table, me débarrassa du saladier et m'avança une chaise.

— Tu n'as pas besoin de le faire, dis-je en m'asseyant pendant qu'il repoussait mon siège contre la table.

Il promena ses doigts le long de mon dos, s'attardant sur ma nuque, comme si me toucher l'apaisait.

— Ça me fait plaisir.

Je lorgnai vers nos hôtes qui bavardaient devant le barbecue. Félicia tenait le plat de pommes de terre à bout de bras.

— J'aime te dorloter, ajouta-t-il en prenant place à côté de moi.

— Tu ne t'en es pas privé de tout le week-end.

Il me sourit.

— Non, c'est toi. Tu renverses les rôles.

J'étalai la serviette sur mes genoux.

— Disons que nous nous l'avons fait mutuellement, ça te va?

— Oui. Mais à l'avenir, tu devras quand même accepter que j'avance ta chaise, que j'ouvre ta portière et me lève quand tu sors de table. J'ai été élevé de cette façon. Mon père et mon oncle agissaient de même envers ma mère et Linda, et pourtant elles ne les avaient jamais servis comme tu le fais.

— Sait-on jamais?

Il se mit à rire.

— Je préfère ne pas y penser.

Jackson et Félicia revinrent à table.

— Alors, dit Jackson en prenant place, à quoi avez-vous passé le week-end?

Les yeux de Félicia s'agrandirent. Je faillis éclater de rire, tellement c'était comique. Qu'est-ce qu'elle croyait? Que j'allais m'étendre sur nos faits et gestes au cours des dernières quarante-huit heures?

— Rien de spécial, à part le délicieux pain perdu qu'Abby nous a préparé pour le petit déjeuner, ce matin, répondit Nathaniel. C'est sa spécialité, ajouta-t-il en levant son verre dans ma direction. Elle t'a donné la recette? demanda-t-il à Félicia. Jackson adore le pain perdu, lui aussi.

Elle secoua la tête.

— Il va devoir s'en passer. Je ne suis pas un cordon-bleu, moi.

La discussion dériva naturellement vers d'autres sujets. Je posai une main sur la cuisse de Nathaniel. Il la recouvrit de la sienne.

Je lui pressai le genou. *Merci.*

Il me renvoya l'ascenseur. *De rien.*

— Je rentre chez moi, déclara Félicia environ deux heures plus tard, une fois la dernière assiette enfournée dans le lave-vaisselle. Abby et moi devons encore potasser le plan de table.

Jackson s'adossa au comptoir.

— Tu peux m'expliquer pourquoi c'est si important?

Félicia attrapa son sac, posé à côté du frigo.

— C'est comme ça.

Il me décocha un clin d'œil, apparemment ravi d'asticoter sa fiancée.

— Mais, ma chérie, tu l'as déjà modifié au moins cinq fois. Que les Tompkins soient assis à côté des McDonald ou pas, ça ne nous empêchera pas de nous marier, non?

Elle ne releva pas et s'adressa à moi.

— Ton père arrive quand déjà?

Je glissai ma main dans celle de Nathaniel. Il m'avait affirmé avoir hâte de le rencontrer. Une pensée me glaça le sang: en voyant mon collier, papa ne manquerait pas de me bombarder de questions…

— Jeudi prochain.

Félicia se tourna vers Jackson, les mains sur les hanches.

— Tu crois qu'il appréciera d'être placé à côté des Tompkins, hein?

— Sûrement pas, intervint Nathaniel.

Très mauvaise idée, en effet. Qui souhaiterait que le père de son actuelle petite amie voisine avec les parents de son ex?

— Tu comprends maintenant pourquoi Abby et moi avons du pain sur la planche? reprit Félicia.

Nathaniel me prit le bras.

— Viens, je te raccompagne. On se voit toujours demain soir? ajouta-t-il sur le seuil de la porte à l'adresse de son cousin.

Jackson ne quittait pas sa fiancée des yeux.

— Oui, si je survis jusque-là. Écoute, on va faire un deal, suggéra-t-il à Félicia. J'accepte ton plan de table si tu me laisses exposer mes coupes au salon.

Les mains toujours sur les hanches, elle fit la moue.

— Si tu veux. Mais tu ne m'ôteras pas de l'idée qu'elles iraient mieux dans le bureau.

Il s'approcha, un grand sourire aux lèvres.

— Et toi, tu ne m'ôteras pas de l'idée que je ne comprendrai jamais rien au placement des invités.

Ils s'enlacèrent dans un grand éclat de rire. Puis il s'inclina vers elle et lui murmura quelques mots à l'oreille. Elle se serra contre lui en pouffant de plus belle.

Nathaniel m'entraîna vers la porte.

— On se voit demain pour déjeuner?

— Sushis?

— Je suis toujours partant pour les sushis. Même si je les préfère maison.

Nous étions arrivés à la voiture.

— On pourrait les préparer ensemble mardi soir et choisir autre chose pour le déjeuner demain, si tu veux?

— Mardi soir, ça me va. À propos, tu fais quoi, demain soir?

Je chassai une poussière imaginaire de sa chemise. Mes doigts me démangeaient de le toucher.

— Dernier essayage de ma robe.

— Super!

— Pas vraiment, mais je survivrai. Surtout si je pense à notre rendez-vous de mardi.

Il sourit.

— Va pour la soirée sushis mardi. Tu restes dormir après?

Je sentis son haleine tiède sur ma joue.

— Bien sûr.

Ses lèvres effleurèrent les miennes.

— Merci.

— Et puisque tu m'interdis de m'excuser, je te défends de me remercier. Comme ça, nous sommes quittes.

Son rire profond résonna à mes oreilles. Je m'écartai imperceptiblement.

— Marché conclu?

— Tope là.

Il se rapprocha. Je fermai les yeux et respirai son odeur boisée que j'aimais tant.

Nos bouches se prirent. Je fourrai mes doigts dans ses cheveux pour l'attirer plus près. Il gémit et m'embrassa fiévreusement, passionnément. Mais il n'était pas question d'aller plus loin, nous le savions tous les deux.

Il s'écarta à regret et me souffla à l'oreille.

— Je t'aime, tu sais.

7
Abby

J'allumai le cuiseur à riz avant de rejoindre Nathaniel, occupé à émincer des concombres, des carottes et des avocats. Je glissai la main sous son bras et m'emparai d'une carotte épluchée.

— Eh! fit-il en se retournant. J'en ai besoin.

— Pfft... tu en as plein d'autres.

Il plissa les yeux et me dévisagea d'un air faussement contrarié tandis que je mastiquais et avalais le légume.

— Je te signale que je préfère de loin les carottes aux petits pois, dis-je en agitant le trognon. Sauf cuites. Je déteste les carottes cuites.

De petites rides apparurent au coin de ses yeux et un grand sourire étira ses lèvres.

— C'est noté.

J'attrapai un économe et une nouvelle carotte.

— Puisque je t'ai chipé une carotte, le moins que je puisse faire est d'en éplucher une autre.

Il me tapota l'épaule.

— C'est la moindre des choses, en effet.

Il faisait de grands efforts pour me laisser organiser nos retrouvailles pendant la semaine. La veille, pendant le déjeuner, il s'était montré distant, contrairement à son attitude pendant le barbecue chez Félicia et Jackson où il n'avait pu s'empêcher de me tripoter pour un oui ou pour un non.

Je lui caressai la main.

— J'adore quand tu me touches. Ne va surtout pas penser que je n'aime pas ça et que je n'ose pas te le dire.

Son sourire s'élargit.

— Tu me connais trop bien.

Je me haussai sur la pointe des pieds pour déposer un baiser furtif sur ses lèvres.

— Ça dépend des fois.

Je lus dans ses yeux qu'il en doutait et décidai de ne pas insister. Et puis il y avait quelque chose de plus urgent dont je voulais lui parler. Je pivotai vers le comptoir et entrepris d'éplucher ma carotte.

— Au fait, tu voulais me dire quoi à propos du week-end prochain?

Il s'empara d'une autre carotte et nous nous activâmes de concert.

— Tu as déjà entendu parler de Paul et de Christine, n'est-ce pas?

Paul avait été le mentor et le coach de Nathaniel. Il m'avait confié un jour que c'était la seule personne à laquelle il s'était soumis dans le passé. La simple idée de Nathaniel obéissant volontairement à quelqu'un, même s'il n'était pas question de sexe, me perturbait profondément tant elle me paraissait improbable.

Christine était la femme de Paul et sa soumise. Ils avaient un petit Sam âgé de trois mois. Paul avait envoyé par e-mail à Nathaniel les photos d'un adorable bébé potelé avec un sourire absolument craquant.

— Oui, bien sûr, je sais de qui il s'agit.

— J'ai téléphoné à Paul dernièrement. Il nous invite à New Hanover le week-end prochain.

Ce week-end?

— Je lui ai dit que je t'en parlerais d'abord. Tu pourrais faire la connaissance de Christine. C'est une soumise et je crois que ce serait une bonne idée d'échanger avec elle.

Je continuai d'éplucher ma carotte. *Quelqu'un avec qui échanger? Autre que Nathaniel? Curieux. Comment entrer en matière? Salut, moi c'est Abby, j'adore être dominée?*

— Il a suggéré un jeu de rôle devant nous, précisa Nathaniel. À condition que ça reste dans les limites du tolérable pour toi.

Regarder des gens s'envoyer en l'air?

L'économe m'échappa et tomba par terre. Il se pencha pour le ramasser, se redressa et prit mon visage dans ses mains.

— Le voyeurisme figure dans ta liste des limites négociables. Je ne te forcerai jamais à les dépasser, fais-moi confiance.

Mon esprit s'égara. Irions-nous dans la salle de jeux de Paul? Comment la séance se passerait-elle? Et Christine? Serait-elle d'accord?

— Tu as coché «nudité forcée en public» et «exhibitionnisme entre amis» dans la rubrique des pratiques acceptables, tu te rappelles? Nous n'irons pas plus loin, ce week-end. Tu resteras habillée et je ne te demanderai pas de jouer devant eux.

Je gardai le silence le temps de digérer ses paroles. Voulait-il me faire comprendre qu'il franchirait mes limites un jour?

Il avait attendu plusieurs jours avant de soulever la question du week-end parce qu'il voulait un avis objectif. Je compris immédiatement pourquoi il ne m'en avait pas parlé le dimanche, chez Jackson et Félicia. S'il m'avait posé la question plus tôt, j'aurais encore été sous l'influence du collier…

— Quand j'ai rempli le formulaire, je ne m'attendais pas à ce que tout arrive si vite, bafouillai-je.

— Tu ne veux pas?

— Non. Ce n'est pas ça. J'ai besoin d'un peu de temps.

Je retournai à mes légumes afin que tout soit prêt au moment où le riz serait à point. Dans l'intervalle, Nathaniel sortit le thon et l'anguille du frigo – prétexte pour me donner le loisir de réfléchir à mon aise.

— Tu as déjà baisé avec Christine?

Il leva les yeux du poisson qu'il était en train de déballer.

— Non, jamais.

— Et joué avec elle? insistai-je, reformulant la question.

Il saisit un couteau et entreprit de débiter le thon en fines lamelles.

— Non plus. Mais je les ai déjà regardés, Paul et elle.

— Tu m'enlèves les mots de la bouche.

— J'étais sûr que tu me poserais la question.

Je séparai les légumes en deux tas bien distincts – ma pile et la sienne – tout en réfléchissant à la question. Serait-il étrange de dîner avec un couple que je venais de reluquer dans la salle de jeux?

Il se lava les mains dans l'évier.

— Paul et sa femme jouissent d'une très bonne réputation dans notre communauté. Et ils ont l'habitude de gérer l'angoisse et l'appréhension. Tu seras un peu gênée au début, mais tous les deux sont très aguerris et ça se passera bien. Il m'a d'ailleurs confié que l'exhibitionnisme excitait Christine.

Je réfléchis à toute vitesse. Je me rappelai le jour où nous avions fait l'amour, au Super Bowl. J'en avais encore des frissons en y repensant.

Il s'approcha pour me caresser la joue.

— Christine serait de bon conseil pour toi. Elle comprendra entre les lignes et répondra à toutes tes questions, même à celles que tu n'oses pas poser. En plus, elle a épousé son dominant, conclut-il d'un ton neutre qui contrastait avec son regard brûlant dardé sur moi.

Épouser son dominant.

Nathaniel et moi en arriverions-nous là un jour? Le voudrait-il seulement? Et moi?

Je songeai à ma relation avec Félicia. Ce serait si agréable d'avoir une amie partageant le même art de vivre. Je repensai ensuite au formulaire où j'avais coché la rubrique des limites acceptables. Serais-je disposée à la modifier après coup? Est-ce que transgresser une de mes limites changerait profondément la donne?

Je souris.

— D'accord. On y va

— J'appellerai Paul demain, se borna-il à dire en m'embrassant sur la joue sans me demander, cette fois, si j'étais sûre de ma décision.

Après dîner, on sortit promener Apollon dans le parc. Il comprit immédiatement ce que nous nous apprêtions à faire et nous précéda dehors en jappant d'enthousiasme.

Nous marchions si près l'un de l'autre que nos mains se frôlaient à chaque pas. Arrivés sous les cerisiers, Nathaniel lança une balle de tennis au chien qui émit un petit grognement avant de se ruer derrière et de la ramener aussitôt en frétillant.

J'éclatai de rire lorsqu'il faillit déraper sur ses pattes en nous rejoignant, l'air hilare.

— Quel cabotin.

— Il aime faire le beau devant toi, commenta Nathaniel en relançant la balle.

Le jeu dura plusieurs minutes. L'air s'était enfin réchauffé, et même si le mariage n'était prévu que dans une semaine, il semblait bien que Jackson et Félicia auraient beau temps pendant la cérémonie. Je ne savais pas ce qu'il lui avait pris. Pour ma part, j'aurais été incapable d'organiser la fête à l'extérieur. Trop aléatoire.

— Quand expire le bail de ton appartement?

Surprise, je lançai la balle de travers et ratai ma cible. Heureusement, Apollon n'eut pas l'air de se formaliser.

— Mi-juin.

— Penses-tu le renouveler?

— Je n'ai encore rien décidé.

Je l'entendis respirer bruyamment à mes côtés.

— Écoute, j'ai réfléchi.

Je rassemblai tout mon courage et me préparai à entendre la suite. Allait-il me demander d'emménager chez lui? Si oui, que lui répondrais-je? Je relançai la balle d'une main tremblante.

— Ça ne t'ennuiera pas de te retrouver seule une fois que Félicia aura déménagé?

Je m'étais posé la question un nombre incalculable de fois.

— Aucune idée.

— Te savoir toute seule dans cet appartement ne me plaît pas.

— Parce que tu crois que Félicia n'avait rien d'autre à faire que de veiller sur moi? Je suis une grande fille, tu sais.

— Je sais. Je m'inquiète, c'est tout.

— Je pourrais peut-être me procurer un chien, ou t'emprunter Apollon, ou alors m'acheter une bombe lacrymogène, ou bien…

— Ou bien t'installer chez moi.

J'oubliai de respirer, le regard tourné vers Apollon pour me donner une contenance.

— Peut-être, ça dépend.

— De quoi?

— Si tu souhaites que j'emménage chez toi parce que tu en as envie ou parce que tu te fais du souci.

Il me dévisagea avec douceur.

— Comment peux-tu dire ça?

— À la manière dont tu as posé la question, ça ne me paraît pas évident.

Il prit mon visage entre ses mains et me força à le regarder.

— J'ai été maladroit. Voyons si je peux me rattraper. Je veux me réveiller à côté de toi le matin, lorsque tes cheveux sont en bataille et que tu es de mauvais poil avant ton café. Je veux te retrouver le soir pour que tu me racontes ta journée pendant que nous préparons le repas ensemble. Et je te veux la nuit près de moi parce que j'adore m'endormir dans tes bras. Alors, tu veux bien venir vivre avec moi? conclut-il, ses lèvres caressant les miennes.

La gorge sèche, j'étais incapable de prononcer une parole.

— Abby?

— Oui… Bien sûr que oui.

Souriant, il me prit par la main et m'entraîna vers la maison.

Plus tard, debout devant la grande baie vitrée de sa chambre, je l'observais pendant qu'il sortait Apollon une dernière fois avant la nuit. Le chien gambadait dans le jardin, la truffe au sol. À ses côtés, Nathaniel contemplait la lune, absorbé dans ses réflexions.

Je promenai mon regard sur le parc, depuis l'allée où il garait sa voiture jusqu'à la rangée d'arbres qui la dérobait au regard. J'avais du mal à croire que, d'ici trois semaines, je serais ici chez moi. Dans cette maison. Ce jardin. Cette chambre.

— À quoi penses-tu si fort?

Je ne l'avais pas vu ni entendu rentrer. Je me retournai vivement.

Il avait ôté sa cravate, mais il portait encore un pantalon et une chemise blanche. Il sourit en me voyant sursauter et s'avança vers moi.

— Je me disais que, dans moins d'un mois, cette chambre serait la nôtre.

Il me rejoignit en deux enjambées et posa les mains sur mes épaules.

— La nôtre… j'aime la façon dont tu dis ça.

— C'est vrai? Tu vis seul depuis si longtemps que j'aurais peur de te gêner en envahissant ton espace privé.

Il me caressa la joue et, du bout des doigts, il traça un sillon brûlant jusqu'au creux de ma gorge avant de remonter jusqu'à mes lèvres.

— Voilà des années que je me dis que quelque chose ne tourne pas rond chez moi. Comme si j'étais moins qu'un homme à cause de mes penchants. Je ne veux plus être seul. Maintenant que je t'ai trouvée et que tu acceptes de vivre ici, avec moi, je ne vais plus te lâcher. Au fait, tu es magnifique dans cette tenue, ajouta-t-il en m'attirant contre lui pour poser un petit baiser au coin de mes lèvres. Je voulais te le dire avant, mais tu m'as distrait en parlant de la chambre.

J'étais ravie qu'il ait remarqué ma nuisette. Je l'avais choisie pour fêter notre première nuit ensemble après le week-end. Le fin tissu vaporeux couleur argent qu'il aimait tant soulignait avantageusement mes courbes.

— Et ça, ça te plaît aussi? minaudai-je en pivotant sur moi-même.

De fines bretelles s'entrecroisaient dans le dos, et une longue fente remontait le long de ma jambe.

— Et comment!

Pour ne pas être en reste, je m'approchai et entrepris de défaire les boutons de sa chemise l'un après l'autre.

— J'adore cette chemise blanche, mais je crois que je te préfère sans.

Je le déshabillai sans hâte, me réjouissant à l'idée que nous avions toute la nuit pour nous aimer, apprendre à nous connaître par petites touches. Très bientôt, nous passerions chaque nuit de la semaine dans les bras l'un de l'autre et peut-être qu'un jour, j'apprendrais à considérer cette chambre et son occupant comme miens.

Sans cesser de me caresser, il fit passer le léger vêtement par-dessus ma tête avec une infinie tendresse.

— Tu es si belle sous le clair de lune, fit-il, la voix éraillée de désir, ses mains s'activant sur tout mon corps.

C'était lui qui me rendait belle. Ses paroles. Ses doigts magiques. Son amour.

Sans me donner le temps de prononcer un mot, il captura mes lèvres et m'embrassa.

Nous étions déjà nus lorsqu'il repoussa l'édredon pour m'allonger sur le lit. Puis il s'étendit sur moi de tout son long, semant un chapelet de petits baisers dans le creux de mon cou. Je promenai mes mains sur son dos et le sentis frissonner lorsque mes ongles griffèrent légèrement son échine.

Enhardie, je le fis basculer sur le lit et me relevai pour l'enfourcher, effleurant ses mamelons du bout des doigts, puis de mes lèvres. J'avais presque oublié son goût délicieux - une note boisée tellement virile.

Je couvris de petits baisers son ventre plat tandis que mes mains s'aventuraient plus bas. J'évitai sa queue, concentrant mon attention ailleurs - le creux de son nombril, les boucles de sa toison, la peau sensible de son entrejambe.

— Abby..., grogna-t-il, pendant que je mordillais l'intérieur de sa cuisse à petits coups de dents.

J'étais tout près de son érection, si près qu'il pouvait sentir mon souffle brûlant, je le savais. Il souleva les hanches dans l'espoir vain de se frotter contre mes lèvres, mais je n'en avais pas encore fini.

Je m'écartai pour admirer la pâle clarté de la lune se refléter sur son corps. Puis je me redressai et traçai du doigt de petits cercles nonchalants de son épaule à sa jambe, contournant soigneusement l'endroit où il mourait d'envie que je m'attarde. Je m'aventurai plus loin et empoignai ses bourses, laissant danser l'autre main le long de sa jambe.

— Regarde les rayons de la lune qui jouent sur ta peau. L'ombre ici, la lumière là.

Il tenta de m'attirer à lui.

— Abby, viens, je n'en peux plus.

— Pas encore.

Ses mains effleurèrent mon bras.

— J'ai tellement envie de toi.

— Patience. Tu es trop pressé.

Je rampai plus bas pour lécher son genou, le retournai et lapai la petite parcelle de peau à l'arrière.

— Tu es féroce, geignit-il.

Bien décidée à ne pas me laisser déconcentrer, je m'efforçai de mémoriser la courbe de son mollet. Je glissai les mains sous sa jambe et lui soulevai le pied, cherchant l'endroit juste au-dessous de la cheville. Je le trouvai et embrassai la peau délicate.

Il soupira bruyamment.

— Qu'y a-t-il? Tu as mal?

— Personne ne m'avait jamais embrassé là.

— Quel dommage!

Je me remis à sucer cet endroit, à le laper à grands coups de langue avant de m'attaquer à l'autre jambe. Après quoi, je descendis le long de son corps, à l'évidence aussi excitée que lui. Il se redressa à son tour, agaçant de ses pouces les pointes durcies de mes seins. Je crus que j'allais partir sur-le-champ.

Il observa ma réaction avec un petit sourire.

Il baissa la tête et happa un téton entre ses lèvres.

— Impatiente, hein?

J'agrippai plus fermement ses cheveux.

— Oui.

— Dommage, dit-il en passant à l'autre téton.

Il m'allongea sur le lit sans décoller la bouche de ma peau. Je me tortillai sous lui pendant que sa bouche câline naviguait entre mes seins, promenant sa langue de-ci de-là, au petit bonheur, pour m'aguicher.

Un gémissement m'échappa lorsqu'il frôla mon ventre. Il descendit encore et enfonça la langue dans ma chair, juste au-dessus de mon clitoris. Je sentis son haleine sur ma chatte humide et l'entendis glousser tout bas lorsque je me mis à bredouiller des paroles incohérentes.

J'agrippai ses épaules, je voulais qu'il me recouvre de son grand corps, je rêvais de sentir son poids sur moi. Il ne me fit pas languir et revint à la charge, m'écartant les jambes de ses genoux. Je l'enveloppai de mes bras et il enfouit la tête au creux de mon épaule.

Il me pénétra lentement, centimètre après centimètre. Lorsqu'il fut planté en moi jusqu'à la garde, je m'emparai de ses fesses pour l'enfoncer plus loin encore. Il décolla les hanches, se préparant à son premier assaut.

— Attends, dis-je.

— Pourquoi?

Je me délectai de sentir sa hampe me dilater alors qu'il me remplissait à fond.

Il s'immobilisa en marmonnant quelques mots indistincts.

Je n'en pouvais plus – c'était trop de volupté de l'avoir en moi et de ne pas pouvoir remuer pour me soulager. Je sentis sa respiration heurtée, son corps qui se crispait.

Je remontai les mains sur ses épaules.

— Maintenant, dis-je, à bout de forces.

Il ne se fit pas prier.

Il se retira presque complètement et revint à la charge d'une lente poussée fluide. Nous bougions à l'unisson. Mes jambes s'accrochèrent à sa taille et je me soulevai à chacun de ses coups de reins. Nous n'étions pas pressés. Nos corps imbriqués l'un dans l'autre, adoptaient un rythme paresseux. Pourquoi se précipiter? Mon orgasme enfla lentement et je sentis une douleur sourde irradier mes entrailles. Il devait éprouver la même chose, car il accéléra la cadence avant de s'engloutir tout au fond, m'embrochant brutalement.

Je tentai de m'accrocher à la sensation, pour l'étirer, la faire durer, mais c'était impossible. Je me raidis et m'abandonnai à la jouissance. Il me suivit de près et explosa dans un râle.

Nous restâmes immobiles de longues minutes. Il redressa la tête et me gratifia d'un long baiser exigeant. Je réussis à le faire rouler sur le dos de manière à me retrouver lovée contre son torse, ses bras autour de moi.

J'aurais voulu rester éveillée toute la nuit à bavarder de tout et de rien. Mais les émotions de la journée réclamaient leur dû, je n'avais plus ni la force ni l'envie de bouger et je sentis mes paupières s'alourdir.

J'avais dû parler à voix haute, car je le sentis se gondoler de rire sous moi.

— Dors, chuchota-t-il en caressant mes cheveux. Nous aurons tout le temps plus tard.

8
Nathaniel

Je retrouvai Abby chez elle à l'heure du dîner, le mercredi soir. Des cartons s'empilaient dans tous les coins. Nous prîmes place autour de la table pour déguster du poulet grillé accompagné de maïs.

— Dis donc, quel bazar! fis-je.

— Jackson doit envoyer un camion de déménagement ce week-end pour récupérer les affaires de Félicia.

— Tu ne te sentiras pas un peu seule après son départ?

Elle battit des paupières, sa fourchette suspendue en l'air.

— Je ne pense pas rester ici très longtemps après le mariage.

J'en oubliai de respirer. Elle avait l'intention d'emménager chez moi. Et pas seulement pour des raisons de commodité, je le savais. Pourtant, cela me faisait un drôle d'effet de l'entendre me le dire en face.

— Elle t'en veut de ne pas l'aider à déménager?

— Pas du tout. Elle sait que je ne peux rien prévoir les fins de semaine.

— Évidemment, puisque cela me revient de droit.

Elle ne releva pas.

— Elle a pas mal changé depuis quelque temps. Disons qu'elle est plus conciliante.

— Tant mieux. Je n'aimerais pas qu'elle te passe un savon à cause de nous.

Elle repoussa quelques grains de maïs sur le bord de son assiette.

— Ne te méprends pas. Elle comprend, mais ça ne veut pas dire qu'elle accepte. D'ailleurs, elle a même dit que les diamants de mon collier iraient bien avec ma robe.

Les diamants et la robe?

— Comment ça?

Elle arrêta de chipoter dans son assiette et me fixa.

— Ça se passe bien le week-end, non?

— Qu'est-ce qui se passe le week-end?

— Le mariage, Nathaniel, expliqua-t-elle patiemment comme si j'étais un enfant obtus.

— Je sais. C'est juste que je ne vois pas le… Ah, ça y est. Elle a cru que tu porterais le collier pendant la cérémonie?

Elle haussa les sourcils.

— Pourquoi? Ce ne sera pas le cas?

Encore tout faux. J'étais parti du principe qu'elle avait compris par elle-même.

— Je n'ai pas l'intention de te remettre le collier le week-end prochain.

— Ah non? Pourquoi?

Nous aurions dû en discuter auparavant, voire la première fois que nous avions défini les nouvelles clauses du contrat.

— Tu te rappelles pourquoi je ne veux pas que tu le portes pendant la semaine?

Elle hocha la tête.

— Oui, parce ça me mettrait dans un état d'esprit complètement différent.

Je lui pris la main par-dessus la table.

— Et maintenant que tu en as fait l'expérience le week-end dernier, tu es d'accord?

Je pouvais presque voir tourner les rouages de son cerveau. Elle se rejouait la scène de l'autre dimanche, quand elle avait failli faire un lapsus chez Jackson et Félicia.

— Oui.

— Tu crois que c'est l'état d'esprit approprié le jour du mariage de ta meilleure amie, dont tu es la demoiselle d'honneur en plus, je te signale?

— Oh…

— Et tu penses vraiment que j'aimerais être dans de pareilles dispositions d'esprit le jour du mariage de mon cousin, dont je suis aussi le témoin?

— Oh…, répéta-t-elle, frappée par cette évidence.

— J'aurais dû aborder la question plus tôt. L'idée ne m'était pas venue que tu envisagerais de le porter.

— On observe une trêve, quelque chose comme ça?

Je lui caressai les doigts du pouce.

— Nous apprendrons à faire des concessions et quelques ajustements pour que ça marche entre nous.

Un petit sourire étira ses lèvres.

— Alors je mets une croix sur le fantasme de me faire fesser avec un cintre dans le placard à balais.

J'ouvris de grands yeux.

— Tu fantasmes sur une fessée avec un cintre?

Elle hocha la tête, heureuse de me damer le pion.

— Et aussi sur une petite pipe pendant le dîner.

— Tu sais, il n'y a pas que les pervers qui aiment prendre leur pied dans un placard pendant un mariage.

— Ou s'offrir une petite gâterie sous la table? ajouta-t-elle, un éclair de malice dans les yeux.

— Petite sorcière, va!

Elle dégagea sa main et avala tranquillement une gorgée de vin blanc.

— Oui, n'est-ce pas?

— Que vais-je bien pouvoir faire de toi?

Elle leva de nouveau son verre et y trempa les lèvres.

— Aucune idée.

Je ne pouvais pas détacher mes yeux de sa bouche, l'imaginant autour de ma queue.

— Au contraire. Je suis sûre que tu débordes d'imagination.

— Possible.

Je désignai la chambre d'un signe de tête.

— Et si on en discutait ailleurs, dans un endroit un peu plus... confortable?

Elle se leva sans se presser.

— Peut-être. Mais on débarrasse d'abord la table. Je déteste laisser la vaisselle sale toute la nuit dans l'évier.

Je ramassai les assiettes et gagnai la cuisine.

— Au fait, Abby..., lançai-je avant de quitter la pièce. Pour qu'il n'y ait pas de malentendu, si c'était le mariage de quelqu'un d'autre... tu le porterais, mon collier.

Le vendredi après-midi, elle me rejoignit à l'aéroport à dix-sept heures trente. Je l'attendais devant le jet.

Je l'embrassai sur la joue et lui pris la main.

— Comment s'est passée ta journée?

— Interminable.

Oui, ma jolie. Je comprends exactement ce que tu veux dire. Le collier était déjà dans l'avion. J'avais prévu de le lui remettre une fois que nous aurions atteint la vitesse de croisière.

— J'aimerais qu'on discute un moment, dis-je après le décollage.

— Qu'est-ce qui ne va pas?

— Je voudrais simplement mettre les choses à plat avant de te passer le collier.

— Pour me donner l'occasion d'exprimer mes inquiétudes?

Je ne pus m'empêcher de sourire.

— Tu apprends vite.

— J'essaye.

Je le savais et je voulais l'aider le mieux possible.

— Je veux que tu te sentes à l'aise, ce week-end. Que tu parles librement avec Paul et sa femme. Et avec moi aussi.

— Vraiment?

Je hochai la tête.

— Disons que tu peux considérer la maison de Paul et Christine comme une vaste bibliothèque ou une table de cuisine. Tu pourras m'appeler «Monsieur» ou «Maître», puisque nous n'avons rien à leur cacher. J'aurai d'autres exigences concernant la salle de jeux, mais nous verrons ça demain. C'est compris jusque-là?

— Oui.

— Je t'avertirai si je décide d'apporter des modifications.

— C'est-à-dire? Je ne comprends pas.

J'étais ravi qu'elle se rebiffe. J'étais volontairement resté dans le vague pour voir si elle me demanderait des explications.

— Si je te refuse le droit de parler ou d'agir librement pour quelque raison que ce soit, je te le dirai. C'est plus clair?

— Ou si tu décides de me donner la fessée avec un cintre?

J'éclatai de rire.

— Par exemple.

— Compris.

Je consultai ma montre puis regardai par le hublot. L'appareil volait en régime stabilisé à vitesse constante. Je défis ma ceinture et me levai.

Elle ne me quitta pas des yeux pendant que je sortais le collier de son écrin, posé sur la table près du minibar.

Je le lui tendis.

— Approchez, Abigaïl. Montrez-moi à quel point vous désirez porter mon collier.

Je surveillai Abigaïl du coin de l'œil. Elle se tenait toute raide à côté de moi. Elle n'avait pas bougé depuis que nous avions quitté l'agence de location de voitures.

Je lui caressai le genou.

— Détendez-vous. Paul et Christine sont des gens tout à fait normaux qui partagent les mêmes centres d'intérêt que nous. Il n'y a pas de quoi avoir peur, je vous promets.

Elle hocha la tête et inspira à fond sans répondre.

— Souvenez-vous de ce que je vous ai dit dans l'avion. Je veux que vous vous sentiez libre de vous exprimer ce week-end, avec nos hôtes comme avec moi.

— Pardonnez-moi. J'ai vraiment hâte de les connaître, je vous assure. C'est que… maintenant que nous y sommes…

Je lui tapotai la main.

— Tout va bien se passer, vous verrez.

— Oui, Maître, répondit-elle sans grande conviction.

— Épargnez-moi les réponses bateau. Vous devez me faire confiance.

Elle ne dit mot pendant que je garais la voiture avant de descendre lui ouvrir la portière. Je ne savais plus quoi inventer pour la convaincre. Elle apprendrait par elle-même qu'elle n'avait rien à craindre chez Paul et Christine.

Ils habitaient une demeure modeste à un étage. J'essayai de me rappeler à quand remontait ma dernière visite – deux ans peut-être? À vingt et une heures passées, la maison était brillamment éclairée. Et le bébé? Paul m'avait dit que sa belle-mère viendrait chercher le petit Sam le jour suivant, si j'avais bonne mémoire.

Nous approchions lorsque j'entendis des braillements aigus.

— La nuit va être longue.

Elle ouvrit la bouche et la referma sans rien dire.

Je fronçai les sourcils avant de me retourner pour sonner à la porte.

Les cris redoublèrent au moment où Paul se profilait sur le seuil.

Il me donna l'accolade et nous invita à entrer d'un geste.

— Content que tu sois là. Vous devez être Abby, ajouta-t-il en lui tendant la main. J'ai beaucoup entendu parler de vous. Je suis très heureux de faire enfin votre connaissance.

Elle piqua un fard.

— Enchantée. J'ai beaucoup entendu parler de vous moi aussi.

— Ne prenez rien de ce que Nathaniel vous a dit pour argent comptant, murmura-t-il un rien moqueur. Enfin, pas tout, même s'il doit bien y avoir un brin de vérité quelque part.

Christine s'avança dans l'entrée, les mains tendues.

— Au contraire, croyez chaque mot et peut-être même plus, gloussa-t-elle. Bienvenue chez nous, Abby, enchaîna-t-elle, avant de me prendre dans ses bras. Comment vas-tu,

Nathaniel? Vous avez pu constater que Sam ne voulait pas rater votre arrivée.

— Disons que c'est une forme de contraception, glissa Paul.

Sa femme le fusilla du regard avant de pivoter vers nous.

— Entrez donc. Avez-vous besoin d'aide pour vos bagages?

— Je viens avec toi, proposa Paul.

— Pendant ce temps, Abby et moi vous attendrons au salon, intervint Christine. Puis-je vous offrir quelque chose à boire? lui demanda-t-elle tandis que Paul et moi quittions la pièce.

— Abby est charmante, dit Paul une fois dehors.

— C'est vrai.

— Tu angoisses pour le week-end?

— Un peu oui. Mais j'ai confiance en Christine. Elle saura trouver les mots pour la tranquilliser.

Il hocha la tête.

— Elle a ce don, en effet.

— J'espère bien. Abby n'a pas ouvert la bouche depuis l'aéroport.

Nous repartîmes vers la maison avec notre chargement.

— Vous êtes installés dans la chambre d'amis, au bout du couloir, dit Paul. J'espère que Sam ne vous empêchera pas de dormir.

— Ne t'en fais pas pour ça.

De retour à l'intérieur, il déposa le sac d'Abby près de la porte, s'excusa et gagna le salon où les deux femmes étaient en grande discussion. Il posa une main sur l'épaule de Christine, se pencha et lui parla à l'oreille. Elle répondit quelques mots que je ne pus entendre, se leva et lui planta un baiser sur la joue avant de se diriger vers la cuisine.

Paul me fit signe d'approcher.

— Nathaniel et moi allons un petit moment dans mon bureau, signala-t-il à Abby.

Elle hocha la tête.

Je savais que Christine la mettrait à l'aise, mais je ne voulais pas la quitter trop longtemps.

— Je reviens tout de suite, ajoutai-je.

— Oui, Monsieur, dit-elle en baissant les yeux.

C'était la première fois qu'elle m'appelait «Monsieur» en public, ce qui déclencha en moi un tourbillon d'émotions auquel je n'étais pas préparé. Je luttai contre l'envie de lui commander de filer dans la chambre d'amis. Où je la baiserais brutalement, vite et fort…

Paul m'entraîna à sa suite, me ramenant à la réalité.

Le bureau n'avait pas beaucoup changé depuis la dernière fois. Je remarquai les listes que je lui avais envoyées, étalées sur la table.

Je m'assis sur une chaise en face de lui.

— Tu as pris le temps de les lire?

— Oui, entre deux coliques de Sam.

— Qu'as-tu décidé pour demain?

Il ramassa l'une des listes.

— Abby a l'air assez hardie, même si elle n'est pas très aguerrie. J'ai remarqué qu'elle a clairement classé la canne comme limite à ne pas dépasser.

J'approuvai de la tête.

— Je t'ai appris à t'en servir, poursuivit-il. Tu es un expert. Je pensais l'utiliser avec Christine demain, histoire de prouver à Abby qu'elle n'a rien à craindre.

C'était une bonne idée. Elle verrait qu'une canne pouvait servir de jeu érotique, pas forcément de punition. J'en discuterais ensuite avec elle, et Christine de son côté aussi.

Soudain, je me rappelai notre conversation, quelques semaines plus tôt. L'appréhension que j'avais lue dans son regard lorsqu'elle avait mentionné l'histoire de Singapour. C'était encore trop tôt. Pas dès notre deuxième week-end.

— Non.

Il haussa un sourcil étonné.

— C'est une limite stricte, expliquai-je. Et comme nous avons commencé une relation qui sera, j'espère, à long terme, je veux y aller doucement.

— À long terme?

— Oui.

— Tu as bien changé, en quelques mois.

— Elle m'a beaucoup aidé. Elle m'a accordé son pardon et son amour. Je ne les méritais pas.

— Tout le monde a droit à l'amour. Je suis heureux que tu aies fini par t'en apercevoir et qu'Abby ne se soit pas découragée.

— Oui. C'est pour cette raison que je ne veux pas l'obliger à assister trop tôt à une séance avec une canne.

— Je vois que tu as eu un bon professeur.

— Pfft, ne prends pas la grosse tête.

Il se mit à rire.

— Souviens-toi d'une chose.

— Oui?

— C'est nouveau pour toi. Et pour Abby aussi. Ne la traite pas comme l'une de tes relations précédentes, parce que ce n'est pas le cas. En revanche, tu peux adapter les règles ou en créer de nouvelles.

— Merci. J'avais besoin de te l'entendre dire.

Il sourit.

— Je sais.

Ses mots résonnaient encore dans mon esprit une heure plus tard, au moment où Abigaïl sortait de la salle de bains attenante.

Elle inspecta la pièce et baissa les yeux pour examiner le plancher. Sans doute se demandait-elle où elle allait dormir.

J'avais eu toute la semaine pour y réfléchir.

Je tapotai le bord du lit.

— J'aimerais que vous dormiez avec moi cette nuit, Abigaïl.

Ses yeux s'agrandirent.

— Vous avez le droit de refuser, bien sûr, d'autant que Paul a prévu un matelas gonflable pour vous. Vous pouvez vous exprimer en toute liberté,

Elle déglutit péniblement.

— Comme vous le savez, il est rare que j'invite mes soumises à dormir avec moi. Même si je l'ai déjà fait.

Ce fut l'argument décisif.

Elle s'approcha et me prit la main.

— Je partagerai volontiers votre lit cette nuit, Maître.

9
Abby

J'étais si troublée que j'étais incapable de trouver le sommeil. Christine et Paul n'étaient pas du tout tels que je les avais imaginés, même si je n'avais pas une opinion tranchée sur ce sujet. J'avais envisagé quelque chose de plus sinistre.

Avec cette idée en tête, je n'étais pas du tout préparée à rencontrer un couple normal qui m'avait accueillie dans l'intimité de son foyer. Paul, de quelques années notre aîné, était grand, athlétique, avec des cheveux blonds et de magnifiques yeux bleus. Sa femme, plus petite, était dotée d'une abondante chevelure châtain mi longue et d'un regard pétillant de malice.

J'avais cherché quelque chose, n'importe quoi, un contact, un regard, un geste, un indice pouvant trahir la nature de leur relation.

En vain. Hormis Christine taquinant son mari ou lui faisant de gros yeux quand il avait traité leur bébé braillard de moyen de contraception efficace. Pas de sourire de connivence. Pas de contact subtil et équivoque.

Rien.

Un couple ordinaire, quoi.

Lorsque Paul et Nathaniel eurent quitté le salon, Christine se mit à bavarder avec naturel, me questionnant sur les circonstances de notre rencontre, Nathaniel et moi. Elle était au courant du mariage de Félicia et Jackson et elle aborda également le sien. Ensuite, la conversation glissa sur le bébé, les avantages et inconvénients de la maternité. Elle ne fit jamais allusion... bref, à ce que je croyais que nous évoquerions.

À son retour, Nathaniel m'entraîna dans la chambre d'amis.

Je me tournai et me retournai, attentive à ne pas le déranger. Je n'en revenais pas qu'il m'ait demandé de dormir avec lui et je me sentais presque honorée. Il n'avait pas partagé son lit avec ses soumises plus de quatre fois de toute son existence, d'après ce que j'avais compris entre les lignes lors de nos conversations précédentes.

Nous n'avions pas abordé le programme du lendemain. Je pensais à ce qui se passerait dans la salle de jeux, à ma réaction quand je verrais Paul et Christine nus...

La chambre possédait un lit double, détail que je trouvais étrange sans trop savoir pourquoi. J'en avais un chez moi. Nathaniel et moi l'avions déjà partagé, même si nous dormions plus fréquemment dans l'immense lit qu'il possédait chez lui.

Je décidai de me concentrer sur ce sujet, histoire de passer le temps. Pourquoi les désignait-on par lit simple, double, jumeau et non simplement par petit, moyen ou grand?

Les genoux repliés sur ma poitrine, j'en étais là de mes réflexions quand je sentis deux bras m'enlacer. Nathaniel m'attira contre lui.

— Pourquoi êtes-vous si nerveuse?

— Je suis désolée de troubler votre sommeil, Monsieur.

— Voulez-vous en parler?

— Pas si cela vous vous empêche de dormir.

Il écarta mes cheveux et m'embrassa sur la nuque.

— Dans ce cas, je ne vous l'aurais pas demandé. C'est à votre bien-être que je pense. Je veux que vous vous reposiez pour être en pleine forme demain.

J'en connaissais la raison. Je savais les heures et le soin qu'il mettait à organiser nos week-ends. Nous avions perdu pour cette visite un temps précieux que nous aurions pu consacrer à autre chose.

Pour me mettre dans le meilleur état d'esprit possible, m'aider à me relaxer et me sentir à l'aise avec ses amis, il avait tout planifié dans les moindres détails, allant même jusqu'à m'inviter dans son lit.

Comme j'avais le droit de m'exprimer en toute liberté pendant ces quarante-huit heures, je fis courir mes doigts sur ses bras, me délectant de sa force rassurante.

— Je me sens déjà mieux.

— C'est vrai?

— Oui, parce que vous me touchez. Je sais que ça paraît curieux, mais vous réussissez toujours à me détendre lorsque vous me touchez.

Il me serra brièvement dans ses bras.

— J'ai tout à apprendre, comme vous. Vous aviez l'air surprise lorsque je vous ai invitée dans mon lit. Je me suis demandé si que vous ne préfériez pas coucher par terre sans oser me le dire pour ne pas me décevoir.

Je me retournai pour lui faire face.

— J'espère ne jamais vous décevoir. Quant à mes raisons de dormir avec vous, elles sont très égoïstes. C'est juste parce que je me sens plus à l'aise si je dors à vos côtés, cette nuit.

— Alors tant mieux. Que pensez-vous de Paul et Christine ?

— Ils ne sont pas comme je m'imaginais.

— C'est-à-dire ?

Je réprimai un bâillement.

— Je voyais Paul comme une armoire à glace, velu, sanglé dans du cuir noir, le visage dissimulé derrière un masque, peut-être.

— Quelle imagination !

— Quant à Christine, je me la figurais comme quelqu'un de réservé et silencieux. Effacé même.

Il effleura mon collier du bout des doigts.

— Elle est tout sauf effacée. Au fait, laissez-moi vous dire que porter ce collier ne vous prive pas de votre libre arbitre. Il ne vous transforme pas en carpette, enfoncez-vous cela dans le crâne. Vous êtes une jeune femme courageuse, forte et pleine d'énergie. Vous devez vous en convaincre, conclut-il en posant sa main sur mon cœur.

— C'est grâce à vous, murmurai-je, profitant de l'obscurité pour exprimer le fond de ma pensée.

Ses lèvres frôlèrent mes joues.

— Vous n'avez fait que gratter la surface, ma jolie. Vous n'avez encore rien vu.

— C'est bien ce qui me fait peur.

— Je sais. Mais demain, malgré vos angoisses, vous serez encore courageuse, forte et pleine d'énergie. Parce c'est votre nature. C'est ce dont j'ai besoin, et c'est ce que vous me donnerez.

Je me livrerais à lui corps et âme, sans réserve. Je brûlais de satisfaire la moindre de ses exigences.

— Ça vous aiderait à vous endormir si je vous tenais dans mes bras, comme cela?

— Oui, Monsieur, bien sûr.

Il me fit pivoter sur le dos et je me retrouvai de nouveau plaquée contre son torse solide, savourant sa chaleur. Ses bras m'enveloppèrent et je m'assoupis presque aussitôt.

Après un petit déjeuner composé de saucisses et de pancakes, Christine m'invita à l'accompagner au salon, le petit Sam dans les bras. Elle s'apprêtait à le nourrir.

— Ça ne vous dérange pas? demanda-t-elle.

C'était très délicat de sa part de poser la question, sachant qu'elle allait s'exhiber devant moi dans quelques heures à peine.

— Bien sûr que non.

Je n'avais pas l'habitude des bébés, et encore moins d'une femme donnant la tétée. Elle plaça adroitement Sam sur son sein après avoir posé sur son épaule un linge qui le dissimulait presque entièrement aux regards.

Elle soupira et s'enfonça dans son fauteuil.

— C'est un gros mangeur, observa-elle au bout de quelques minutes. Il tient ça de son père.

Je hochai la tête, et sans attendre, je lui posai la première question qui me passa par la tête:

— Vous continuez vos jeux, Paul et vous, maintenant que le bébé est là?

— Malheureusement pas aussi souvent qu'avant, c'est sûr.

— Pas même les week-ends?

— Non. Ce n'est pas simple avec un bébé. On se contente d'un petit tour à la salle de jeux quand nous avons le temps – ce qui est plutôt rare.

Je désignai Sam.

— Vous avez une bonne raison.

— C'est certain. Et je ne changerais rien si c'était à refaire. Enfin, pas grand-chose, corrigea-t-elle après une pause. À l'exception peut-être des nuits sans sommeil ou des fuites de lait intempestives. Vous n'imaginez pas à quel point c'est bizarre de porter un soutien-gorge pendant une de nos séances.

— Je crois que si, même si je n'ai pas beaucoup d'expérience, puisque nous n'avons repris que la semaine dernière, Nathaniel et moi.

— Écoutez, j'ai mon franc-parler. Surtout, dites-moi de la fermer si je vais trop loin.

— Non, non, ça me va très bien.

— Bon, alors la première fois que nous avons joué après la naissance de Sam, il y a environ un mois, je ne portais pas de soutien-gorge et... euh... il y a eu des pertes. J'ai rarement vu Paul perdre ses moyens, mais là... si vous aviez vu sa tête! Impayable!

Je tentais d'imaginer l'imperturbable Paul perdant ses moyens, sans y parvenir.

— Et alors? Il a fait quoi?

— Il a nettoyé.

J'imaginai déjà les gants de toilette et les serviettes en papier.

— Après, il m'a dit que ça avait un goût sucré.

Je rougis.

— J'aurais dû tenir ma langue, s'excusa-t-elle.

— Non, dis-je, désireuse d'en savoir plus sur elle et son mari. Je ne m'y attendais pas, c'est tout. On pourrait peut-être débuter par quelque chose de plus simple? Votre mode de fonctionnement à tous les deux, par exemple. Pour commencer, pourriez-vous me dire comment vous vous êtes connus?

— Paul est très célèbre, débita-t-elle, à croire qu'elle racontait souvent la même histoire. Sa réputation le précédait. Comme Nathaniel, je pense.

Je hochai la tête.

— Je l'ai rencontré à une réunion, poursuivit-elle. Il y avait pas mal de temps que j'étais une soumise. Je n'avais personne à ce moment-là. Il m'a demandé mon aide pour une démonstration quelques semaines plus tard. Nathaniel est votre premier dominant, je sais, mais quand vous jouez avec quelqu'un d'expérimenté, c'est fabuleux.

Je doutais qu'un autre puisse arriver à la cheville de Nathaniel, mais je préférai garder mes réflexions pour moi.

— Nous avons joué quelques mois comme ça. Après quoi, nous avons passé un accord pour les week-ends. Et puis nous avons commencé à nous fréquenter, et voilà, vous connaissez la suite.

— Nathaniel m'a dit que, pendant un temps, vous avez eu une relation dominant/soumise vingt-quatre heures sur vingt-quatre, sept jours sur sept,

— Oui, quand c'est devenu sérieux entre nous. J'aimais certaines choses, mais Paul n'appréciait pas particulièrement.

— Je ne crois pas que ça plairait à Nathaniel non plus.

— Et à vous?

Je réfléchis à la question. Que ressentirais-je si j'étais sa soumise toute la semaine? Si nos week-ends duraient sept jours? Mon esprit s'égara. Nous pourrions expérimenter tellement de choses…

— Peut-être une semaine. Pour voir.

— Comme je vous l'ai dit, il y avait des tas de trucs que j'aimais beaucoup. C'était une expérience totalement inédite.

Elle se tut pendant une minute, le temps de placer Sam à l'autre sein et de le recouvrir avec le linge.

— J'aimerais bien voir la tête de Nathaniel si vous décidez de lui proposer une relation non-stop, pouffa-t-elle. Il n'avait sans doute pas cela en tête quand il m'a demandé de discuter avec vous.

Je ris de concert.

— Probablement pas, non.

Elle reprit son sérieux.

— Nathaniel est amoureux pour la première fois de sa vie, ne l'oubliez pas. Vous n'êtes pas comme ses autres soumises. Il marche sur des œufs avec vous, en partie à cause de votre inexpérience, mais aussi parce qu'il a peur d'aller trop vite et d'être trop dur.

Je la crus sur parole.

— Je sais. Mais il y aura des circonstances où j'aimerai qu'il aille plus loin et plus vite, vous pouvez me faire confiance.

— C'est à vous de lui dire ce que vous voulez.

— Je n'en suis pas encore là. Pas un week-end, en tout cas.

— Il lui faut un retour, insista-t-elle. Vous pouvez aborder le sujet pendant la semaine, si c'est plus facile pour vous. Aucune règle ne stipule que vous ne pouvez pas évoquer la question un mercredi soir, par exemple.

— Un retour. Pas lui dire ce qu'il doit faire. Je retiens l'idée.

— Exactement. La décision finale lui appartient, mais il tâtonnerait moins si vous lui fournissiez le plus d'informations possible.

J'avais encore une tonne de questions à lui poser, mais une en particulier me hantait. Et j'avais vraiment besoin d'en discuter avec quelqu'un d'autre que Nathaniel.

— Puis-je vous demander quelque chose?

— Je suis un livre ouvert, dit-elle avec un sourire. Je n'ai aucun tabou.

Je tremblais presque.

— J'aimerais que vous me parliez de la canne.

— La canne?

Je me mordillai un ongle.

— Je l'ai mise sur ma liste de limites, parce que j'ai peur. Mais Nathaniel a l'air d'aimer ça.

— Et vous voulez le point de vue d'une soumise?

— Oui.

— Je serais surprise que Paul n'ait pas utilisé la canne une ou deux fois avec Nathaniel lorsqu'il était son mentor. Mais je suppose qu'il ne partage pas mon point de vue.

— Alors vous voudrez bien m'en parler?

Elle acquiesça.

— Paul m'a déjà punie avec. C'était complètement différent. Je n'aime pas cet emploi de la canne.

— On peut utiliser les cannes pour autre chose que des châtiments?

— Bien sûr. Je connais un tas de gens qui adorent ça. Moi aussi d'ailleurs.

— Expliquez-moi.

— Tout est dans le savoir-faire. Paul a une technique formidable. N'oubliez pas qu'il a été le professeur de Nathaniel.

Je méditai ses paroles.

— Je ne vais pas vous mentir, c'est douloureux, ajouta-t-elle. Mais les fessées aussi, non?

— Oui, mais j'adore.

— Dans ce cas, vous aimerez probablement la canne, une fois que vous vous serez habituée à l'idée. S'il vous prépare comme il faut, évidemment.

— Comme les préliminaires. Pour l'échauffement?

— C'est ça.

Je mis l'information de côté pour y repenser plus tard. La canne pour le plaisir? Qui l'eût cru?

La sonnette de l'entrée retentit au moment où Christine ôtait la serviette qui recouvrait Sam et défroissait son corsage.

— C'est sûrement ma mère. Pile à l'heure.

Après le départ de la mère de Christine et du bébé, Nathaniel m'entraîna vers notre chambre où m'attendait la tenue qu'il avait préparée pour moi. Il m'interrompit au moment où j'allais m'habiller.

— Avant que vous vous changiez, il faut que je vous dise que, jusqu'à avis contraire, vous n'aurez plus droit à la parole. Vu?

Une bouffée d'adrénaline mêlée de désir m'envahit.

— Oui, Maître.

— Paul a établi un règlement strict à l'intérieur de la salle de jeux. Vous devez avoir les cheveux attachés. Les seuls bijoux autorisés sont les alliances. Il fera une exception pour votre collier. Défense de baisser la tête. Je veux que vous regardiez. Encore une chose: en tant que spectatrice, vous garderez le silence. Sauf si c'est plus que vous n'en pouvez supporter et que vous voulez utiliser votre code secret. Compris?

— Oui, Maître.

Il s'inclina pour m'embrasser.

— On se retrouve dans le couloir dans quinze minutes.

En pénétrant dans la salle de jeux, au rez-de-chaussée, je notai que Christine était déjà là, figée comme une statue. Nathaniel se dirigea vers une chaise à dossier droit. Je le suivis. Quand il s'installa, je pris place sur un coussin à ses pieds et posai une main hésitante sur son genou.

Comme je m'y attendais, Christine était vêtue en tout et pour tout d'un soutien-gorge.

Je la fixai un moment, essayant de m'habituer à ce spectacle. *Bon, elle est nue. Et alors?*

Je promenai mon regard alentour. La salle était deux fois plus grande et beaucoup mieux équipée que celle de Nathaniel. Pour le reste, elles se ressemblaient beaucoup. Toutes les deux contenaient un réfrigérateur, un évier, une trousse de premiers secours. Un babyphone posé sur une étagère me ramena à la réalité – la présence d'un enfant. Heureusement que la mère de Christine avait accepté de s'occuper de son petit-fils pendant quelques heures.

Entre les tétées au milieu de la nuit, les coliques et le reste, Christine et Paul n'avaient pas dû mettre très souvent les pieds ici depuis la naissance de Sam. Ils devaient sans doute être aussi contents que nous de faire garder leur fils durant quelques heures.

Je me dévissai le cou pour voir Paul entrer. Comme Nathaniel, il portait un jean noir et un T-shirt. Quelque chose dans son attitude me frappa. Il était pareil à lui-même, mais en plus intense.

Il rejoignit sa femme en deux enjambées.

— Ravi de vous accueillir de nouveau dans ma salle de jeux, ma belle.

Elle rampa jusqu'à ses pieds.

— Je suis à vos ordres, Maître.

— Montrez-moi.

Elle s'approcha, embrassa chacun des orteils de Paul puis ses pieds. Après quoi, elle passa aux genoux et glissa les mains le long de ses jambes.

— Pas encore, dit-il en s'écartant.

Elle obéit et reprit sa position initiale.

Intéressant. Nathaniel ne m'avait jamais demandé de lui embrasser les pieds. Je m'en demandai la raison, ne sachant si j'obéirais s'il m'en donnait l'ordre.

Je n'eus guère le temps d'y réfléchir plus avant que déjà Paul s'emparait d'un ras-de-cou en cuir noir, accroché derrière lui.

— Voilà longtemps qu'il me démangeait de vous le remettre, déclara-t-il.

Christine m'avait appris qu'elle ne portait plus de collier, sauf dans la salle de jeux. La grossesse et la naissance du bébé avaient modifié la dynamique de leur couple. À présent, ils n'étaient dominant et soumise qu'aux rares moments qu'il passaient dans cette pièce, contrairement à Nathaniel et moi qui y jouions durant tout le week-end.

— J'en avais envie moi aussi, Maître, fit-elle sans lever les yeux.

Soudain, la signification de ce rituel me frappa. Il la revendiquait comme sienne, tant par la parole que par le geste. De la même manière, par son adhésion volontaire, elle consentait au contrôle temporaire qu'il exerçait sur elle. Elle se donnait à lui. Cela, je le comprenais, pourtant la flamme que je découvris dans les yeux de son homme pendant qu'il lui attachait le collier me surprit. L'intensité de son regard, la fierté, le désir qu'il irradiait était totalement inattendu.

Nathaniel avait-il cette expression lorsqu'il attachait le bijou à mon cou?

Une fois le collier en place, Paul recula sans cesser de la fixer de son regard de braise.

— Accroupie sur la table, vite!

Tête baissée, elle s'y traîna à quatre pattes et se jucha dessus.

Je me demandai pourquoi elle rampait. Était-ce la volonté de Paul? Nathaniel m'ordonnerait-il un jour de faire pareil? Ramper au lieu de marcher?

Son mari se planta devant elle et glissa un bâillon dans sa bouche et le lui attacha derrière la tête.

— Nous allons monter d'un cran et je ne veux pas risquer de faire peur à nos invités, dit-il en lui caressant les épaules.

Il se pencha pour lui murmurer à l'oreille, assez fort pour que nous l'entendions.

— Et puis j'adore les sons que vous émettez à travers le bâillon.

Il lui fourra quelque chose dans la main.

— Une clochette, m'expliqua Nathaniel tout bas. Pour permettre à Christine d'utiliser son code secret même si elle est bâillonnée. Il lui suffit de l'agiter pour tout arrêter ou ralentir à n'importe quel moment.

Nathaniel n'avait jamais utilisé de bâillon avec moi. Je tendis le cou, curieuse. Je me souvins alors de la recommandation de Christine: lui signifier qu'il pouvait aller plus loin quand j'aurai envie de dépasser mes limites.

Pendant que Paul allait chercher plusieurs accessoires à l'autre bout de la pièce, je ne pouvais détacher le regard de Christine. Elle avait l'air si vulnérable. Mais ce n'était pas cela qui me fascinait. Il y avait une sorte de beauté dans la confiance qu'elle lui témoignait, une grâce dans sa soumission, une élégance dans sa posture que je n'aurais jamais soupçonnées.

Paul revint par-derrière. Quelque chose dans son regard me fascinait. Il lui caressa les fesses avant de glisser un vibromasseur dans ses replis intimes. Le bâillon étouffa ses gémissements.

— Vous êtes déjà trempée et terriblement excitée, à ce que je vois.

J'avais le tournis en essayant d'assimiler ce qui se passait sous mes yeux. Je m'efforçai de ne pas songer au fait que l'homme qui avait préparé le petit déjeuner ce matin était le même que celui qui venait d'introduire un vibro dans le vagin de sa femme. Devant moi. J'étais littéralement hypnotisée par la scène qui se déroulait sous mes yeux.

Il entreprit de la fesser. Le son d'abord ténu augmenta progressivement en intensité. Je me demandai ce que j'éprouverais à être ainsi fouettée en étant pénétrée par un gode de l'autre côté.

Au bout d'un moment, mon esprit dériva sur le visage des deux partenaires. Paul était totalement concentré sur sa femme, comme si rien d'autre n'existait au monde. Nathaniel me regardait-il de cette façon quand je me donnais à lui? La question m'obsédait.

Je me rappelai ses paroles au début de la semaine. Pendant le mariage de son cousin et de Félicia, il ne voulait pas être dans l'état d'esprit où il était plongé quand je portais son collier. Je venais de le comprendre. De même que la méticulosité dont il faisait preuve durant le week-end, ne laissant aucun détail au hasard afin de s'assurer que tout allait bien et qu'il ne risquait pas de déraper d'un instant à l'autre.

Je reportai mon attention sur le couple. Paul se servait à présent d'une palette en bois. Leur façon de se mouvoir me captivait davantage que leurs gestes. Ils avaient l'air d'effectuer un pas de deux compliqué: leurs mouvements étaient parfaitement synchrones. Les gémissements de la femme incitaient l'homme à aller plus loin. Ce qui se jouait en face de moi était une relation basée sur l'échange à laquelle je ne me serais pas attendue. Le tableau était d'une délicate beauté que je n'aurais jamais crue possible.

Paul attrapa un martinet. J'étais si absorbée par le spectacle que je le remarquai à peine. J'aurais voulu être à la place de Christine. J'aurais voulu que Nathaniel me procure le plaisir que lui seul était capable de m'offrir. J'aurais voulu jouer avec lui, tout de suite, maintenant que j'avais découvert la beauté cachée de la soumission.

Paul stoppa pour permettre à Christine de se détendre. Elle posa la tête sur la table. Il lui retira le bâillon et le vibro, l'embrassa sur la joue et lui chuchota quelques mots dans le creux de l'oreille. Lorsqu'elle leva le visage vers lui, l'amour et la confiance que je lus dans ses yeux m'émurent tellement que je serrai plus fort le genou de Nathaniel.

Je me remémorai notre premier week-end dans la salle de jeux, lorsqu'il m'avait soulevé le menton pour me forcer à le regarder. L'avais-je dévisagé de la même manière ? Et lui, avait-il eu la même expression féroce et sauvage que Paul ? J'étais incapable de me le rappeler et me promis d'être plus attentive la prochaine fois.

Paul pria sa femme de gagner le centre de la pièce. Elle s'exécuta sur-le-champ et vint se placer sous ce qui ressemblait à un système complexe de poulies et de cordes. Je me penchai en avant, reconnaissant d'après mes recherches sur Internet l'équipement habituel des scènes de suspension. Nathaniel n'en possédait pas dans sa salle de jeux.

Paul prit son temps pour attacher Christine dans ce qui ressemblait à des sortes de bottes, la ligotant solidement aux cordes et aux poulies qui pendaient au plafond. Il était évident qu'ils avaient répété la scène de multiples fois depuis des années. Il n'y avait aucune gêne entre eux, pas la moindre hésitation, mais un contrôle total.

Une fois Christine en position par terre, Paul alla actionner un interrupteur placé sur le mur voisin. En quelques secondes, la poulie souleva les jambes de sa femme qui se redressa. Quand la poulie stoppa, sa tête se trouvait à quelques dizaines de centimètres du sol. Alors il s'approcha et, à son signal, elle se mit à défaire son jean.

J'étais incapable de détourner les yeux. Au moment où je me décidai à les fermer, juste avant que la fermeture Éclair ne descende, je sentis un foulard me couvrir le visage.

— La vue n'est pas l'essentiel, chuchota Nathaniel.

Je faillis crier en prenant conscience qu'il voulait m'aveugler. *Non. Je veux voir.*

Et puis je me rappelai la beauté, la confiance qui émanaient de la soumission de Christine et compris que, en acceptant le bandeau sur les yeux, je faisais acte de soumission à mon maître. Il avait ses raisons. J'aiguisai donc mes autres sens.

D'abord le toucher. La douceur du coussin sous mes fesses. L'air frais sur mon nombril nu. Les muscles de Nathaniel jouant sous mes doigts. Sans oublier le foulard de soie.

Ensuite l'ouïe. La respiration saccadée de Paul tandis que Christine lui prodiguait quelque chose que je ne pouvais pas voir. Les mots d'encouragement murmurés trop bas pour que je les discerne, sur un ton que je comprenais parfaitement. Au-dessus de ma tête, le souffle régulier de Nathaniel. Les battements de mon cœur. Le silence qui régnait dans la pièce s'était mué en une véritable cacophonie.

Ayant perdu la notion du temps, je me raccrochai aux sons rythmés qu'émettait le couple devant moi.

Christine laissa échapper une plainte de plaisir. Je m'en demandai la raison quand je me rappelai les paroles de Nathaniel. Savoir exactement ce qui se déroulait dans la pièce n'était pas ce qu'il voulait que je retire de cette expérience.

Vous êtes courageuse, forte et pleine d'énergie, m'avait-il soufflé quand nous étions au lit, la nuit dernière.

J'avais cru qu'il s'agissait d'une déclaration romantique, censée me calmer et m'aider à m'endormir. Mais en me concentrant sur les impressions et les sensations provoquées par la scène qui se déroulait devant moi, ces mots prirent tout leur sens.

Je voyais le courage de Christine, couchée sur le sol en attendant Paul.

J'entendais sa force dans les mots d'encouragement qu'il lui susurrait à mi-voix, alors qu'il finissait par céder à son propre plaisir.

J'éprouvais leur énergie vitale, mêlée à des émotions si intenses que je sentais presque leur chaleur irradier dans la pièce.

C'est grâce à vous, avais-je rétorqué avec conviction quand il m'avait affirmé que j'étais courageuse, forte et pleine d'énergie. J'y croyais encore. Mais les mots revêtaient à présent une autre signification, et tandis que le couple poursuivait ses jeux, je restai prostrée, sous le choc de ce que je venais de comprendre.

10

Abby

Nathaniel me prit le bras. Ce contact auquel je ne m'attendais pas me secoua comme une décharge électrique. Il posa une main sur mon genou.

— Allez vous mettre dans votre position d'attente, murmura-t-il d'une voix rauque, m'envoyant une nouvelle vague de désir partout dans le corps.

Je me relevai et me plaçai dans ma posture habituelle lorsque je l'attendais dans la salle de jeux. À genoux sur le sol, je tendis l'oreille pour essayer de deviner ce qui se passait. Ne connaissant pas la configuration des lieux, j'étais incapable de savoir où il se trouvait, ni ce qu'il fabriquait.

Paul et Christine étaient-ils encore là ? M'observaient-ils ? Nathaniel avait promis qu'il ne pousserait pas l'exhibitionnisme trop loin. Être agenouillée sur le sol était-ce vraiment dépasser la limite ?

Je m'efforçais d'écouter les sons ambiants, de percevoir une voix, un murmure. Et je pris soudain conscience que cela ne comptait pas. Peu importait ce que Nathaniel avait prévu.

Il avait le contrôle. Je lui avais donné ce pouvoir. M'en inquiéter reviendrait à remettre ses actes en question.

Si Paul et Christine étaient encore là, je voulais que ma soumission soit le miroir de la scène qu'ils venaient de jouer devant moi. Au fond, leur présence ne me dérangeait pas. Au contraire. Je voulais m'exhiber. Leur montrer à quel point j'étais fière de servir mon maître.

Des pieds nus me frôlèrent.

— Levez-vous, Abigaïl, ordonna Nathaniel.

Je m'exécutai le plus gracieusement que je pus. Je m'étais redressée trop vite, le bandeau que j'avais toujours sur les yeux acheva de me désorienter et je titubai.

Il me rattrapa, m'enlaçant les épaules pour me soutenir.

— Doucement, ma jolie. Appuyez-vous sur moi. Paul et Christine sont partis. Nous sommes seuls.

Mon cœur se mit à battre follement. Seuls? Oh, les choses qu'il était capable de me faire lorsque nous étions seuls!

— Si je vous pose une question, vous me répondrez avec la plus grande franchise. Compris?

— Oui, Maître.

Maître.

Ce mot avait tellement plus de profondeur à présent que j'avais observé Paul et Christine.

Je frissonnai en comprenant son nouveau sens. Chaque fois que je le prononçais, je renouvelais mon engagement. Je lui rappelais que j'étais à lui parce que je l'avais décidé. Que je lui avais donné tout pouvoir sur mon corps. Je confirmais le désir que j'avais de lui.

Comment ce mot de six lettres pouvait-il signifier tant de choses?

Il me prit par la main.

— Suivez-moi.

J'obéis. J'ignorais où nous allions. J'espérais que nous ne quitterions pas la pièce. Je ne voulais pas partir. Je voulais rester là. Je voulais que Nathaniel me prenne, m'utilise, me…

Mais c'était lui le maître et s'il décidait de partir, il devait avoir ses raisons. Il s'arrêta. Il ne me semblait pas que nous nous trouvions sur le seuil de la porte. Même si mes repères étaient brouillés, j'avais l'impression d'être devant le mur d'en face.

— Déshabillez-vous.

Je m'étais dévêtue devant lui à de multiples reprises, en tant qu'amante et soumise, mais là, c'était différent. Tellement plus intense.

Je l'imaginais me dévorant des yeux tandis que je m'apprêtais à enlever mon pantalon.

— Le haut d'abord.

Je faufilai mes mains derrière moi et dégrafai mon soutien-gorge. Il tomba à terre et, presque immédiatement, ses mains furent sur moi. Il me fit reculer jusqu'à ce que mon dos heurte une surface en bois dur.

Ses pouces malaxèrent mes tétons et je me mordis les lèvres pour ne pas crier de plaisir. Sa bouche sema une traînée de baisers légers au creux de mon cou.

— Vous vous êtes bien comportée ce matin. Je suis fier de vous. J'ai décidé de vous récompenser.

Je ne savais ce qui me mettait le plus en joie : ses mains et sa bouche partout sur moi ou ses compliments.

Il attrapa mon poignet et l'attacha au-dessus de ma tête à l'aide d'une menotte très douce. Il répéta l'opération avec l'autre tout en me butinant l'oreille du bout des dents.

— En vous baisant vite et fort pendant que vous êtes ligotée à la croix de Paul.

Pendant qu'il parlait, ses doigts s'activaient – sur mes épaules, ma poitrine, pinçant un téton, effleurant mon ventre. Je devins un concentré de sensations, tout émoustillée par sa voix chaude, éraillée de désir.

— J'ai la même dans ma salle de jeux, dit-il, négligeant mon envie ou l'ignorant délibérément. La prochaine fois, je vous banderai les yeux et vous me tournerez le dos.

Ses caresses se firent plus appuyées.

— Votre joli petit cul sera alors exposé… pour mon seul plaisir…

Il saisit mon pantalon au niveau de mes hanches et le baissa d'un geste brusque.

— Vous voulez bien, Abigaïl?

Je haletai quand l'air frais fouetta ma chair à vif. Ses doigts effleurèrent mon clitoris.

— Oui, s'il vous plaît, Maître, bredouillai-je dans un murmure qui tenait du grognement.

Du bout des doigts, il dessina des cercles lascifs entre mes cuisses, s'immergeant de temps dans mon sexe ruisselant.

— Vous avez aimé la fourrure de lapin. Je crois qu'il est temps de passer au daim.

Je frissonnai à l'idée d'offrir mes fesses au martinet.

— Pour le moment, dit-il en m'écartant les jambes, nous avons autre chose à faire. N'est-ce pas?

Il me tourmentait exprès. Entre les promesses de ce qui m'attendait dans sa salle de jeux, ses mains sur mon corps et l'attente de ce qu'il s'apprêtait à faire, j'avais du mal à aligner deux pensées cohérentes.

— Tout ce que vous voudrez, Maître.

Il glousssa.

— Je suis ravi que vous partagiez mon avis.

D'un seul mouvement, il m'empoigna les jambes et me pénétra. Mes fesses cognèrent contre le bois avec une telle force qu'il plongea encore plus profondément.

— Vous pouvez y aller, dit-il alors que je nouais les cuisses autour de ses hanches. La pièce est insonorisée. Enfin, je crois.

Il ressortit puis revint m'empaler. Je laissai échapper un gémissement.

J'aurais aimé que Paul et Christine nous entendent. Après tout, ce n'était que justice. Je voulais qu'ils sachent ce que Nathaniel me faisait, la façon dont je lui répondais, comment il avait tout pouvoir sur mes mouvements, mes pensées et jusqu'à mon moindre souffle pendant nos week-ends.

Il s'engloutit de nouveau en moi. Paul et Christine s'évaporèrent aussitôt. Je me concentrai sur son sexe dardé tout au fond tandis qu'il m'emmenait jusqu'au ciel. Il déplaça mes jambes, souleva les hanches et vint buter contre mon point sensible.

Je ne pus retenir un cri d'extase.

Il poursuivit ses va-et-vient, me martelant encore et encore, jusqu'à ce que le plaisir me donne le vertige. Sa respiration se précipita et il glissa une main entre nous deux.

Je criai encore quand il se mit à me masser le clitoris.

— S'il vous plaît, Maître, implorai-je.

— S'il vous plaît, quoi ?

Oh Seigneur, ses doigts. Sa queue. J'étais si vulnérable, à sa merci.

— S'il vous plaît, Maître. Je n'en peux plus.

Il me défonçait la chatte de plus belle.

— Alors lâchez-vous, jouissez.

L'orgasme me submergea alors que sa main triturait toujours mon clitoris.

Il me saisit par les hanches et me poussa contre le mur, mes jambes toujours harponnées à sa taille. Il me laboura, multipliant les assauts, encore et encore, pour se propulser jusqu'à sa propre délivrance.

Je sentis un nouvel orgasme enfler et, tandis qu'il s'épanchait en moi, ses violents coups de reins me conduisirent à une nouvelle explosion de jouissance.

Pendant les minutes qui suivirent, il resta blotti contre moi, hors d'haleine. Une fois calmé, il reposa doucement mes jambes à terre, me détacha les poignets et passa plusieurs minutes à me frictionner les bras et les épaules.

Ses doigts atteignirent ma nuque et défirent le bandeau. Pour la première fois depuis que nous avions quitté le couloir avant d'entrer dans la salle de jeux, je croisai son regard.

C'était là.

Le désir, la passion, l'amour sur lesquels je m'étais interrogée : ils étaient bien là. Je retins mon souffle.

— Vous allez bien ? demanda-t-il.

Je me redressai et contemplai, émerveillée, l'émotion que je découvrais au fond de ses yeux.

— Oui, Maître. Plus que bien.

Ensuite, il me ramena dans notre chambre. Je me blottis dans ses bras tandis qu'il s'adossait contre la tête de lit. J'avais envie de m'épancher après cette matinée et j'étais heureuse qu'il me tienne contre lui – le contact de son corps me procurait une sensation de sécurité propice aux confidences et je parvins à me détendre dans le creux de ses bras.

— Alors, qu'en dites-vous ? commença-t-il. Je veux que vous soyez parfaitement honnête.

— C'est difficile à dire, tellement les pensées et les émotions se bousculent dans ma tête. Mais je tiens d'abord à vous remercier d'avoir organisé cette séance. J'étais inquiète au début, mais finalement, j'ai beaucoup appris.

— Oui?

— C'est difficile à expliquer. Prenez Christine, par exemple. Elle avait l'air si confiante, si sûre d'elle.

— Vous doutiez de vous? insista-t-il, une pointe d'inquiétude dans la voix.

J'inclinai la tête et mes cheveux encadrèrent mon visage.

— Oui, au travail ou avec Félicia, même avec Elaina et Todd. Mais pas quand je suis avec vous.

— Et maintenant?

— Maintenant que j'ai vu Paul et Christine, la vie qu'ils ont bâtie, je ne me pose plus la question. Je ne suis pas prête à avoir des enfants et tout ça, mais le jour où je le serai... je pense que j'y arriverai.

— Nous y arriverons, corrigea-t-il.

Mon cœur bondit dans ma poitrine au sous-entendu qu'impliquaient ses paroles, et je tournai la tête pour l'embrasser.

— Oui, nous y arriverons, répétai-je.

Il me caressa les cheveux.

— Autre chose?

Je me lovai plus étroitement contre lui.

— Des tas... Par exemple, Christine m'a expliqué qu'il est important de vous faire part de mes réactions. Ce qui ne revient pas à vous dire quoi faire, je tiens à le préciser.

— Je suis heureux que vous l'ayez enfin compris.

— Vous auriez peut-être pensé que je vous dictais votre conduite.

— Il y a un monde entre me dicter ma conduite et me dire ce que vous aimez ou ce dont vous avez envie, observa-t-il de cette voix ferme et douce que j'aimais tant.

— Je sais. Je pourrais aussi vous en parler un jour de semaine. D'après Christine, ce serait plus facile.

— Le week-end aussi, vous savez.

Je secouai la tête.

— Non, pas le week-end, j'en serais incapable.

Il se donna le temps de la réflexion avant de poursuivre.

— Et si je vous donnais un autre code secret?

— Pardon?

— Nous pourrions ajouter «vert».

— Pourquoi faire?

— Au cas où vous souhaiteriez que j'aille plus vite ou plus loin.

— Vraiment? dis-je, galvanisée par cette perspective.

— Oui. Si ça peut vous faciliter les choses de dire «vert» au lieu de me le demander ouvertement. Ce qui ne vous empêchera pas de me fournir un compte rendu détaillé après coup.

Je me demandai pourquoi il ne m'avait pas soufflé cette solution des semaines plus tôt, lorsque nous avions convenu des codes secrets, et puis je me dis qu'il n'avait probablement pas envisagé l'éventualité que je formulerais de nouvelles exigences.

— D'accord. J'aime bien l'idée.

— De quoi d'autre avez-vous discuté, Christine et vous? demanda-t-il, changeant abruptement de sujet.

— Elle m'a parlé de l'époque où ils entretenaient leur relation vingt-quatre heures sur vingt-quatre, sept jours sur sept. Cela a piqué ma curiosité. Je me demande à quoi cela ressemblerait.

Je le sentis se raidir contre moi.

— Juste une semaine ou deux, pas plus, ajoutai-je vivement.

— Si, à un moment donné, vous en manifestez encore l'envie, je ne m'y opposerai pas. Mais uniquement pour une période limitée et à condition que vous me fassiez part de vos observations.

— Entendu.

— Je tiens à préciser que ça ne m'excite pas particulièrement. Mais je ne protesterai pas si vous y tenez vraiment.

Je commençai à comprendre que je pourrais tirer de grands avantages de ces échanges, finalement.

— Merci.

Il m'embrassa sur le sommet du crâne.

— Je n'ose vous demander, mais y a-t-il autre chose?

— La scène avec Paul et Christine. Je n'avais jamais pris conscience à quel point c'était... beau.

— Beau?

Je caressai ses doigts emmêlés aux miens.

— La confiance. Le contrôle. La parfaite harmonie avec laquelle ils s'accordaient.

— Ça vous a bouleversée?

— La manière dont il la couvait des yeux...

Je m'interrompis.

— Oui? dit-il.

— Penser à vous en train de me regarder de cette manière...

Il me saisit par les épaules.

— Tournez-vous.

Je pivotai et le fixai avec intensité.

— Je vous regarde toujours ainsi.

Je réprimai un hoquet en mesurant la portée de ses paroles.

11

Nathaniel

Je plantai mes yeux dans les siens et devinai qu'elle avait enfin saisi. En partie du moins. Je perçus son trouble et espérai qu'elle avait trouvé les réponses à ses questions dans le regard, plus éloquent que des mots, que je dardais sur elle.

Je posai une main caressante sur sa joue.

— Avez-vous maintenant une petite idée de ce que je ressens lorsque je vois l'abandon dans lequel vous vous donnez à moi?

— Oui.

— Bien.

Je l'attirai contre moi et m'emparai de sa bouche dans un baiser impérieux, exigeant. Je voulais la savourer. Sentir son corps vibrer sous le mien.

Elle gémit en s'agrippant à mes épaules. Je cédai au besoin qui me rongeait depuis la salle de jeux. Mais quand elle voulut me faire basculer au-dessus d'elle, je la repoussai doucement.

— Pas maintenant. Paul a commandé le déjeuner.

J'aurais aimé dire à notre hôte que nous mangerions plus tard et filer au lit avec elle, mais c'était impensable. Déjà que Paul avait fait preuve d'une grande délicatesse en me laissant décider de l'heure du repas, je ne pouvais plus me rétracter.

Ses doigts effectuèrent une sorte de danse lascive sur les boutons de ma chemise.

— Oui, Monsieur, soupira-t-elle. Puis-je vous poser une autre question?

— Bien sûr, tout ce que vous voudrez.

— Vos autres soumises. Est-ce qu'elles... est-ce que vous...

Je plongeai les mains dans la soie de ses cheveux. Je comprenais pourquoi Paul voulait qu'ils soient attachés dans la salle de jeux, mais ne partageant pas son avis, je m'étais empressé de les lui détacher dès que nous étions sortis. Je terminai sa phrase à sa place.

— Si je les regardais de la même façon que vous? C'est ça que vous voulez savoir?

Elle posa la main au creux de mon cou dont elle redessina le contour du bout des doigts.

— Je comprendrais que ce soit le cas. Disons que c'est plus clair maintenant que je vous ai vus en action, Paul et vous. Et Christine et moi, nous sommes... enfin... euh... je ne sais pas comment dire... bredouilla-t-elle en laissant retomber ses mains.

— Moi, si.

Je saisis son visage entre mes mains.

— La réponse est non, je ne crois pas avoir jamais regardé quiconque de la même façon que vous. Vous êtes le un pour cent qui me manquait.

Elle plissa le front, perplexe.

— Le un pour cent?

— Avant que vous n'apparaissiez dans mon bureau, le premier jour, je ne me sentais bien dans ma peau que quatre-vingt-dix-neuf pour cent du temps. Le un pour cent manquant me hantait. Et puis je vous ai trouvée.

Elle me considéra, les yeux écarquillés.

— Oh!

Je me penchai pour effleurer sa joue de mes lèvres.

— Il n'y a que vous. Quand vous m'avez quitté. Lorsque vous êtes revenue. Il n'y aura jamais personne d'autre. Alors à la question de savoir si j'ai déjà regardé quelqu'un, une soumise ou n'importe quelle autre femme comme je vous regarde vous, la réponse est définitivement non. J'aimerais pouvoir vous le prouver au lit sur-le-champ, ajoutai-je en m'écartant à regret, mais j'ai promis à Paul que nous serions à l'heure pour le déjeuner.

Elle eut l'air déçue.

— Plus tard, murmurai-je. C'est promis.

Le repas terminé, Paul nous invita à passer au salon. J'avais expliqué à Abby que, sa femme ayant accouché depuis moins de trois mois et allaitant encore, il consacrait une grande attention aux soins d'après les jeux.

— Et une suspension inversée est particulièrement éprouvante, même en temps normal, précisai-je.

Blottie sur le canapé dans les bras de son mari, Christine paraissait heureuse et détendue. Après avoir donné le sein à son bébé, que sa mère venait de ramener, elle le tendit à Abby.

Je ne m'attendais pas à ressentir pareille émotion en voyant Abby le tenir dans ses bras. Avant qu'elle n'entre dans ma vie, je n'avais jamais songé à me marier ni à fonder une famille. À présent, tout semblait possible avec elle à mes côtés.

Je repensai au jour où j'avais trouvé les alliances de mes parents. En essayant celle de mon père, j'avais éprouvé une impression d'étrangeté. En irait-il de même aujourd'hui?

Calé dans mon fauteuil, j'observai le comportement d'Abby avec curiosité. La perspective de ce week-end l'angoissait tellement que j'avais failli tout annuler. Je m'en étais abstenu dans l'espoir que ces quarante-huit heures nous permettraient d'avancer. J'étais infiniment soulagé. Tout s'était passé encore mieux que prévu.

De temps à autre, elle louchait dans ma direction et souriait lorsque nos regards se croisaient.

J'aurais donné n'importe quoi pour me retrouver seul au lit avec elle.

À un moment donné, Paul la questionna à propos de son travail à la bibliothèque. Je me carrai dans mon siège et continuai à la surveiller du coin de l'œil. Quand Sam s'endormit, elle le cala au creux de ses bras pour lui offrir la position la plus confortable.

— Tu as des projets pour demain? demanda Paul, m'arrachant à ma contemplation.

— J'aimerais montrer à Abby le campus de Dartmouth, mon ancienne fac. Ça vous dirait? ajoutai-je en me tournant vers elle.

— Oui, Maître.

Maître.

Je bandais comme un fou en l'entendant m'appeler ainsi devant les deux autres.

Et à en juger par le regard qu'elle me lança, elle le savait.

Je lui avais préparé une tenue avant de descendre, le lendemain matin. J'effleurai son collier de la main et l'embrassai dans le cou.

— Attachez vos cheveux. Je veux vous voir marcher dans la rue le cou dégagé. Personne, à part vous, ne se doutera de rien. Mais quand le vent vous caressera la peau, vous aurez la chair de poule en vous rappelant que vous portez mon empreinte.

Le petit déjeuner avalé, nous prîmes congé de Paul et Christine en les invitant à nous rendre visite à New York et avec la promesse de revenir les voir bientôt. Les deux femmes s'embrassèrent avec effusion. Christine souffla quelque chose à l'oreille d'Abby qui lui répondit sur le même ton en riant de bon cœur. Paul me jeta un regard entendu. Je hochai imperceptiblement la tête. Le week-end avait été une belle réussite, en effet.

— Nous allons tester quelque chose d'inédit aujourd'hui, lui annonçai-je une fois dans la voiture. Je vous emmène voir mon ancienne université. Nous aurons l'air de n'importe quel couple en balade, mais nous saurons tous les deux que ce n'est qu'une façade. Vous marcherez à quelques pas derrière moi et quand nous nous assiérons, vous poserez la main sur mon genou, comme ceci, dis-je en joignant le geste à la parole. Défense de croiser les jambes ou les chevilles. Et pas de monsieur ni de maître en public. Compris?

— Oui, Maître, acquiesça-t-elle avec un sourire aguicheur.

Quelques minutes plus tard, je me garai sur le parking du campus. Je descendis et contournai la voiture pour lui ouvrir sa portière.

— Vous êtes superbe, Abigaïl.

— Merci, Maître.

Déambulant au milieu des étudiants qui flânaient entre deux cours, en cette belle matinée ensoleillée, je lui désignais les différents bâtiments où j'avais fait mes études.

Au début, elle avançait à petits pas, attentive à maintenir la distance. Elle jetait de fréquents coups d'œil aux alentours, comme si elle craignait qu'on se rende compte de notre manège. Au bout d'un moment, elle se détendit, constatant que personne ne nous prêtait attention.

Je fis halte devant Webster Hall, près de la bibliothèque que je fréquentais assidûment à l'époque, et m'assis sur une marche de l'escalier. Elle m'imita avec raideur et posa la main sur mon genou.

J'entrelaçai mes doigts aux siens.

— Je venais souvent ici pour écrire à ma famille.

Je poursuivis sur ma lancée, évoquant de lointains souvenirs que je croyais oubliés. Elle finit par se détendre et trouva une position plus confortable.

À un moment donné, elle bougea les jambes, comme pour les croiser.

Je m'inclinai vers elle et lui murmurai tout bas.

— Ne m'obligez pas à vous punir. Personne ne nous regarde pour le moment, mais ça ne serait plus le cas si je vous administre une fessée en règle, allongée en travers de mes genoux.

— Pardon, Maître.

— C'est la dernière fois que je vous le dis. Remontez votre main.

J'étouffai un grognement quand ses doigts s'aventurèrent le long de ma jambe. Lui prouver que nous pouvions nous montrer en public pendant un week-end était peut-être une bonne idée, mais elle exigeait de moi une certaine maîtrise. Si nous étions seuls à la maison, voire chez Paul et Christine, je l'aurais déjà culbutée n'importe où. Je consultai ma montre – nous avions largement le temps avant de reprendre l'avion.

Je respirai un grand coup pour recouvrer mes esprits et recommençai mon bavardage – des futilités sans intérêt. Une heure durant, je déballai mes souvenirs. Je voulais partager avec elle un pan de mon passé et, du même coup, en apprendre davantage à son sujet. Elle rit à quelques-unes de mes anecdotes et je réussis à lui soutirer de rares confidences sur ses années d'étudiante. Au bout d'un temps, j'étais certain qu'elle avait enfin compris où je voulais en venir – elle pouvait tout me dire pendant le week-end. Même des plaisanteries de potaches.

Pour le déjeuner, je l'emmenai dans un bistrot chic. Je me glissai dans une alcôve libre où elle me suivit, hésitant une fraction de seconde avant de prendre place à mes côtés, une main sur mon genou.

— C'est très bien, Abigaïl. Lorsque votre plat arrivera, vous aurez la permission de vous servir de vos deux mains pour manger.

Pour cette fois, avais-je envie d'ajouter.

J'étais attentif à sa respiration, au moindre de ses gestes. À croire que chaque parcelle de mon corps était aux aguets. Je glissai un bras sur le dossier de la banquette pour lui caresser l'épaule.

— Vous voyez que vous pouvez vous montrer en public avec mon collier?

Elle embrassa la salle du regard.

— Oui, Maître. Honnêtement, cette journée m'a… euh… pas mal excitée. D'être ainsi avec vous, c'est comme si nous dissimulions notre secret à la terre entière.

Je tendis la main pour lui effleurer la nuque.

— N'oubliez pas que, en dehors du collier, notre relation est plus profonde que celle qui unit la plupart des gens.

Elle me sourit.

— C'est vrai.

J'effleurai ses lèvres d'un léger baiser.

— Avez-vous envie de continuer le jeu cet après-midi?

— Oui. J'aimerais beaucoup.

— Il y a quelques semaines encore, j'aurais douté de votre sincérité. Mais après ce week-end, je vous crois.

— Merci, Maître.

Plus tard, sur le trajet de l'aéroport, je réfléchis à la semaine qui nous attendait. À cause du mariage de Jackson et Félicia, prévu le samedi suivant, Abby passerait toutes les nuits chez elle. Son père arriverait jeudi et nous avions prévu de l'inviter à dîner chez moi. Elle ne partagerait pas mon lit avant la nuit du samedi. La plus longue séparation depuis nos retrouvailles.

Et samedi paraissait si loin.

À bord de l'avion, les ceintures attachées, j'attendis que le steward regagne le cockpit et nous laisse seuls.

— Lorsque je vous dirai «maintenant», vous aurez trente secondes pour filer dans la chambre, vous déshabiller et vous mettre dans la position deux, page cinq. Vu?

Sa main sur mon genou se crispa et je surpris dans son regard la même flamme que celle qui me brûlait.

— Oui, Maître.

Je prononçai le mot convenu lorsque l'avion prit sa vitesse de croisière.

— Maintenant!

Elle détacha sa ceinture et se précipita vers l'arrière. Je me mis à compter. À trente, je détachai la mienne et la suivis.

Elle m'attendait allongée sur le dos, les genoux fléchis, largement ouverts. Je me plaçai dans son champ de vision, tirai ma chemise de mon pantalon et la fis passer par-dessus ma tête avant de l'envoyer valser par terre. Mes chaussures, mes chaussettes et mon pantalon suivirent le même chemin.

Je grimpai sur le lit et m'étendis sur elle, je capturai ses mains dans les miennes pour les clouer au-dessus de sa tête.

— Ne bougez pas. Je ne veux pas prendre le risque de vous attacher en avion.

Je respirai fort, tâchant de refréner la faim dévorante qui m'animait. Comme c'était peut-être la dernière fois que je la sautais avant samedi, je voulais prendre mon temps et faire durer le plaisir.

— Jouissez quand vous voulez. Autant de fois que vous le souhaitez. Et je veux vous entendre.

Je me frottai contre elle, mourant d'envie de la posséder, la faire chavirer de volupté et l'expédier au septième ciel. Je la mordillai partout en respirant son parfum suave. Je me coulai entre ses cuisses pour la goûter, me délectant de la saveur sucrée de son désir.

Puis je me glissai le long de son corps, désireux de sentir ses mains partout sur moi.

— Touchez-moi !

Je grognai de bonheur tandis qu'elle m'explorait, ses mains vagabondant sur mon torse avant de divaguer plus bas, agaçant ma queue.

Pour ne pas être en reste, je gobai un téton entre mes lèvres et l'encerclai avec ma langue pendant que je flattais l'autre entre mes doigts. Dans un long soupir, elle creusa les reins pour mieux s'offrir à mes caresses. Je l'aspirai plus loin dans ma bouche, suçant plus fort, le griffant du bout des dents.

Avec ma cuisse, je lui séparai les jambes, atteignis sa chatte et m'activais à lui masser le clitoris du genou. Elle balança les hanches avec frénésie et jouit dans un râle de bonheur.

Je me redressai au-dessus d'elle.

— Ouvrez les yeux.

Son regard de velours brun se souda au mien, tandis que je me plaçais à l'orée de sa fente.

Je m'absorbai en elle.

— Ne baissez pas la tête. Je possède votre corps, comme vous possédez mon âme, comprenez-vous? Vous vous demandiez si j'avais regardé une autre femme comme je vous regarde.

Je m'enfouis plus loin.

— Jamais. Regardez-moi dans les yeux. Vous voyez que je ne mens pas?

Je vis ses pupilles se dilater pendant que je coulissai tout au fond sans la quitter des yeux Nous nous mouvions ensemble sur un rythme alangui dans un total abandon, chacun cherchant à assouvir son désir de l'autre.

Quand je faufilai une main entre nous pour frôler son clitoris, elle jouit et battit des paupières, inondée de plaisir. Je la pilonnait avec force et sentis avec délectation ses muscles se contracter pour m'attirer encore plus loin.

Incapable de me retenir, je la rejoignis dans l'extase et m'épanchai jusqu'au fond. Je la serrais contre moi, refusant de m'arracher à l'étreinte de ses bras.

La semaine qui nous attendait serait démente. Je n'étais même pas certain que nous trouverions un moment pour déjeuner ensemble.

Je roulai sur le côté, plaquai son dos contre mon torse et lui retirai le collier.

— Merci de m'avoir servi ce week-end, dis-je tout contre sa nuque.

Ses doigts tâtonnèrent sur mon visage, caressant ma joue.

— Merci de m'avoir accordé l'honneur de vous servir.

12

Nathaniel

Abby ne travaillait que le lundi et le mardi. Elle avait posé un congé pour le reste de la semaine afin de donner un coup de main à Félicia. Avant de repartir, le dimanche en fin d'après-midi, elle m'avait fixé rendez-vous à l'heure du déjeuner, le mardi suivant.

Elle m'appela dans la matinée. Deux de ses collègues étaient souffrants, trois classes de primaire étaient prévues pour l'heure du conte, sans parler de l'ordinateur de la bibliothèque qui indiquait juin 2007 en date de retour des ouvrages. Elle était désolée d'annuler le rendez-vous, mais elle ne voyait pas le moyen de se libérer comme prévu.

À onze heures trente, je fis un saut dans son restaurant italien préféré et lui apportai une boîte repas à midi tapant.

Elle se trouvait à l'accueil en compagnie de Martha. Elle leva les yeux à mon entrée.

— Oh, Nathaniel, c'est trop gentil. Il ne fallait pas.

— Si je ne l'avais pas fait, tu aurais sauté le déjeuner, n'est-ce pas?

Elle se leva, contourna la table et se pendit à mon cou.

— Je me serais contentée d'une barre protéinée. Il doit m'en rester une quelque part au fond d'un tiroir. Merci.

Je savourai la délicieuse sensation de ses bras autour de moi.

— Tu as le temps? reprit-elle. Je peux prendre une petite demi-heure, si ça ne t'ennuie pas de déjeuner dans la salle de repos.

— Avec plaisir. En fait, c'est ce que j'avais prévu. Il y en a suffisamment pour deux.

Je glissai la main dans le sac et en tirai une rose jaune pâle que je tendis à sa collègue.

— Pour vous, Martha, avec mes remerciements.

Elle me jeta un regard surpris et enfouit son nez dans la rose.

— Je ne me rappelle pas la dernière fois qu'un homme m'a offert une fleur. Merci beaucoup, monsieur West.

— C'est super-gentil de ta part, commenta Abby pendant que nous sortions de la salle de lecture. Elle va être sur un petit nuage toute la journée.

— C'était le moins que je pouvais faire. Je n'aurais jamais déposé la rose sur ton bureau, le premier mercredi où j'étais venu te voir, si elle ne m'avait pas surpris avec. À ce propos…

Je fouillai dans le sac et lui tendis une fleur couleur crème avec une touche de rose au bord des pétales.

— Voilà pour toi.

Sa bouche s'arrondit de surprise, puis un sourire malicieux étira ses lèvres.

— Merci, noble seigneur, même si je crois que vous venez de donner un témoignage de votre affection à ma chef aussi.

— N'importe quoi, dis-je, l'air faussement outragé. La sienne est jaune. La tienne a une signification beaucoup profonde. Ce qui me rappelle que j'ai là encore un petit quelque chose pour toi, ajoutai-je en tapotant ma poche.

Elle me jeta un regard interrogateur.

— Après le déjeuner.

Elle poussa la porte de la salle.

— On va s'installer ici. Un étudiant travaille sur sa thèse dans la réserve des livres rares en ce moment.

Je lui emboîtai le pas.

— Mieux vaut le laisser tranquille, hein?

— Je le mettrais dehors si je pouvais.

— Samedi soir est dans une éternité. Ne me tente pas.

Je sortis les antipasti et lui passai une fourchette.

— Comment va Félicia?

Elle s'installa à une table.

— Elle est fâchée.

Je levai le nez de mon assiette.

— Pourquoi?

— Elle m'en veut d'avoir passé le week-end dans le New Hampshire.

— Ah oui?

Elle esquissa un geste vague de la main.

— Les sautes d'humeur d'une future mariée, je suppose. De toute façon, elle est restée toute la semaine chez Jackson, du coup, je ne vois pas trop ce que j'aurais pu faire pour elle.

Je piquai une olive du bout de ma fourchette.

— Je suis désolé que vous vous soyez brouillées à cause de moi.

— Ne t'inquiète pas. Comme je te l'ai dit, elle est très soupe au lait en ce moment.

— Quel est le programme pour le reste de la semaine?

— Déjeuner entre demoiselles d'honneur demain. Mon père débarque jeudi. Et Elaina et moi accompagnons Félicia au spa vendredi, avant le dîner de répétition. Et toi?

— Todd et moi réservons une petite surprise à Jackson, vendredi après-midi.

Juste retour des choses après le tour qu'il avait joué à Todd pour son mariage.

— Vous ne l'emmenez quand même pas dans un club de strip-tease?

Je haussai les sourcils.

— Et si c'était le cas?

Elle piqua du nez sur son assiette.

— Je protesterais solennellement.

— Solennellement ou énergiquement?

Elle posa les doigts sur ma cuisse sous la table et les remonta avec une affolante lenteur.

— Énergiquement? Jamais de la vie.

— Ôte-moi vite ta main de là. Sauf si tu veux que je te jette sur mes épaules et que je me précipite dans la réserve, ce qui donnerait à notre pauvre doctorant le choc de sa vie.

Sa main avança encore, frôlant la base de mon sexe.

— Tu ne ferais pas ça.

— Abby…, fis-je du ton que je réservai pour les week-ends.

Elle leva les yeux sans doute pour vérifier si je plaisantais. J'étais très sérieux. Je me mis à compter mentalement jusqu'à trois.

Un.

Deux.

Elle retira sa main.

— Maudit étudiant, bougonna-t-elle entre ses dents.

La conversation tourna un moment sur le mariage, l'aménagement de la maison de campagne de Todd et Elaina en prévision de la cérémonie et de la réception, nos projets du week-end. Nous serions si occupés que le temps passerait vite d'ici samedi, espérais-je.

Je frôlai sa main sur la table et j'eus l'impression que la boîte dans ma poche s'embrasait. Je m'agitai sur ma chaise.

— Je dois y aller, fit-elle, une fois le repas terminé et la table débarrassée. Encore merci pour le déjeuner.

— Attends, j'ai encore quelque chose pour toi.

— Ah oui, dit-elle, la rose à la main. Tu veux que je te pardonne le petit cadeau que tu as offert à Martha, c'est ça?

Je sortis l'écrin bleu pâle de ma poche.

Elle reposa la fleur sur la table, les yeux écarquillés.

— Nathaniel…

— Ce n'est rien du tout.

— De chez Tiffany?

Je lui tendis la boîte.

— Ouvre-la.

Elle marqua une légère hésitation avant d'accepter.

— Désolé, dis-je. Le ruban s'est un peu froissé dans ma poche.

Elle le détacha, souleva lentement le couvercle et retint sa respiration en apercevant les dormeuses ornées d'un gros diamant. Mon père était un homme de goût.

Son expression passa du choc à la surprise et l'émerveillement. Elle porta une main à sa gorge.

— C'est… elles sont…

— Elles appartenaient à ma mère. J'aimerais que tu les portes.

De l'index, elle redessina le contour des pierres.

— À ta mère?

Je fis oui de la tête. Je m'étais rappelé les boucles d'oreilles dimanche soir. Elles se trouvaient avec les alliances dans le coffre à bijoux de ma mère. Je sus aussitôt que je devais les lui offrir.

Je voulais qu'elle possède quelque chose de moi. Un pan du passé qui avait fait de moi celui que j'étais devenu.

— Tu n'aurais pas dû…, bredouilla-t-elle.

Je saisis ses mains dans les miennes, l'écrin emprisonné entre nos doigts emmêlés.

— Fais-moi plaisir. S'il te plaît.

Elle leva vers moi un regard embué.

Je cueillis une larme du pouce.

— Tu les porteras au mariage. À moins que Félicia n'ait prévu autre chose?

— Non, elle nous a laissé le choix.

Le silence retomba. J'oubliai de respirer, attendant la suite.

— Merci, dit-elle enfin. C'est trop beau. Je suis… très flattée.

— Ma mère aurait voulu que tu les aies. J'aurais tellement voulu que tu la connaisses. Elle t'aurait adorée.

Elle me gratifia d'un sourire qui éclairerait le reste de la journée.

— J'aurais aimé la connaître moi aussi.

Je la serrai contre ma poitrine. Ses mains se posèrent sur mes épaules, la boîte toujours serrée dans sa paume.

— Je t'aime, lui murmurai-je à l'oreille. Pour toi, je décrocherais la lune. Comme je ne le peux pas, je me contente de t'offrir des petits éclats de moi.

— Des petits éclats de toi? C'est merveilleux. De toute façon, je ne veux pas de la lune. C'est toi que je veux.

Je capturai ses lèvres dans un long baiser passionné. Une main crispée dans mes cheveux, elle m'attira à elle, les hanches collées aux miennes.

Un toussotement s'éleva de la porte. Abby sursauta et s'écarta d'un bond.

— Oui? dit-elle à la jeune fille qui s'encadrait dans l'embrasure de la porte.

— Excusez-moi, mademoiselle Abby, mais on m'a demandé de vous dire que l'ordinateur n'indique plus 2007.

— Bonne nouvelle, merci.

— Pas vraiment, parce que maintenant, c'est 1807.

Abby lâcha un gros soupir.

— J'arrive.

La fille détala.

— Encore désolée de vous avoir dérangée! cria-t-elle à travers le battant.

Abby nicha sa tête sur mon épaule.

— Mademoiselle Abby, hein? ricanai-je.

Elle pouffa de rire.

Je plantai un baiser sur son front.

— Je ferai mieux de filer et te laisser te dépatouiller avec le XIXe siècle.

Elle se haussa sur la pointe des pieds et plaqua ses lèvres sur les miennes.

— Le XIXe siècle n'a qu'à bien se tenir.

— Tu m'appelles ce soir, d'accord?

Elle repoussa une mèche qui me tombait sur les yeux.

— Bien sûr. Je t'aime aussi.

Le jeudi soir, je souris en entendant la sonnette à dix-huit heures trente. Dire qu'Abby sonnait à ma porte alors qu'elle allait s'installer chez moi dans une semaine! Elle avait informé son père qu'elle prévoyait de vivre avec moi, je le savais, mais j'étais quand même un peu inquiet de le rencontrer.

Apollon se rua sur la porte, devinant qui se trouvait de l'autre côté.

— Tout doux, dis-je en me demandant s'il habituerait à sa présence au quotidien. Moi, je ne m'y ferais jamais. Même l'inviter à dîner me paraissait trop beau pour être vrai.

Je lui pris les mains et l'embrassai sur la joue, remarquant qu'elle portait les boucles d'oreilles que je lui avais offertes.

— Pourquoi as-tu sonné puisque tu as la clé?

Elle me pressa les doigts et me rendit mon baiser.

— Vieille habitude.

Elle désigna l'homme à ses côtés.

— Je te présente mon père.

C'était un homme bien bâti. À ce que m'avait appris Abby, il travaillait dans le bâtiment depuis plus de vingt ans. Je lui serrai la main.

— Bienvenue à New York, monsieur King.

Il sourit.

— Merci. S'il vous plaît, ne m'appelez pas monsieur King.

J'ouvris la porte en grand.

— Entrez. Ne faites pas attention à mon chien. Il n'aime pas trop les gens qu'il ne connaît pas.

Égal à lui-même, Apollon restait collé contre moi, se bornant à fourrer son museau dans la main d'Abby au passage. Je me rappelai la façon dont il l'avait accueillie, la première fois. Sa réaction envers son père était plutôt normale.

Je jetai à Abby un regard appuyé.

Tu vois qu'il n'aime pas les inconnus.

Elle gratta la tête du chien en se dirigeant vers la cheminée.

— Je peux t'aider à la cuisine?

Elle m'avait informé des préférences de son père et j'avais prévu le dîner en conséquence.

— Il y a du bœuf Wellington et des pommes de terre rôties.

Elle leva un sourcil incrédule.

— Du bœuf Wellington? Je vais voir.

— D'accord. On t'attend au salon.

Autant entrer tout de suite dans le vif du sujet.

Nous prîmes place, moi sur le canapé, lui dans un fauteuil. Il promena un regard curieux autour de lui. Il n'était pas du genre loquace, exactement comme sa fille.

Je m'éclaircis la gorge.

— Abby m'a appris que vous conduirez Félicia à l'autel samedi.

— Elle est comme ma seconde fille. Elle a eu son lot d'épreuves dans l'existence. Je suis content qu'elle ait trouvé l'homme de sa vie.

— Jackson est fou amoureux. Je ne l'ai jamais vu aussi heureux.

Il émanait de toute sa personne une chaleur, une grande bonté quand il souriait. À l'évidence, Abby n'avait pas hérité que de sa nature taciturne.

— À en croire ma fille, ils ne sont pas les seuls.

Je ne m'attendais pas à cette approche directe. À l'évidence, son père ne lui avait pas transmis ce trait de caractère.

Je me creusai la cervelle pour trouver la bonne réponse.

Mes intentions envers votre fille sont tout à fait honorables.

C'était complètement faux. S'il se doutait de la prochaine séance que je projetais avec elle dans la salle de jeux…

Dire que son père se trouvait chez moi. Exactement sous la pièce où je torturais sa fille. Comment justifier la porte hermétiquement close au cas où il souhaiterait visiter la maison? Et là, il y a quoi? demanderait-il.

Non. Impossible.

— J'ai cru comprendre qu'elle emménagerait chez vous le week-end prochain, ajouta-t-il.

Je me raidis, le dos inondé de sueur. C'était pire que le bal de fin d'année du lycée. Et s'il interdisait à Abby de s'installer chez moi? En avait-il le droit? Que ferais-je si je devenais une source de conflit entre eux? Je réprimai une grimace. Les mots se bousculèrent dans ma bouche.

— Mes intentions envers votre fille sont tout à fait honorables, monsieur.

Pauvre idiot.

Il balaya l'argument d'un revers de main. Que savait-il au juste de mes relations avec Abby?

— Vous êtes un jeune homme talentueux, Nathaniel, et ma fille a les pieds sur terre. Je ne vous cacherai pas que je ne suis pas vraiment ravi par cette décision que je juge un peu trop hâtive, mais... je me rappelle que le bonheur n'est réel que s'il est partagé. *Abby m'avait appris, en effet, qu'il vivait seul depuis longtemps.* Alors, même si je ne suis pas enchanté, je fermerai les yeux pour le bien de ma fille. Si vous la rendez heureuse, cela me suffit.

— Merci, monsieur, fis-je, curieusement soulagé. Croyez que je ne veux que son bonheur.

— Bon sang, arrêtez de m'appeler monsieur. J'ai l'impression d'être un vieillard. Parlez-moi plutôt de votre cousin. Y a-t-il à son propos quelque chose de honteux que je devrais dire à Félicia?

J'éclatai de rire et la conversation dévia tout naturellement sur le football.

Nous avions prévu de dîner à la salle à manger. J'aurais préféré la cuisine, mais pour Abby, le choix de la salle à manger était plus judicieux, et après réflexion, je tombai d'accord avec elle. Même si elle jouait un rôle particulier les week-ends, cette pièce faisait partie de la maison et devait être utilisée comme telle.

Et puis, pensai-je, en la regardant guider son père vers sa chaise, j'aimais la voir jouer les maîtresses de maison. Moi qui, d'ordinaire, fuyais les mondanités, je décidai que cela changerait, une fois qu'elle vivrait sous mon toit.

J'offris de l'aider, mais elle refusa tout net et m'invita à tenir compagnie à son père. Je m'assis en bout de table, son père à ma droite et elle à gauche. J'avais mis le couvert avant leur arrivée. Il ne manquait que les plats.

Quand elle réapparut les bras chargés, je sentis mon sexe tressauter au souvenir de la façon dont elle me servait pendant le week-end. Je m'empressai d'étaler ma serviette sur mes genoux. Nous étions un jour de semaine, je ne devais pas l'oublier.

Mon corps, lui, n'avait pas l'air de s'en soucier… Il y avait de l'électricité dans l'air, comme à chaque fois que nous étions ensemble. Elle me frôla l'épaule en déposant la viande et les pommes de terre au centre de la table.

Je devine à quoi tu penses, me signifia-t-elle en silence.

Nos regards se croisèrent tandis qu'elle prenait place. Je lui décochai un sourire appuyé. *Je ne crois pas. Attends un peu que nous soyons seuls, tu verras.*

— Vous aimez faire la cuisine? demanda son père, interrompant nos échanges secrets.

Je pivotai vers lui, gêné à l'idée de nourrir des pensées lubriques alors qu'il était mon invité à table. Pourvu qu'il ne pense pas que cuisiner était un passe-temps de femmelette.

— Oui. Ça me détend.

— Abby adore se mettre aux fourneaux, elle aussi. Vous devez bien vous entendre sur ce point.

Mon esprit vagabonda et se souvint d'un jour d'hiver. Il neigeait, la cuisine était remplie de vapeur et nous avions eu du risotto froid en guise de déjeuner...

— C'est vrai, acquiesçai-je et...

Abby me décocha un coup de pied sous la table.

— Nous avons pris des cours de sushis ensemble, il y a quelques semaines, compléta-t-elle.

Je surpris une ombre de sourire sur ses lèvres. Je la questionnai du regard. On aurait dit que j'avais perdu mon impassibilité légendaire depuis quelque temps.

Je me tournai vers son père.

— Vous aimez le baseball? questionnai-je pour changer de sujet.

— Oui. Le baseball, le football, j'adore...

— J'ai une loge au Yankee Stadium. Si vous avez envie d'assister à des rencontres, cet été, Abby et moi serons ravis de vous recevoir quelques jours à la maison.

C'était futé d'avoir souligné que sa fille était chez elle ici. Et qu'il serait toujours le bienvenu chez nous.

Chez nous.

J'eus des papillons dans l'estomac. Peut-être était-ce cela, le bonheur, le partage, avait dit son père.

J'observai Abby. À l'évidence, la nuance ne lui avait pas échappé. Je posai ma main sur la sienne et la pressai doucement. Pour moi, il n'y avait de vrai bonheur que partagé avec l'être aimé.

13
Abby

Je rejetai les couvertures et sautai du lit. Impossible de dormir. Je fis les cent pas dans ma chambre en slalomant au milieu des cartons, des vêtements, des livres et tutti quanti.

Je me demandai si Félicia dormait. Elle squattait mon canapé. Nous avions passé une merveilleuse journée. D'abord au spa – Elaina et moi avions offert une journée de soins à la future mariée. Au retour, en fin d'après-midi, nous nous étions préparées pour le dîner de répétition en gloussant comme des écolières. La soirée avait été une réussite. Nathaniel n'avait pas quitté son cousin, une esquisse de sourire sur les lèvres, tandis que Félicia s'évertuait à glaner des bribes d'information concernant leur emploi du temps de la journée.

Ma robe de demoiselle d'honneur était accrochée dans l'armoire en prévision du lendemain. Je lissai machinalement la soie couleur bleu glacier. Félicia avait très bon goût. Le fourreau tombait presque jusqu'aux pieds, dénudant une épaule, et un drapé de mousseline plissé couvrait l'autre. Je rangeai quelques livres dans un carton à moitié plein. Décidément, la nuit risquait d'être longue. J'entrai au salon sur la pointe des pieds pour ne pas déranger Félicia, que je trouvai assise sur le canapé, une tasse de thé à la main.

— Désolée, dit-elle. Je t'ai réveillée?

Je m'installai à ses côtés.

— Non, je n'arrivais pas à dormir. Nerveuse?

Elle ramena les genoux sous le menton, les bras autour des jambes.

— Pas vraiment, non. Excitée plutôt. Je crois que j'ai un peu la frousse.

— Tu as la frousse d'épouser Jackson? répétai-je, incrédule.

— Non, ce n'est pas à cause de Jackson. Enfin, pas en tant que personne. Ce qui m'inquiète, c'est la star du football. Les paparazzi... me retrouver sous le feu des projecteurs.

Je me souvenais vaguement que, à l'annonce de ses fiançailles, une meute de photographes était à ses trousses, faisait le pied de grue devant sa salle de classe, l'appelait à n'importe quelle heure. Bref, l'horreur. L'excitation était retombée assez vite et, à vrai dire, je ne l'avais pas beaucoup aidée, plongée que j'étais dans les brumes de la dépression après ma rupture avec Nathaniel.

— Tu ne crois pas que tu exagères, là? D'accord, il est célèbre, mais c'est un sportif, pas une vedette du cinéma ou je ne sais quoi.

— Essaye, toi, d'organiser ton mariage avec des gardes du corps dans les pattes et on verra après. Sans oublier la lune de miel où il faudra fuir les paparazzi et consorts. Et je ne te parle pas de ma robe de mariée que tout le monde a vue à la télé.

— D'accord, d'accord, je vois ce que tu veux dire, concédai-je histoire de calmer le débat. Le coup de la robe de mariée, c'était vraiment ringard, je te l'accorde.

— Ça, tu peux le dire.

— Écoute, Jackson t'aime, je l'ai vu de mes yeux. Tu n'as aucune raison de t'inquiéter. Si les paparazzi débarquent, Jackson saura faire face. En plus, toute la famille Clark sera là pour te soutenir. Et moi aussi, au cas où tu m'aurais oubliée.

Elle sourit.

— Merci, ma chérie.

— Je t'en prie. Je suis sûre que la fièvre sera retombée à votre retour de voyage, tu verras. Un autre people aura vite fait de monopoliser les médias.

Jackson avait, en effet, organisé une lune de miel de deux semaines en Europe. Ils projetaient de visiter la Grande-Bretagne, la France, l'Italie, et la Suisse. Je ne les enviais pas, même si je n'avais jamais mis les pieds dans ces pays que je rêvais de connaître. Le jour où je me marierais, j'aimerais passer ma lune de miel en tête-à-tête avec Nathaniel, pas en galopant d'un endroit à un autre.

Un frisson me parcourut l'échine.

Une lune de miel en tête-à-tête avec Nathaniel.

Oh...

— Tu as raison, dit Félicia, ignorant l'agitation de mes petites cellules grises. C'est juste que ça a l'air tellement irréel, tu vois?

Il n'y avait pas que le harcèlement des paparazzi qui soit surréaliste.

— Je vois très bien.

— C'est à peine croyable ce soir, tu ne trouves pas? poursuivit-elle. Toi et moi, on a toujours été ensemble et rien ne sera plus pareil demain. C'est triste.

— Je serai toujours là, moi. Je ne bouge pas.

— Si, puisque tu vas t'installer chez Nathaniel. En parlant d'incroyable…

Je faillis lui demander ce qu'elle entendait par là et me ravisai *in extremis*. Pas question de lui raconter mes week-ends avec Nathaniel. Elle avait beau se montrer conciliante, elle ne se priverait pas de critiquer ma conduite.

— Jackson est une star du foot, c'est vrai, mais Nathaniel figure sur la liste des vingt personnes les plus riches des États-Unis, ajouta-t-elle. Ça te fait quel effet?

Je voyais clair dans son jeu: inverser les rôles, histoire d'alléger la tension. Je misai sur la sincérité.

— Aucun. Lorsque je suis avec Nathaniel, je ne pense pas à sa fortune, mais seulement à la personne qu'il est vraiment.

— Oui, mais quand même. Comment cela se passera-t-il concrètement quand vous vivrez sous le même toit? Tu vas lui verser un loyer? Rembourser une partie de son prêt?

Croyait-elle vraiment qu'une des personnalités les plus riches des États-Unis aurait contracté un emprunt?

— Il n'a pas de dettes, dis-je. La maison lui appartient. Et non, je ne paierai pas de loyer.

— Et les dépenses du quotidien?

— Je participerai, bien sûr.

En fait, j'étais dans le flou. Nathaniel et moi avions vaguement discuté de notre organisation une fois que je me serais installée chez lui, mais il n'y avait encore rien de précis. Il serait toujours temps d'aviser le moment venu.

— Et toi, au fait? Est-ce que l'argent de Jackson te pose un problème?

— Pas vraiment. Il a prévu d'ouvrir un compte commun. Ce sera évidemment un peu bizarre d'avoir tout cet argent.

Allez, Abby. Avoue. Tu dois avoir réfléchi aux avantages matériels de ta nouvelle vie avec Nathaniel.

— Peut-être une fois ou deux, oui.

— Une fois ou deux. Bien sûr.

— Je sais qu'il a une femme de ménage, repris-je. Je suppose que ça me fera bizarre d'avoir quelqu'un à mon service. Je n'y pense tout simplement pas, je t'assure. Je me concentre sur Nathaniel.

— Pour ma part, je serai ravie quand Jackson prendra sa retraite et que nous pourrons enfin mener une vie normale.

Elle partait dans tous les sens. Normal pour une future mariée. Je décidai de recentrer le débat.

— Il va jouer encore une saison, c'est ça ?

— Oui, la dernière. Ensuite il prendra des vacances et cherchera un job d'entraîneur.

Je posai la main sur son genou.

— Écoute-moi, Félicia : profite bien de cette année. Ce sera complètement inédit. Ça va très bien se passer, tu verras. Tout le monde va t'adorer. Et Jackson plus que n'importe qui.

Ses yeux se remplirent de larmes, elle m'attira à elle et m'étreignit très fort.

— Merci.

Notre dernière nuit ensemble.

Cette pensée m'obnubilait. Elle semblait tellement improbable. Était-il possible que nos existences prennent un virage aussi radical en si peu de temps ?

Je me dégageai de son étreinte et lui caressai les cheveux.

— Dors maintenant. Sinon, tu auras une mine de papier mâché demain sur les photos.

Je voulais alléger l'atmosphère, mais Félicia ne se dérida pas. Elle me regarda bien en face, l'air sombre.

— Je t'ai dit que je ne voulais pas savoir comment vous fonctionnez, Nathaniel et toi, dit-elle. Je n'ai pas changé d'avis. Mais tu as l'air si heureuse depuis quelque temps que j'aimerais savoir…

— Savoir quoi?

— Le jour où tu l'as quitté, tu m'as dit qu'il t'avait embrassée pour la première fois.

Elle s'interrompit et se mordit les lèvres, comme si elle avait peur de continuer.

— Oui? fis-je pour l'encourager, même si cette conversation me mettait très mal à l'aise.

— Il continue? Il t'embrasse pendant la semaine et aussi le week-end? Ma question est bête et je ne sais pas pourquoi je te la pose, mais je me sentirais mieux si je savais. Alors, il t'embrasse, oui ou non?

J'affichai un large sourire qui laissait présager la réponse.

— Oui, Félicia. Il m'embrasse pendant la semaine et le week-end aussi. Et tu as raison, je suis super-heureuse.

La journée du samedi se déroula comme dans un rêve. Dès le réveil, ce fut un tel tourbillon que je n'eus pas le temps de souffler ni de penser à quel point cette journée était différente d'un samedi normal.

Je ris sous cape.

Un samedi normal.

Depuis quand mes samedis étaient-ils normaux?

Nous nous trouvions dans l'une des chambres d'amis qu'Elaina et Todd avaient mise à notre disposition. Une styliste s'activait à coiffer Félicia qui avait choisi un chignon flou très élégant pour le grand jour. J'étais fin prête. Je jetai un coup d'œil à la pendule, au chevet du lit. La cérémonie était prévue à dix-huit heures. Nous avions encore deux bonnes heures devant nous.

— Pourquoi ris-tu, Abby? demanda Félicia. Dis-le moi, ça me détendrait.

— Comme ça. Pour rien.

— Bon alors, va me chercher un peu de raisin à la cuisine, tu veux bien? Je crois que j'arriverai à avaler quelques grains s'en m'en mettre part... Aïe!

Elle fusilla la coiffeuse du regard.

— Attention! J'aimerais qu'il me reste quelques mèches sur le crâne quand vous aurez fini.

Du raisin? Excellente idée. Ça me permettrait de souffler. J'adorais Félicia, mais elle allait nous rendre tous marteaux à force.

— Je reviens tout de suite, dis-je, évitant de justesse sa robe accrochée à un cintre et me dirigeant vers la porte.

Pieds nus – j'avais décidé de mettre mes hauts talons à la dernière minute – je dévalai l'escalier quatre à quatre, soulevant le bas de ma robe pour ne pas risquer de trébucher. Une fois en bas, je cherchai Nathaniel du regard. J'avais guetté sa voiture depuis la fenêtre, à l'étage, et je l'avais vu arriver.

Je m'exhortai à la patience. Dans deux petites heures à peine, je le verrais dans le parc aux côtés de son cousin. Évitant soigneusement le traiteur et les serveurs, je me glissai à la cuisine où un en-cas avait été préparé pour la famille et les amis proches.

J'examinai la table. Il devait bien y avoir du raisin quelque part, sinon Félicia ne m'aurait pas envoyée en chercher, n'est-ce pas?

Brusquement, une grande main s'abattit sur mon épaule nue et des lèvres brûlantes se posèrent sur ma nuque.

— Enfin, te voilà! murmura Nathaniel contre ma peau.

Une vague de désir me parcourut tout le corps. J'avais l'impression que chacune de mes terminaisons nerveuses prenait feu.

Je m'abandonnai à son étreinte, pendant que ses lèvres poursuivaient leur lente exploration le long de mon cou.

Son haleine me chatouillait l'oreille, ses mains voletaient autour de ma taille pour me plaquer contre lui.

— Je n'ai pas pu monter te voir à l'étage, dit-il. J'étais coincé en bas entre Jackson, Todd et Linda. Impossible de filer.

Elaina, en effet, avait décidé de séquestrer les hommes au rez-de-chaussée, et les femmes à l'étage.

Je retins une plainte quand ses lèvres butinèrent le point ultrasensible entre mon cou et ma colonne vertébrale.

— On dirait que je suis descendue au bon moment. Quelle chance !

Il me fit pivoter vers lui et me fixa de ses yeux sombres.

— Ça, tu peux le dire, renchérit-il en se penchant pour m'embrasser avec une infinie douceur.

J'étais en manque depuis presque une semaine et je n'avais pas vraiment envie de douceur.

— C'est tout ? dis-je, taquine.

Il s'inclina plus bas et me murmura à l'oreille.

— Lorsque tu viendras à la maison, je te montrerai de quoi je suis capable. Tu aimerais quoi ? Fort et vite ou doux et lent ?

Je me collai plus étroitement contre lui, glissai une main sous sa veste et la promenai sur son torse.

— Les deux. Fort et vite d'abord, doux et lent après. Ou alors, si tu préfères…

— Abby, arrête, je ne peux pas résister.

Ses lèvres s'écrasèrent sur les miennes, et je geignis quand sa langue se faufila dans ma bouche. Son goût. Il m'avait tellement manqué. J'attrapai les revers de sa veste pour le plaquer contre moi et sentis son érection contre mon ventre. Je gémis de volupté.

La tête collée à sa poitrine, les mains cramponnées à sa veste, j'essayai de reprendre péniblement mon souffle.

Une toux discrète s'éleva derrière nous.

Nathaniel recula brusquement.

— Mélanie… Tu as la manie de surgir au mauvais moment…

Je levai brusquement la tête et considérai la séduisante créature, plantée devant la table.

— Ravie de vous revoir, dis-je à défaut de mieux.

Je l'examinai avec attention. Impeccablement coiffée, moulée dans une robe de cocktail qui mettait en valeur sa jolie silhouette, elle était vraiment magnifique.

L'incongruité de la scène me frappa : c'était bizarre de me retrouver aux côtés de Nathaniel face à son ex-petite amie. Il avait embrassé ses lèvres parfaitement maquillées, il l'avait tenue dans ses bras, il lui avait fait l'amour avant moi. Et même s'ils avaient rompu, je ne pouvais m'empêcher d'être jalouse.

Idiote.

Soudain, j'eus la certitude qu'elle n'avait jamais vraiment compté pour lui et je me sentis beaucoup mieux.

Elle me tendit la main.

— Bonsoir Abby. Le plaisir est partagé.

Je louchai vers Nathaniel et surpris le regard qu'il fixait sur elle. J'aurais donné cher pour lire dans ses pensées. Elle me serra la main et considéra mon cou nu avec une surprise non dissimulée.

Tiens, Mélanie n'était pas surprise de nous trouver dans les bras l'un de l'autre, Nathaniel et moi, mais elle l'était à la vue de ma gorge nue. Pour ma part, si je n'avais pas parlé de notre relation à ma meilleure amie, je n'allais certainement pas me confier à son ex.

— Tu cherches quoi? demanda Nathaniel d'une voix brusque, dénuée d'émotion.

Je me demandai s'il lui avait toujours parlé ainsi. Pendant leur relation? Ou plus tard, lorsqu'il s'était senti coupable de n'avoir pas su combler ses attentes?

Je me demandais si je devais la remercier de n'avoir pas été à la hauteur, en obligeant Nathaniel à chercher une nouvelle soumise, à savoir moi. Ou la détester à cause de la souffrance et de la honte qu'il avait éprouvées en se mettant en quête d'une nouvelle soumise à cause d'elle, justement.

C'est du passé. Laisse tomber.

— Maman et moi sommes montées voir Linda, expliqua Mélanie. Félicia a parlé de raisin. Elle a dit qu'il y avait une éternité qu'Abby était descendue lui en chercher.

Je levai les yeux au ciel.

— Je me suis absentée cinq minutes à peine. Ah, les futures mariées, grinçai-je entre mes dents.

Nathaniel se mit à rire.

— Maintenant que Félicia et moi nous entendons à merveille, je ne voudrais pas gâcher une si belle amitié à cause d'une malheureuse grappe de raisin. Va vite lui apporter ce qu'elle veut, Abby. Jackson m'attend, de toute façon. Tu es si belle, ajouta-t-il tout bas pour que Mélanie ne l'entende pas. Cette nuit, j'exaucerai tes moindres désirs. Tout ce que tu veux.

Il planta un léger baiser sur mes lèvres, hocha brièvement la tête en direction de Mélanie et s'en fut.

— Je suis vraiment désolée, fit Mélanie, l'air gêné. Mais je ne pouvais pas m'approcher de la table sans vous déranger…

— Pas grave, dis-je en cherchant le raisin du regard.

Elle souleva le couvercle d'un compotier.

— J'ai trouvé !

J'enveloppai la grappe dans une serviette et lui souris. Dire que j'avais passé des jours à me morfondre à cause d'elle. J'avais été bouleversée quand Elaina m'avait appris qu'elle n'avait jamais été sa soumise. Et furieuse de constater que Nathaniel se sentait quelque part responsable de ce qu'il considérait comme un échec. Tout compte fait, je n'éprouvais pour elle ni rancœur ni colère, mais une sorte de vague sympathie.

Deux heures plus tard, je remontai l'allée menant à l'autel dans le jardin d'Elaina et Todd. Je détestais être le centre de l'attention générale de quelque manière que ce soit, et pendant les premières minutes, je paniquai de voir tous les regards rivés sur moi.

Mon malaise cessa dès que j'aperçus Nathaniel. Je ne l'avais pas vraiment regardé tout à l'heure. Il m'avait serrée à m'étouffer dans ses bras, de sorte que je n'avais pas pu l'examiner à loisir. Je réparai cette négligence tout en me dirigeant vers l'autel. Son smoking lui allait à merveille. La veste sombre contrastait avec le vert profond de ses yeux, le bas du pantalon effleurait à peine ses chaussures et ses cheveux étaient ébouriffés, comme toujours.

On aurait dit que son regard m'attirait comme un aimant, me propulsant en avant comme un robot. L'air vibrait littéralement par sa présence, et je me demandai si quelqu'un dans l'assistance l'avait noté. M'attendrait-il un jour devant l'autel ? Cette pensée m'arracha un sourire rêveur.

— Tu es si belle, articula-t-il à voix basse lorsque je le rejoignis.

— Je te renvoie le compliment, rétorquai-je de même.

Il esquissa une moue incrédule, au moment où les doux accords d'une harpe s'élevaient du fond du jardin.

Je ne remarquai Félicia arrivée à l'autel uniquement parce qu'elle faisait écran et m'empêchait de voir Nathaniel. Je me reprochai ma distraction. Pourvu que personne n'ait surpris les regards énamourés que je dardais sur le témoin. Il fallait que je me reprenne d'urgence.

Peine perdue. Au moment où Félicia et Jackson échangeaient leurs vœux, mon esprit s'égara de nouveau vers lui. Nos regards se rencontrèrent, se soudèrent.

Je souris aux anges.

Tout était possible.

14
Nathaniel

Après la cérémonie, les invités se rassemblèrent autour du buffet dans le jardin de Todd et Elaina, transformé en salle de réception pour la circonstance. Sans attendre, je pris Abby par la main et la conduisis vers la piste de danse improvisée.

— Alors, heureux? demanda-t-elle, tandis que l'orchestre jouait un air entraînant.

— Bien sûr. Jackson et Félicia forment un joli couple. J'ai rencontré ton père et je crois que nous allons bien nous entendre.

— Tu en doutais?

— Il y a toujours un risque. C'est ainsi que ça marche cela dans le monde des affaires.

— Oui, mais là, nous sommes dans la vraie vie.

Je la serrai dans mes bras.

— Je sais, mais je fonctionne comme ça. Et puis, tu ne m'as pas laissé finir.

— Finir quoi?

Je promenai la main sur ses épaules et le long de sa colonne vertébrale.

— De t'expliquer pourquoi je suis si heureux.

— Je suis tout ouïe.

— Où en étais-je? Ah oui. Mon cousin vient de se marier. J'ai une nouvelle cousine par alliance. La plus belle femme du monde danse avec moi et, cerise sur le gâteau, elle rentre avec moi ce soir.

— C'est moi, la cerise sur le gâteau?

Je la fis tourbillonner autour de moi et aperçus Mélanie en grande discussion avec Linda. J'avais été un peu sec avec elle tout à l'heure. Heureusement, Abby avait su arrondir les angles. À dire vrai, que Mélanie nous ait surpris dans les bras l'un de l'autre était plutôt une bonne chose. Si elle avait encore l'espoir de me reconquérir, elle était fixée, à présent.

— Oui. Voilà trop longtemps que tu n'as pas partagé mon lit.

— Nathaniel…

— Tu penses pareil, avoue.

Sa main plongea sous ma taille. Assez bas pour me le confirmer et suffisamment haut pour que son geste ne paraisse pas inconvenant en public.

— C'est vrai.

Je l'étreignis avec force.

— J'ai hâte de dormir dans tes bras, cette nuit.

— Dormir? C'est tout?

— Non, mais si tu continues, je serais capable de te traîner dans une chambre ou de te coincer dans le premier placard venu.

— Et qu'est-ce qui t'en empêche? me taquina-t-elle en tortillant les hanches contre mon ventre.

Je lui mordillai doucement l'oreille, là où elle aimait.

— C'est que je veux prendre mon temps quand nous serons à la maison.

Je sentis sa respiration s'accélérer.

— Je croyais qu'on était d'accord pour commencer vite et fort ?

Je me frottai contre son ventre, espérant que personne ne le remarquerait.

— J'ai changé d'avis.

— Ah oui ?

Je m'aperçus que nous ne dansions plus vraiment mais nous balancions en cadence, étroitement enlacés.

Je me remis à bouger pour ne pas attirer l'attention.

— Oui, je veux prendre mon temps et en profiter à fond.

Elle ne protesta pas.

J'enfouis ma bouche dans sa chevelure pour dissimuler un sourire. Elle était adorable lorsqu'elle était troublée.

Le trajet de retour fut une véritable torture. Quand je refermai mes doigts sur les siens, elle se mit à dessiner de délicates arabesques sur le dos de ma main. La conversation tourna autour de la cérémonie, des inévitables petits couacs, des invités et de l'absence des paparazzi, à notre grand soulagement. L'atmosphère était étrangement détendue, ce qui relevait du miracle vu combien nous étions survoltés. Ses doigts posés sur ma main semblaient directement reliés à mon entrejambe.

— Je vais sortir Apollon, annonçai-je en garant la voiture devant la maison.

J'adorais mon chien mais il y avait des moments où je regrettais de ne pas l'avoir dressé pour aller sur le pot.

— Je t'attends en haut.

— Dans le vestibule, s'il te plaît.

Elle me dévisagea avec perplexité.

— D'accord.

Je lui ouvris sa portière et l'embrassai sur la joue.

— Merci.

Après avoir promené le chien, je rentrai et verrouillai la porte d'entrée. Elle était là, se balançant d'un pied sur l'autre dans le vestibule que la lune baignait d'une clarté argentée.

— Pourquoi voulais-tu que je t'attende ici?

Je me débarrassai de mon veston que je laissai choir à terre.

— Le week-end où tu étais nue, tu te souviens?

Elle posa sur moi un regard pétillant de malice.

— Oui, vaguement.

Je désignai l'escalier d'un geste.

— Quand je t'ai baisée là, sur la troisième marche?

— Tu te rappelles même ça?

Je m'avançai et lui agrippai les épaules.

— Je n'ai rien oublié. Tu te trouvais exactement à cet endroit. Je t'ai regardée et j'ai su que ta place était ici. Avec moi.

— Tu l'as compris ce week-end-là?

— Oui.

— Je l'ignorais.

Je l'obligeai à lever la tête pour croiser mon regard.

— Il y a un tas de choses que tu ne sais pas.

Il était une dame douce et aimable
Qui ravit mon cœur comme aucune autre
Je ne fis que l'entrevoir…

Je détachai ses cheveux. Les pinces qui les retenaient tombèrent sur les dalles de marbre avec un léger bruit métallique.

Et pourtant, je l'aimerai jusqu'à ma mort.

Elle eut un hoquet de surprise en m'écoutant réciter l'un de ses poèmes favoris. Je souris et, du bout des doigts, redessinai le contour de ses lèvres.

Ses gestes, sa démarche, ses sourires,
Son esprit, sa voix ont séduit mon cœur,
Je ne sais pourquoi,
Et pourtant, je l'aimerai jusqu'à ma mort.

— Nathaniel...

J'insinuai les mains dans son dos et baissai la fermeture Éclair aussi loin que je pus avant de faire glisser l'étoffe soyeuse le long de son épaule.

Cupidon s'envole à tire d'ailes
Le pays de mon aimée et mon amour changent.

Ses yeux se fermèrent, ses lèvres s'entrouvrirent pendant que je déposais un chapelet de baisers le long de son cou.

Mais dût-elle changer la terre ou le ciel
Je l'aimerai jusqu'à ma mort.

Je la dépouillai de sa robe, laissant mes mains épouser les contours affolants de son corps. J'étais libre. Libre de l'aimer comme elle le méritait. Libre d'accepter son amour. Les possibilités étaient sans limites.

— Je t'aime, Nathaniel, murmura-t-elle.

Je me figeai. C'était la première fois qu'elle me l'avouait spontanément. Ces deux petites syllabes déclenchèrent en moi une tempête d'émotions. Les tempes battantes, je me répétai ses paroles encore et encore.

— Je t'aime aussi, Abby.

Le sentiment d'urgence qui nous animait s'était estompé, remplacé par le bonheur des retrouvailles.

Elle défit les boutons de ma chemise un à un, infiltra ses mains sous l'étoffe et frôla mes mamelons du bout de ses pouces. Je m'inclinai et l'embrassai de nouveau. Les minutes suivantes furent employées à nous toucher, nous caresser, nous taquiner tout en nous dévêtant l'un l'autre. Seuls quelques mots entrecoupés de gémissements voluptueux troublaient le silence.

— Mmm…

— Oui.

— Là ?

— Encore.

— Plus.

— Maintenant.

— S'il te plaît.

Jusqu'à ce que nous exclamions ensemble :

— Là-haut !

Le soleil entrant à flots par la fenêtre nous éveilla tard le lendemain matin, membres emmêlés. Nos corps revinrent lentement à la réalité. Les douces caresses se muèrent rapidement en attouchements sensuels jusqu'à ce que, le souffle court, chacun se laisse emporter par le désir.

Elle me fit basculer sur le dos, saisit ma tête entre ses mains et m'embrassa passionnément.

Je gémis tout contre sa bouche.

Elle m'enfourcha, un genou de chaque côté de mes hanches, ses cheveux retombant en mèches folles sur ses épaules. Sans dire un mot, elle se souleva et s'empala sur moi. Je vins à sa rencontre et me plantai en elle d'un impétueux coup de reins.

Quand elle balança ses hanches, je nouai mes mains autour de sa taille, non pour la guider ou la contrôler, mais pour sentir ses muscles rouler sous mes doigts. Savourer la façon dont elle tirait son plaisir de mon corps et mieux jouir du sien.

Elle renversa la tête, ses tétons orgueilleusement dardés vers moi. Mes paumes errèrent sur sa gorge avant de se refermer sur ses seins, dont je triturai allègrement les pointes durcies.

Elle accéléra la cadence. Magnifique amazone, la peau rosie de désir, gémissante d'excitation, à deux doigts de l'orgasme. Le mien enfla devant ce spectacle. J'abaissai les mains, agrippai ses hanches et calquai mes mouvements aux siens. Nos corps se heurtaient avec frénésie, encore et encore, jusqu'à ce que, la bouche ouverte, elle jouisse en un long cri d'extase.

Je la maintins fermement pour la marteler de plus en plus vite et fort. J'étais tout près maintenant. Elle geignit tandis que je massai son clitoris du pouce. Quelques secondes plus tard, je la sentis se crisper de nouveau autour de moi. Dans un vigoureux coup de boutoir, j'explosai à mon tour et me répandis en elle dans un râle de jouissance.

Elle s'affaissa sur ma poitrine.

Le silence s'éternisa de longues minutes pendant que nous reprenions notre souffle et nos esprits.

— Bonjour, bredouilla-elle, la tête toujours enfouie au creux de mon épaule.

— C'était en quel honneur?

Elle éclata de rire.

— En remerciement pour le poème de Thomas Ford, hier soir.

— Je croyais que tu m'avais déjà remercié quand nous sommes montés à l'étage, dis-je, me remémorant notre nuit agitée.

— Non. ça méritait une petite gâterie de plus.

Je laissai courir mon autre main sur son dos, lui arrachant des frissons incoercibles.

— Bon, alors je vais voir si j'ai ses œuvres complètes dans la bibliothèque.

Plus tard dans l'après-midi, je sortis avec Apollon pour une courte promenade dans le parc. À mon retour, j'eus la surprise de la trouver plantée dans l'entrée.

— Ça va, Abby? demandai-je tandis que le chien filait se vautrer sur son coussin, au salon.

Elle vint se placer devant moi sans répondre.

— Abby?

Elle tomba à genoux. Ses mains remontèrent jusqu'aux boutons de mon jean qu'elle se mit à défaire.

Cette petite diablesse était insatiable. J'étais dans les mêmes dispositions, mais je ne la voulais pas à genoux.

Je lui immobilisai les mains.

— On monte? Ou à la cuisine? Sur le plan de travail?

Je sentis mon sexe durcir à cette idée.

— Non.

Non?

Elle ne voulait ni de la chambre ni de la cuisine.

— Pourquoi?

— Non.

Elle essayait de me dire quelque chose. Mais quoi?

— Abby, dis-je, serrant ses mains dans les miennes. Je ne comprends pas.

— Non, répéta-t-elle, puis elle ajouta tout bas : Maître.

Je n'en revenais pas.

Elle s'accroupit à mes pieds avec un soupir.

— Le week-end dernier avec Paul et Christine a été une révélation et je crève d'envie de retourner dans la salle de jeux avec vous. Et puis il y a eu le mariage et le reste... Ne croyez pas que je n'ai pas apprécié la pause. J'ai adoré. Seulement... Attendre encore une semaine? ajouta-t-elle avec un haussement d'épaules.

Je pris le temps de la réflexion. Oui, la pause avait été bienvenue et très agréable après l'agitation de la veille. Mais il y avait toujours ce besoin lancinant. Nous avions beau l'ignorer, il ne nous laissait pas en paix. Il me tourmentait. Et à l'évidence, il la tourmentait elle aussi.

— Et vous avez pensé que c'était le meilleur moyen de m'attirer dans la salle de jeux?

Elle esquissa un sourire.

— Le plus direct, oui.

— Pourquoi ne pas me l'avoir demandé?

— Ça m'a paru plus naturel.

— Vous rappelez-vous ce que je vous ai dit à propos de notre prochaine séance dans la salle de jeux?

À part la ligoter à la croix, nous avions envisagé deux ou trois petits jeux que Paul et Christine avaient expérimentés devant nous. Abby n'était pas sûre de vouloir les tester, aussi avais-je prévu de faire un essai. Au fond, ils ne figuraient pas dans la liste des limites à ne pas franchir.

— Oui, Monsieur.

— Très bien. Si vous voulez jouer aujourd'hui, ce n'est pas moi qui vous en empêcherai.

— Merci, Monsieur.

— Attendez un peu avant de me remercier, Abigaïl. Vous ne savez pas ce qui vous attend.

Je me dirigeai vers le meuble de l'entrée où je rangeais son collier, je le pris et le lui tendis.

— Maintenant, venez. Allons terminer ce que vous avez si bien commencé.

15
Abby

Il en avait très envie lui aussi. Je réagis au quart de tour. Je me relevai et m'approchai. Ses yeux brillaient d'une lueur espiègle. Je sentis un pincement au cœur, partagée entre la frousse et l'envie d'assouvir mes désirs, en fille dévergondée. J'avais l'impression d'avoir ouvert la boîte de Pandore. Est-ce que je voulais vraiment savoir ce que signifiait ce regard?

Oui, mille fois oui.

Je m'agenouillai et patientai.

Il brandit le bijou.

— Ce collier incarne le pouvoir que j'exerce sur vous, déclama-t-il. Le porter signifie m'obéir aveuglément et satisfaire tous mes caprices. Toute rébellion sera immédiatement punie. Pour ma part, je vous traiterai avec respect et veillerai autant à votre bien-être physique et mental qu'à votre épanouissement par la soumission. Le voulez-vous?

Je raffolais de ce rituel qu'il observait lorsqu'il me remettait le collier. Comme si notre relation était à chaque fois renouvelée.

J'en frissonnais d'excitation.

— Oui, Monsieur. J'accepte votre collier et je m'en remets entièrement à vous. Mon corps vous appartient et vous en disposerez à votre guise.

Le métal froid me mordit le cou quand il m'attacha le collier. Ce contact m'apaisa. Puis ses mains s'attardèrent sur mon crâne en une injonction silencieuse.

— Puis-je vous servir par ma bouche, Maître?

Ses doigts se crispèrent sur ma tête.

— Oui.

J'adorais qu'il m'agrippe les cheveux. Je levai les mains pour défaire sa braguette et crus l'entendre exhaler un soupir lorsque je l'ouvris.

D'un geste vif, il vint à bout de son pantalon et de son slip et, sans perdre de temps, il approcha ma tête de son érection. Il resserra encore sa prise sur mes cheveux lorsqu'il me pénétra. Je fermai les yeux et me concentrai sur mes sensations. Je l'avais sucé la nuit précédente mais là, agenouillée dans l'entrée, je sentais quelque chose de différent dans sa façon de me toucher.

— Ça vous plaît quand je vous pompe la chatte, Abigaïl, hein?

Dans l'incapacité où j'étais de répondre, la bouche pleine, je me contentai d'un grognement approbateur.

— Plus fort, ordonna-t-il.

Je refermai mes lèvres pour l'aspirer à fond.

— C'est bien.

Il glissa les mains le long de mes joues, pressant mes pommettes de ses pouces.

— Plus vite. Je veux sentir ma queue pendant que je vous baise.

Ses doigts durs, exigeants s'enfoncèrent dans ma peau. Il se déhancha pour trouver un autre angle, son sexe me percutant les joues à chaque va-et-vient. Pendant la semaine, j'étais capable de le faire jouir en quelques minutes. Les week-ends, il résistait afin de nous laisser le temps de nous glisser dans nos rôles, démontrant la parfaite maîtrise qu'il avait de son corps.

J'en profitai pour me focaliser sur lui afin de mieux le servir, comme il me l'avait ordonné. Les tensions et le stress des festivités de la veille s'estompèrent et il ne resta plus que lui. Nathaniel.

Il frissonna. J'accélérai la cadence et sentis de nouveau ses mains dans mes cheveux. Il m'empêchait de bouger, tandis qu'il allait et venait dans ma bouche avec une brutalité quasi bestiale. J'étais liquéfiée, stimulée comme jamais,

C'était exactement ce que je voulais, ce qui m'avait tellement manqué.

Il se branla avec une telle vigueur que j'eus un haut-le-cœur et le souffle coupé. Je m'obligeai à respirer à fond pour conserver mon calme lorsqu'il se répandit dans ma gorge. J'avalai goulûment, transportée de joie et de fierté après l'avoir comblé.

Il se retira et recula d'un pas. Je reboutonnai son pantalon et repris ma position initiale, accroupie, les yeux baissés.

Il m'effleura la joue.

— Salle de jeux dans dix minutes.

Elle était déserte lorsque j'entrai, nue, six minutes plus tard. Il y était venu, je le savais, car la porte était entrouverte. Je supposai qu'il se trouvait dans la chambre. *Notre chambre*?

Concentre-toi.

Je parcourus rapidement la pièce du regard, tâchant de deviner ce qu'il avait prévu, mais tout était en ordre. La croix se trouvait à l'endroit habituel, au fond de la pièce, et n'avait pas l'air d'avoir été déplacée. Nous finirions par l'utiliser, j'en étais certaine, mais je ne voyais pas ce qu'il me ferait avant.

Est-ce que je voulais vraiment le savoir?

Pas vraiment. Je me posais simplement la question, surtout après les discussions que nous avions eues à la suite de notre séjour chez Paul et Christine.

Je me hâtai de gagner le centre de la pièce. Ne voyant pas de coussin, je m'agenouillai par terre, adoptant ma position d'attente habituelle.

Il me rejoignit moins d'une minute après, à croire qu'il me surveillait du couloir.

Au bruit de ses pas glissant sur le parquet, je devinais qu'il était pieds nus.

— Votre enthousiasme fait plaisir à voir, dit-il. Aujourd'hui, vous pourrez crier tout votre soûl, mais vous ne jouirez que lorsque je vous y autoriserai. Nous allons tenter de nouvelles expériences. Nous allons vérifier que vous vous rappelez vos codes secrets. Pourriez-vous me les énumérer?

— Vert, jaune et rouge, Maître.

Il se campa devant moi.

— Parfait. Et si je vous demande comment vous allez?

— Je dois répondre immédiatement et franchement, Maître.

— Très bien. D'abord, vous m'embrasserez les pieds.

Quoi?

Nous en avions discuté chez Paul et Christine. Autant j'aimais embrasser ses chevilles pendant que nous faisions l'amour les jours de semaine, autant je ne me voyais pas lui baiser les pieds pendant une séance de jeu. À mes yeux, ce serait déplacé ou dégradant.

Mais comment savoir avant d'avoir essayé?

— Ensuite, vous me déshabillerez, enchaîna-t-il. Rappelez-vous que chacun de mes vêtements est une extension de ma personne. Par conséquent, vous les traiterez comme moi-même. Après quoi, vous m'embrasserez encore la bite.

Il était si près qu'il me suffisait de me pencher pour atteindre ses pieds. L'avait-il fait exprès? Pour s'assurer que je n'aurais pas à ramper? À la réflexion, je devrais certainement me traîner à quatre pattes à un moment ou à un autre.

Sans hésiter, je m'inclinai et m'approchai de ses pieds, les bras ballants. Pour surmonter ma gêne, je me figurai le spectacle qu'il avait sous les yeux – obéissante et totalement soumise. Comme Christine. Je préférais me dire qu'au-delà du geste, je me livrais entièrement à lui.

Ma bouche frôla son pied droit.

Dégradant? Non. C'était lui manifester l'honneur et le respect qu'il m'inspirait, au contraire. Il n'était pas simplement Nathaniel, il était mon maître.

J'embrassai son pied droit, entrouvrant légèrement les lèvres sur sa peau.

Loin d'être déplacé, c'était libérateur. Et il m'en fallait plus.

Je me concentrai sur son pied gauche avec plus de ferveur. Puis je retournai au droit, histoire de varier les plaisirs.

— Assez, dit-il enfin.

Je me redressai sur les genoux, les mains agrippées à ses jambes, semant au passage une pluie de petits baisers. Parvenue à sa ceinture, je pris mon temps pour défaire son pantalon que je baissai avec une lenteur voulue. Il s'en débarrassa d'un coup de pied. Je le ramassai et le pliai avec soin. Comme il était torse nu, je n'avais pas à me soucier du haut.

Je caressai ses hanches et câlinai son érection, comme il me l'avait commandé, avant de reprendre ma position d'attente.

Je m'efforçai de garder mon sang-froid et me concentrer sur ma respiration afin de mieux le servir. Soudain, il prit mes mains dans les siennes et les posa sur mes genoux qu'il écarta avec douceur. Puis il m'obligea à renverser la tête de sorte que mes seins se dressent vers l'avant, offerts.

Il recula d'un pas.

— Ceci est votre posture d'inspection. Je l'utiliserai pour différentes raisons, entre autres m'assurer que vous suivez mes consignes concernant votre toilette intime.

Dans cette position, je me sentais horriblement exposée et pas du tout rassurée.

— Je dois dire, Abigaïl que vous me décevez, poursuivit-il d'un ton qui acheva de me glacer.

Il se pencha et me caressa.

— Je pensais avoir été clair au sujet de l'épilation.

Je m'obligeai à rester immobile.

— J'ai rendez-vous chez l'esthéticienne mardi prochain, Maître.

— Peu importe, puisque nous sommes samedi et que vous ne vous êtes pas préparée pour moi.

Je savais que j'aurais dû m'en occuper, mais je m'étais dit que cela attendrait après le mariage.

— Je n'ai pas eu le temps… et puis c'est un week-end de congé.

— Êtes-vous en train de discuter?

La position commençait à devenir inconfortable.

— Non, Maître. Je veux juste expliquer que…

— Vous osez me répondre! Dans la salle de jeux!

Si seulement il ne m'interrompait pas tout le temps.

— J'essaie juste de vous expliquer que…

— Ça ne m'intéresse pas, Abigaïl. Je veux qu'on m'obéisse, point final.

Et merde.

— Reprenez votre position d'attente. Je vous l'ai expliqué et il me semble que vous étiez d'accord : vous devez vous épiler aussi souvent que possible, parce que vous êtes à ma disposition à tout moment. Vous auriez dû y veiller la semaine dernière. En plus, comme c'est vous qui avez pris l'initiative de jouer aujourd'hui, je vous le signale, je m'attendais à ce que vous soyez intégralement rasée.

Sur ce point, il n'avait pas tort.

— En outre, je pourrais prendre l'initiative de jouer n'importe quand, même un jour de semaine. Raison de plus pour être prête à me recevoir. Bien sûr, un mercredi, vous pourriez refuser, mais je ne pense pas que vous vous y risquerez souvent. Après tout, je ne vous ai pas dit non aujourd'hui, n'est-ce pas ?

— C'est vrai, Maître.

— En outre, vous ne devez jamais répondre, argumenter ni contester dans la salle de jeux. Compris ?

— Oui, Maître. Mais je…

— Bon sang, Abby, vous recommencez ?

Je restai coite. Au comble de la panique.

Il me contourna à pas lents. Je savais à quoi il songeait : la punition qu'il allait m'infliger.

— Vous vouliez jouer aujourd'hui. Vous me l'avez demandé et vous n'y étiez pas préparée. Ni dans votre corps, ni dans votre esprit, apparemment. Par conséquent, interdiction de jouir aujourd'hui.

Ce n'était pas si grave. Après tout, d'ici une heure ou deux, il m'ôterait le collier. Je pourrais patienter jusque-là et finir moi-même, en cas de besoin.

— En fait, vous ne jouirez que lorsque je vous en donnerai l'autorisation expresse.

Je n'aimais pas du tout.

— Maintenant, relevez-vous. À qui appartient ce corps? reprit-il en m'agrippant l'épaule une fois que je fus debout.

— À vous, Maître.

Ses mains empoignèrent mes seins.

— Et ces seins?

Il me frôla entre les jambes.

— Et cette chatte?

Il me claqua durement les fesses.

— Et ce cul?

— À vous aussi, Maître.

— Qui contrôle vos orgasmes? Qui décide si vous en méritez un?

— Vous, Maître, répondis-je tout bas.

— Plus fort.

Je haussai la voix.

— Vous, Maître.

— Vous en serez privée jusqu'à nouvel ordre. Avec un peu de chance, je ne vous ferai peut-être pas attendre jusqu'à vendredi prochain.

Vendredi soir? Dans cinq jours? Il plaisantait ou quoi?

— Avez-vous compris, Abigaïl?

— Oui, Maître.

J'aurais préféré de loin qu'il m'ordonne de m'étendre sur le banc de flagellation. Au moins, la punition aurait été vite expédiée. La non-jouissance en revanche… C'était particulièrement cruel.

— Regardez-moi.

Je levai les yeux et croisai les siens. Son regard avait une intensité qui me coupa le souffle. Il ne simulait pas.

— Maintenant que la question est réglée, je crois que nous avons un autre point à l'ordre du jour. Je vous l'avais promis, l'autre jour.

Enfin.

— Allez devant la croix, Abigaïl. Et plus vite que ça. Je ne veux plus aucun faux pas.

Moi non plus. S'il devait me donner la fessée en plus de me défendre de jouir…

Je me dirigeai vers la croix et m'y adossai comme il l'avait exigé. C'était un grand X de bois muni à chaque extrémité de menottes destinées aux poignets et aux chevilles.

Il se plaça derrière moi et s'empara de ma main gauche qu'il menotta à une traverse. Il attacha la droite de l'autre côté, de sorte que je me retrouvai les bras à l'horizontale.

Mon cœur s'affola lorsqu'il me saisit les hanches, m'obligeant à me pencher légèrement en avant.

Après quoi, il m'écarta les pieds.

— Restez dans cette position, cela m'évitera de vous attacher les chevilles. Bougez d'un millimètre et je vous ligote aussitôt.

Évidemment que j'allais me tenir à carreau. Pas question de le provoquer.

— Levez les fesses.

Une fois que je fus dans la position adéquate, il me caressa longuement avant de m'assener plusieurs petites tapes sèches et rapides.

Mon Dieu, l'après-midi n'en finirait pas.

Et les cinq jours… une éternité.

— Concentrez-vous, Abigaïl.

J'obéis, me focalisant sur ce qu'il faisait, les incroyables sensations qu'il me procurait. Comme toujours, ce traitement me laissa pantelante, dévorée de désir. Je résistai à l'envie de pousser mon cul contre sa main et me concentrai sur le feu qui me dévorait, une exquise souffrance qui irradiait entre mes jambes et se diffusait partout.

Quelque chose effleura mes fesses : le martinet en fourrure de lapin. Il le maniait avec dextérité, contrairement à la dernière fois. Rien de douloureux. Des caresses légères parfois entrecoupées d'une claque appliquée du plat de la main. J'essayai de trouver un rythme, une logique. En vain. Je cessai de chercher un sens pour m'abandonner à son pouvoir magique.

Je sursautai lorsqu'une matière différente me cingla la peau. Elle était plus dure, et atterrit sur ma fesse gauche avec un claquement sourd.

— Du daim, expliqua-t-il.

Le martinet frappa encore.

— Ça va ?

C'était drôlement bon, différent de la fourrure, mais pas aussi dur que le cuir.

— Oui, Maître.

Il passa alternativement de mes fesses à mes cuisses. Je m'évertuai de nouveau à trouver une cadence, mais renonçai très vite. La chaleur sous ma taille s'intensifiait de manière exponentielle, et je dus me faire violence pour ne pas serrer les jambes et les frotter l'une contre l'autre.

Un long doigt s'insinua entre mes cuisses.

— Vous êtes trempée. Imaginez comme ce serait bon de m'accueillir en vous en ce moment. Je vous baiserais à fond et vous comblerais délicieusement.

Je me retins de le supplier.

Je sentis quelque chose s'introduire en moi, et je laissai échapper un petit cri de gorge en comprenant qu'il s'agissait d'un vibromasseur.

— Pas trop longtemps, précisa-t-il. Les soumises mal élevées n'ont pas le droit de jouir.

Il fit aller et venir le vibro à plusieurs reprises, et je serrai les dents pour ne pas exploser dans l'instant.

Je n'en pouvais plus.

— S'il vous plaît, Maître…, implorai-je.

Il retira le jouet.

Je compris alors pourquoi il m'avait entravé les poignets : j'étais tellement envahie par les sensations qu'autrement, je serais tombée.

Mais il n'en avait pas terminé.

Il recommença à s'activer avec le martinet sur ma peau hypersensible. On aurait dit que chacune de mes terminaisons nerveuses se réveillait et se mettait à vibrer en attendant le prochain coup. Je gémis lorsqu'il s'abattit sur moi avec plus de violence.

— Ça va toujours ? demanda-t-il.

— Oui, Maître.

Le fouet me fouailla entre les jambes.

Je gémis, alors que la douleur enflait puis se muait en une insupportable volupté.

La notion du temps s'était abolie. Je concentrai mon énergie sur mon maître et ce qu'il me faisait. Lui seul en était capable. Lui seul pouvait jouer avec moi de cette manière. Lui seul pouvait éveiller en moi des sentiments aussi complexes et partagés.

— Vous êtes punie, l'entendis-je me dire de très loin.

Les coups se firent plus doux, plus lents.

Je m'appliquai à inspirer et expirer profondément.

— Comme je n'ai rien à me reprocher, je ne vais pas me gêner pour jouir, observa-t-il.

Le martinet s'immobilisa, remplacé par autre chose. Comme une friction. Quelque part.

— Avez-vous une préférence?

Je savais ce que je voulais. C'était sale, bestial, mais je m'en fichais.

— Sur moi, Maître. Je veux que vous jouissiez sur moi. S'il vous plaît.

— Ne bougez pas.

Comme si je pouvais aller quelque part.

Une substance tiède et humide s'étala dans mon dos. Je frémis en sentant son sperme inonder mes fesses.

— Oui…, soupira quelqu'un, allez savoir qui.

Il s'approcha, la respiration saccadée.

— Vous vous êtes bien conduite, ma jolie.

Il me détacha les poignets, l'un après l'autre.

— Je suis très content.

Je faillis m'écrouler dans ses bras. Il me reposa par terre avec douceur et me serra contre lui. Ses lèvres étaient partout, sur mon visage, mes cheveux, mes lèvres, et il n'arrêtait pas de me complimenter, me répétant encore et encore à quel point il était satisfait.

Ensuite, quand il nous eut lavés tous les deux et après m'avoir ôté le collier, il me transporta jusqu'au jacuzzi, dans le parc. Nous restâmes là un long moment. Je me sentais détendue, toute molle, amorphe, épuisée. Quelque chose me turlupinait.

Il s'en aperçut.

— Abby? Qu'y a-t-il?

De l'entendre m'appeler par mon nom me tira de ma torpeur. Je faillis secouer la tête, mais j'étais au bord des larmes et je sus que je ne pourrais pas lui mentir.

Je m'absorbai dans la contemplation des bulles autour de moi.

— Je m'en veux terriblement de t'avoir déçu. C'est comme un fardeau qui pèse sur mes épaules.

— Viens là.

Je me hissai sur ses genoux. Il m'enveloppa de ses bras.

— Parce que je t'ai défendu de jouir?

C'était stupide. Comment une chose pareille pouvait-elle m'affecter? Pourtant, c'était le cas et je voulais qu'il le sache.

— Non, parce que c'est toujours présent, entre nous. Quand tu me donnes une fessée pour me punir, c'est fini une bonne fois pour toutes et on passe à autre chose, mais là, non. Je ne peux pas m'empêcher de penser à ma mauvaise conduite chaque fois que je te regarde.

— Lève la tête.

J'obéis.

Il avait l'air triste, mais déterminé.

— C'est normal. C'est à cela que sert une punition. Elle n'aurait pas été efficace si je t'avais permis de jouir ce soir.

Sans me laisser le temps de réagir, il glissa une main entre nous et introduisit un doigt en moi avec une exquise lenteur.

— Tu sais qu'une partie de moi brûle de te prendre ici, maintenant. Te pénétrer encore et encore pour t'expédier dans les étoiles.

— Tu ne vas quand même pas me dire que c'est encore plus dur pour toi?

Il sourit.

— Non, si tu n'avais eu qu'un seul tort, je t'aurais sans doute autorisée à jouir aujourd'hui. Mais tu en as rajouté.

— C'est faux.

— Lorsque tu portes mon collier, mes paroles ont force de loi. Nous nous étions mis d'accord pour une punition au cas où tu aurais négligé l'épilation. Tu aurais dû y veiller avant le mariage. Point barre. Tu n'avais pas à discutailler.

— Je voulais t'expliquer, nuance.

— Si je veux une explication, je te la demanderai. Compris ?

J'étais furieuse.

— Oui, dis-je du bout des lèvres.

— Oui, qui ?

Je ne portais plus le collier et nous étions dimanche après-midi.

— Oui, Nathaniel. Pas la peine de s'énerver.

Il glissa de nouveau sa main entre nous.

— Sache pour ta gouverne que s'énerver de temps en temps pendant les week-ends est divertissant. J'adore quand tu te rebiffes, ajouta-t-il en me pinçant les fesses.

16

Abby

Au lit relativement tôt, le dimanche soir, nous en avions profité pour discuter. Lovée au creux de ses bras, le dos calé contre son torse, j'étais encore un peu à cran parce qu'il m'empêchait de jouir, même si, réflexion faite, je comprenais ses raisons.

— Tu avais un peu d'appréhension à l'idée de me baiser les pieds, dit-il. Tu en penses quoi, finalement?

Je me rejouai la scène dans la salle de jeux.

— Je ne m'y attendais pas, mais ça m'a plu. Je me suis sentie si… disons que ça m'a donné une leçon d'humilité, comme si je me soumettais davantage à ton contrôle.

Mais pas assez pour tenir ma langue au sujet de l'épilation, songeai-je in petto.

— Et toi? Tu en as pensé quoi?

— Ça m'a moyennement plu. Mais je ne pouvais pas deviner.

— Tu n'étais pas sûr et tu me l'as quand même imposé?

— Oui. Comment vérifier autrement?

— Aucune idée. Mais je croyais que tu avais assez d'expérience pour connaître tes préférences.

Il me caressa tendrement l'avant-bras

— Peut-être, sauf que jamais personne ne m'a mordillé les chevilles pendant l'amour comme toi le week-end où je t'ai demandé d'emménager avec moi, tu te rappelles? J'hésitais à te pousser plus loin dans la salle de jeux.

J'avais tendance à oublier que la dynamique de notre couple était nouvelle pour lui.

— Résumons. Tu n'as pas aimé et moi si. On le refera quand même?

Il rit.

— Parce que tu crois que je vais te le dire?

Je me frottai lascivement contre son entrejambe.

— Oui.

— Pas question. Un peu de patience et tu verras.

Je frissonnai de plaisir anticipé. Il avait raison. Avoir la surprise, c'était tellement mieux que savoir à l'avance.

— Quelque chose me chiffonne, reprit-il, redevenu sérieux. J'ai l'impression que tu avais du mal à te concentrer, aujourd'hui.

— Ah, tu as remarqué?

— Oui, et je me demande si tu ne devrais pas reprendre le yoga.

Depuis nos retrouvailles, j'avais décidé de me remettre au sport trois fois par semaine et de m'entraîner dans la salle de gym les week-ends. Je n'avais pas pensé au yoga...

— À mon avis, ça t'aiderait à te concentrer et à contrôler ta respiration à mesure que nous progresserons dans nos jeux, expliqua-t-il.

— On verra. Si j'ai le temps.

— Et si nous en faisions ensemble?

Ce serait nettement plus drôle.

— Tu parles sérieusement?

— Je dois concentrer toutes mes facultés, moi aussi, tu sais.

— J'y réfléchirai, dis-je avant d'aborder le planning de la semaine à venir. J'attendais les déménageurs mercredi pour vider mon appartement. Je n'avais demandé qu'un jour de congé, estimant ne pas avoir besoin de plus de vingt-quatre heures pour m'installer chez Nathaniel.

Tout en parlant, je remarquai qu'il s'écartait légèrement, ce qui ne lui ressemblait pas, surtout avant de dormir.

— Ça va? demandai-je.

— Oui.

— Alors pourquoi tu…

Je m'approchai et sentis son sexe en érection.

— Oh…

Il se dégagea avec un gros soupir.

— Lorsque je te tiens serrée contre moi comme ça… bref, j'avoue que ta punition est plus *dure* pour moi que pour toi.

— C'est censé être une blague cochonne?

— Oui.

J'allais lui rendre la monnaie de sa pièce. Je me plaquai plus étroitement contre lui.

— Désolée, mais tu comprendras que je n'ai pas très envie de te faciliter la tâche.

— Je ne t'en demande pas tant, mais tu pourrais au moins cesser de tortiller tes fesses.

J'en rajoutai une couche.

— Comme ça, tu veux dire?

Il grogna.

— Bon sang, arrête!

— Je vais essayer, seulement je bouge pas mal pendant mon sommeil, tu sais.

Il planta un baiser sur ma nuque.

— Bonne nuit, Abby, dit-il d'une voix tendue,

Je gigotai de plus belle.

— Bonne nuit, Nathaniel.

J'appelai le professeur de yoga le mardi suivant pour renouveler notre inscription. Nathaniel avait raison. Le yoga me servirait à la fois pour la respiration et la concentration. Finalement, j'étais contente qu'il m'ait laissé le choix. Et davantage encore qu'il ait proposé de m'accompagner.

Puisque je n'avais pas le droit de jouir, nous n'avions pas fait l'amour depuis qu'il s'était épanché sur moi dans la salle de jeux, le dimanche précédent. Je me demandai jusqu'à quand il prolongerait le châtiment. J'étais sûre qu'il aurait tenté quelque chose le mardi, d'autant que j'avais fait un saut chez l'esthéticienne dans la journée.

Vendredi à dix-huit heures, je me retrouvai dans l'entrée et écoutai Nathaniel me débiter la litanie du week-end. Il promit de me pousser dans mes retranchements tout en respectant mes limites et en gardant mon bien-être à l'esprit. En retour, je devais me donner à lui sans réserve.

Il me passa le collier et, après avoir joui dans ma bouche, il glissa un doigt sous mon menton pour me forcer à relever la tête.

— Rendez-vous à la salle à manger dans une heure.

La plupart de mes affaires étaient arrivées mercredi chez lui. Je ne me sentais pas vraiment à la maison, mais j'étais déjà plus à l'aise. La cuisine était un peu mon domaine, aussi étais-je soulagée qu'il préfère dîner à la salle à manger, cela m'aiderait à jouer le jeu.

Je restai plantée à ses côtés pendant qu'il dégustait le saumon que j'avais préparé. Mon propre dîner m'attendait à la cuisine. Je pourrais manger dès qu'il aurait terminé, du moins c'est ce que je supposais.

Très vite, je laissai mon esprit vagabonder. J'observai ses bras, ses doigts enroulés autour de son verre. Mon regard se porta irrésistiblement à ses lèvres tandis qu'il mastiquait chaque bouchée. Impossible de décrire les sentiments qui m'agitaient en cet instant. La confiance que je plaçais en lui se renforçait de minute en minute, à mesure que grandissait l'envie que j'avais de lui.

Savoir que j'étais le centre de ses préoccupations exacerbait mes pulsions. Il pensait à moi tout en mangeant, aucun doute là-dessus. Peut-être peaufinait-il les détails de ce qu'il projetait de me faire? Ou réfléchissait-il au nombre d'orgasmes qu'il m'accorderait?

Allait-il me laisser jouir, oui ou non?

Loin de s'être estompée au cours de la semaine, ma libido était à son paroxysme. Il suffirait qu'il me touche pour que je me liquéfie entre ses mains.

Lui aussi avait eu du mal à supporter la privation, je le savais. D'autant qu'après la semaine agitée que nous venions de vivre en raison du mariage, nous aspirions tous les deux à un peu de repos. Disons que nous avions été au repos forcé.

Plongée dans mes pensées, il me fallut quelques secondes pour obéir quand il m'ordonna de m'agenouiller à ses pieds.

— Vous garderez la tête baissée pendant toute la durée du week-end, exposa-t-il.

Quoi?

— Lorsque vous entrerez dans la pièce où je me trouve, vous devrez faire en sorte que votre tête se trouve plus bas que la mienne. À vous de vous débrouiller.

Je surpris une lueur de gaieté dans ses yeux.

J'aime quand tu te rebiffes, avait-il déclaré le week-end précédent.

Mmm... voilà qui promettait d'être amusant.

Je réfléchis à toute vitesse le temps qu'il finisse de dîner. Si je quittais la salle à manger avant lui, comment débarrasser la table ? En rampant jusqu'à la cuisine ? Et comment porter l'assiette ? Devrais-je marcher à quatre pattes ?

Argh ! Non, décidément ce n'était pas drôle du tout.

Par chance, une fois le repas terminé, il posa sa main sur ma tête et me signifia de dîner à la cuisine avant de le retrouver dans la salle de jeux. Après quoi, il se leva et s'en fut, me laissant seule.

Enfin.

Une demi-heure plus tard, j'allai le retrouver, nue, dans la salle de jeux. Je me hâtai de m'agenouiller devant lui.

Étais-je en retard ?

Non. Il ne m'avait pas précisé l'heure.

— Position d'inspection, Abigaïl. Je veux vérifier si vous êtes prête aujourd'hui.

Je pris la posture qu'il m'avait montrée le week-end précédent.

Il se courba entre mes jambes et caressa ma peau glabre.

— Parfait, commenta-t-il.

Il se redressa et m'ordonna la position d'attente.

— Félicitations. Vous vous êtes bien comportée pendant votre châtiment. Rappelez-moi pourquoi je vous ai punie et regardez-moi en parlant.

— J'ai négligé de me préparer pour vous, Maître, alors que c'est moi qui avais suggéré de jouer. En plus, j'ai été insolente et je me suis permise de vous répondre alors que je portais votre collier.

— Devrais-je vous autoriser à jouir ce soir?

Bon sang, bien sûr que oui!

Sauf que c'était la dernière chose à lui répondre.

— Si tel est votre désir, Maître, et si vous pensez que je le mérite.

— À votre avis?

Je me forçai à le regarder sans détourner la tête. J'avais honte d'avouer que je n'étais pas dans l'état d'esprit adéquat pour le servir.

— J'ai très envie de m'éclater. C'est dur d'oublier ma libido pour vous plaire.

Il me caressa la joue.

— Votre honnêteté me plaît. Vous n'avez rien à vous reprocher. Nous ne sommes qu'au début de votre formation. Je sais que vous n'êtes pas encore capable de réprimer vos désirs, mais vous finirez par y arriver, vous verrez.

Il comprenait!

— Merci, Maître, répondis-je, soulagée.

— Je lis en vous à livre ouvert, ma jolie. Je connais chaque parcelle de votre corps, y compris vos désirs les plus secrets. Ils sont le miroir des miens, ajouta-t-il plus bas.

Ah?

J'allais finir en flaque à ses pieds, c'était sûr.

— Rampez jusqu'à la table, Abigaïl, m'ordonna-t-il de but en blanc.

Ramper?

Je savais qu'on finirait par en arriver là. J'avais bien aimé lui baiser les pieds et c'était presque la même chose, me dis-je pour me rassurer. Finalement, je trouvai l'expérience détestable. Pas au point d'utiliser mon code secret, même si j'étais certaine que mon dégoût se voyait comme le nez au milieu de la figure.

Tu dois lui faire confiance, c'est lui qui décide, me répétai-je comme un mantra pour ne pas faiblir.

Pourvu qu'il n'aime pas me voir ramper.

Je grimpai sur la table en veillant à positionner ma tête plus bas que la sienne. Une fois perchée, je m'immobilisai et patientai.

— Allongez-vous sur le dos.

Ses pas résonnèrent dans la pièce lorsqu'il s'avança. Je louchai dans sa direction. Il tenait quatre liens à la main.

Il me les montra.

— Je vais vous attacher. Auparavant, je poserai la corde sur vos lèvres pour que vous l'embrassiez.

J'étais excitée comme une puce.

Une corde douce effleura ma bouche.

— Celle-ci est destinée à votre jambe droite.

J'y posai les lèvres.

— Attachez ma jambe droite, Maître, s'il vous plaît.

Il l'attrapa et la ligota. Une autre corde atterrit sur ma bouche.

J'y pressai ma bouche.

— Jambe gauche, claironna-t-il.

— Attachez-moi la jambe gauche, s'il vous plaît, Maître.

Il s'y employa avant de faire subir le même traitement à mon bras droit, puis au gauche, sans jamais oublier de poser la corde sur mes lèvres pour que je l'embrasse. À chaque fois, je le priai de m'attacher.

Je me retrouvai écartelée sur la table, pieds et poings liés.

Ses mains divaguèrent sur mes épaules, descendirent sur mes seins, mon ventre avant de s'immobiliser entre mes cuisses.

Un doigt agile s'immisça en moi. Puis un deuxième. Je me forçai à ne pas bouger.

— Votre corps se souvient, dit-il devant l'évidence de mon désir. Il connaît son maître.

Je haletai de volupté. Mais j'avais retenu la leçon.

— Fermez les yeux, Abigaïl. Nous allons essayer autre chose.

J'avais ma petite idée.

Je retins ma respiration au premier passage de la roulette de Wartenberg. Comme l'autre fois, il n'en promena qu'une seule sur mes seins, évitant soigneusement les pointes. Il en ajouta une seconde, traçant un parcours parallèle. Elles sillonnèrent mon corps de concert, s'approchant d'un téton avant de s'en écarter. Je me mordis les lèvres pour ne pas gémir. Après une semaine d'abstinence, je n'allais quand même pas risquer de reproduire la même erreur. Je ressentis des picotements partout lorsqu'elles roulèrent sur mes tétons, mais je restai coite, impassible.

— Très bien, Abigaïl. Je continue?

Je mis un temps fou avant de répondre.

— Une fois suffit, on dirait, gloussa-t-il. Ne bougez pas.

Les molettes reprirent leur chemin plus bas. La sensation était curieuse. Lorsqu'elles se mouvaient ensemble, j'avais l'impression de me déchirer en deux. Elles s'écartèrent pour s'aventurer le long de mon bassin. Je ne bronchai pas, oubliant même de respirer. Elles franchirent ma peau sensible avant de s'éloigner.

J'allais devenir folle, ainsi ligotée. Pourvu qu'il ne me touche pas en bas. J'avais les sens en ébullition au point qu'un simple contact aurait été suffisant pour me faire partir en vrille.

Je paniquai. Allais-je jouir sans sa permission? Et s'il était en train de tester mes limites? Après six jours d'expiation, je flancherais à tous les coups. Une fois de plus.

Devais-je utiliser le code «jaune»?

Il dut sentir que quelque chose clochait, car il suspendit son geste.

— Ça va, vous êtes sûre?

— Oui, Maître, je crois.

— Vous croyez? Ce n'est pas une réponse. Ouvrez les yeux. Qu'est-ce qui vous arrive?

Il vérifia rapidement les cordes qui entravaient mes jambes.

— Il ne s'agit pas des cordes, mais de moi.

— Avez-vous mal quelque part? demanda-t-il, inquiet, en me palpant les bras.

— Non, Maître. J'ai la trouille, c'est tout.

Il me détacha en vitesse. Je me sentis bête de faire tant de chichis.

— Ce n'est rien, bredouillai-je.

— Redressez-vous et expliquez-moi.

Je m'exécutai et fis basculer mes jambes par-dessus la table.

— J'étais tout près de jouir. Je me suis retenue parce que je me suis dit que vous vouliez peut-être me mettre à l'épreuve. M'obliger à jouir sans permission.

— Et vous avez perdu vos moyens?

— Oui.

Il me caressa la joue.

— Je n'ai pas l'intention de vous mettre à l'épreuve. Au contraire, je veux vous montrer combien vous avez progressé depuis la dernière fois que nous avons tenté une expérience similaire. Je sais que vous êtes crispée. Je le sens. Je connais votre corps, je vous l'ai dit.

— Je suis désolée, Maître.

— Ne vous excusez pas. Votre honnêteté est toute à votre honneur.

Il resta plongé dans ses réflexions, les deux mains posées de chaque côté de mes jambes, les yeux braqués sur le mur derrière moi. J'aurais donné n'importe quoi pour deviner ses pensées.

Il me fixa avec intensité.

— Votre punition est levée. Vous pourrez jouir quand vous le souhaiterez.

Il me rejoignit sur la table, prit mon visage dans ses mains et m'embrassa. Ensuite il me fit basculer sur le dos et s'étendit sur moi de tout son poids.

Oui... Oh, oui...

J'étais soulagée à en avoir le vertige. Je me ressaisis dès que ses mains furent sur moi. Le désir, la faim dévorante que j'avais de lui me submergèrent, et il ne me fallut pas longtemps pour revenir au point où je me trouvais l'instant d'avant. Je me figurai que c'était pareil pour lui, à en juger par la rigidité de sa queue contre mon ventre.

La flamme que j'aperçus dans ses yeux sombres me donna raison. Il replia mes genoux, les écarta, m'agrippa les jambes et les noua autour de sa taille.

Nous ne bougions pas. Son sexe se hasarda à l'orée du mien, et je résistai à l'envie de pousser mes hanches à sa rencontre pour mieux savourer cette attente délicieuse, certaine de le sentir bientôt dans mon ventre.

Il y était presque.

Il enfonça son gland de quelques millimètres.

Oh que c'était bon...

Il caressait, écartait ma chair avant de me posséder. Je ne me lassais pas de cette sensation enivrante.

Dès qu'il me pénétra d'une brusque poussée, je lâchai prise, me convulsant autour de lui.

Il sourit avec malice.

— Ça va mieux?

— Oui, Maître, dis-je, emportée par un tourbillon de sensations.

Aussitôt, il se mit à bouger sur un rythme rapide, me martelant encore et encore, tendu vers sa propre jouissance. J'avais raison : la semaine avait été interminable pour lui aussi, car en moins de temps qu'il ne faut pour le dire, je le sentis palpiter en moi, au bord de l'explosion.

Il glissa une main entre nos corps et, du pouce, il se mit à stimuler mon clitoris.

— Pouvez-vous jouir encore? haleta-t-il. Avec moi?

Il avait raison : mon corps reconnaissait son maître. Cette fois ne fit pas exception. Ma chair en feu réagit sur-le-champ dans un nouveau spasme de plaisir.

Il se vida en longs jets au plus profond de moi.

Je me délectai de son grand corps exténué, écroulé sur moi. Je me sentais comme une chiffe molle après l'orgasme éblouissant qu'il venait de m'offrir. Il parsema mon ventre de petits baisers avant de remonter vers mes lèvres qu'il embrassa longtemps, avec passion.

— Allez vous coucher, dit-il en plantant un dernier baiser sur ma bouche.

Curieux. Il ne devait pas être plus de vingt et une heures. Pourquoi m'obligeait-il à dormir si tôt?

Peut-être projetait-il de me réveiller au milieu de la nuit? Après six jours de chasteté, ce ne serait guère surprenant. À moins qu'il n'ait prévu une journée très agitée demain?

Ou les deux?

De toute façon, je n'avais ni l'intention ni l'envie de me perdre en conjectures. Quels que soient ses plans, je serais prête.

— Bonne nuit, Maître, lançai-je en descendant de la table avant de me diriger vers la porte.

— Bonne nuit, ma jolie.

17

Abby

Contre toute attente, il ne me réveilla pas. Je luttai contre le sommeil, guettant le son du piano ou l'écho de ses pas devant ma porte. Je finis par m'assoupir, persuadée qu'il allait surgir à un moment ou un autre au milieu de la nuit.

Je l'espérais de toutes mes forces.

Le réveil sonna à six heures. Sauf contre-ordre, c'était à moi qu'incombait de préparer le petit déjeuner et de le servir dans la salle à manger à huit heures, les samedis et dimanches matin. J'avais réglé mon réveil plus tôt pour avoir le temps de m'entraîner un peu.

J'enfilai un survêtement et me dirigeai vers la salle de gym.

Un bruit me parvint de l'autre côté de la porte. Je stoppai net. Nathaniel courait sur le tapis. La main sur la poignée, j'hésitai. Comment me débrouiller pour garder ma tête au-dessous de la sienne si je me mettais à courir et s'il lui prenait l'envie de faire des abdos, par exemple? Faudrait-il que je m'interrompe pour me placer à un niveau inférieur?

Je regardai par la fenêtre. Il pleuvait.

Mince. Pas de jogging dehors non plus.

Même s'il aimait que je me rebiffe, il était trop tôt pour me creuser les méninges et trouver le moyen de maintenir ma tête plus bas que la sienne. L'exercice physique attendrait.

J'avais amplement le temps de monter me doucher et de m'habiller. Cela fait, je décidai de préparer des œufs Bénédicte.

Il ne se trouvait pas dans la salle à manger lorsque j'y apportai son assiette. Je dressai la table, posai un pot de café et une carafe de jus d'orange et attendis. Il entra et s'assit. Je m'agenouillai à ses pieds.

— Bonjour, Abigaïl.

Il avait les cheveux encore humides de la douche et sentait bon le savon.

— Bonjour, Maître.

Si tout se déroulait comme prévu et si je ne commettais pas d'impair pendant le week-end, peut-être m'autoriserait-il à prendre une douche avec lui cette semaine, avant d'aller au travail. Alléchante perspective.

Il s'empara de ses couverts.

— Des œufs Bénédicte! Mmm... ça a l'air délicieux.

— Merci, Maître.

— Préparez-vous une assiette et joignez-vous à moi.

Voyant qu'il ne bougeait pas, je dus me déplacer à quatre pattes. Je me relevai une fois arrivée dans le couloir. Ça ne me plaisait pas du tout. Je ne manquerais pas de lui en parler s'il me questionnait à ce sujet. Ou à la bibliothèque, à la première occasion.

Je revins à quatre pattes avec mon petit déjeuner et m'installai en vis-à-vis.

— Avez-vous passé une bonne nuit?

— Oui, Maître. Et vous?

Le protocole de la salle à manger était encore un peu vague dans mon esprit. Je ne pouvais peut-être pas m'exprimer aussi librement que dans la cuisine, mais je devais bien avoir le droit de lui demander s'il avait bien dormi, non?

— C'était bizarre d'avoir le lit pour moi seul. À part ça, oui, j'ai bien dormi.

Je hochai la tête. Je le recevais cinq sur cinq. Remarquant que son verre de jus d'orange était presque vide, j'attrapai la carafe pour le remplir.

— Non, merci. Ça suffit. J'ai presque terminé.

Un long silence s'ensuivit, seulement troublé par le cliquetis des couverts.

Il termina son assiette et avala le reste de son café.

— Vous allez faire un peu de sport ce matin, Abigaïl?

Il lisait dans mes pensées. Ce n'était pas surprenant. J'aurais dû y être habituée, à force.

— Oui, Maître, j'aimerais bien.

— Finissez de manger et, quand vous aurez débarrassé la table et rangé la cuisine, vous pourrez utiliser la salle de sport.

— Merci, Maître.

— On se retrouve dans la salle de jeux à dix heures trente. Ah, veillez à bien vous étirer.

Comment devais-je interpréter cet ordre? me demandai-je, le cœur battant.

Je me présentai dans la salle de jeux, nue, à dix heures vingt-cinq. Un coussin était placé sous les chaînes, au milieu de la pièce. Je m'y agenouillai dans ma posture d'attente.

— La séance était bonne?

— Oui, Maître.

— J'espère que vous n'avez pas oublié de vous étirer?

À l'adrénaline dont mon corps était saturé après l'effort se mêlait un désir brut, primitif.

— Non, Maître.

— Très bien. Maintenant, debout.

J'obéis, tête baissée. Il m'attrapa un bras puis l'autre et me ligota les poignets au-dessus de la tête. J'avais assez de mou pour pouvoir remuer.

— Regardez-moi.

Je levai les yeux. Il portait un T-shirt à manches courtes et un jean noir. C'était la première fois que je le voyais ainsi vêtu dans la salle de jeux. Je me demandai ce que cela signifiait – peut-être allais-je devoir le déshabiller un peu plus tard?

— Abigaïl, lança-t-il, me rappelant à l'ordre.

Je détournai vite mon regard des muscles saillants que je devinais sous le T-shirt.

Il s'inclina et me mordilla le lobe de l'oreille, provoquant des décharges électriques dans chaque fibre de mon corps.

— Vous ne jouirez que si je vous le permets. Et vous n'avez pas intérêt à flancher.

Dit comme ça, je le croyais sur parole.

— Vous ne me décevrez pas, insista-t-il. Enfoncez-vous bien ça dans le crâne. Compris? Dites-le.

— Je ne vous décevrai pas, répétai-je docilement.

Il glissa un doigt sous mon menton.

— C'est ça, ma jolie. Faites-moi confiance.

Je hochai la tête.

— Dites-le moi clairement ou vous ne saurez pas ce que je vous réserve aujourd'hui.

— Je vous fais confiance.

Il me lâcha, se plaça derrière moi et fit courir ses mains le long de mon dos. Il m'assena une petite tape sur les fesses.

— Je crois que ce joli petit cul mérite une bonne dérouillée pour avoir oublié de m'appeler maître. Qu'en pensez-vous?

Argh. Oui, s'il vous plaît.

— Si tel est votre désir, Maître.

Il parsema une kyrielle de baisers le long de mon dos.

— Mon désir est que vous me fassiez confiance. Que votre croupe se teinte de rose sous ma main et que j'entende vos gémissements de volupté lorsque je vous expédierai vers de nouveaux sommets. Vous rappelez-vous le week-end dernier?

Je me souvenais du martinet et des exquises sensations qu'il m'avait prodiguées.

— Oui, Maître.

— Bon, on recommence.

J'en avais des palpitations partout.

— Vous êtes si réceptive. C'est merveilleux.

Ses lèvres errèrent sur mes épaules. Sa voix n'était plus qu'un souffle contre ma peau tandis qu'il murmurait tout bas des paroles incompréhensibles.

Il tenait un fouet à la main. Je m'en aperçus au moment où il recula et que la douce fourrure de lapin me chatouilla l'échine. Il la fit monter et descendre lentement. M'effleurant. Me caressant. Me pelotant. Je crevais d'envie qu'il me touche de toutes les façons, avec brutalité ou la plus grande douceur.

Je fermai les yeux lorsqu'il me contourna sans cesser de faire glisser le martinet sur ma peau. J'étouffai une plainte quand les lanières me mordirent la poitrine.

— Ah non. Je veux vous entendre. Chaque geignement, chaque gémissement, chaque soupir.

La fourrure descendit plus bas et cingla ma vulve enflée. Je soulevai les hanches. J'en voulais plus.

Il se plaça derrière moi et me fessa durement.

— Non, pas encore.

Le claquement sec du cuir giflant le bas de mes cuisses interrompit mes soupirs.

— Nous n'y sommes pas encore, dit-il. Je vais vous montrer à quel point vous avez progressé depuis l'autre jour.

La fourrure suivit le même chemin que le cuir.

— Rappelez-moi ce que je vous ai dit tout à l'heure.

— Je ne flancherai pas, Maître.

La cravache dégringola sur ma fesse gauche.

— Exactement. Vous ne flancherez pas.

Il garda le silence, ne s'exprimant plus que par le martinet, alternant la fourrure et le cuir, ou les deux ensemble. Les yeux clos, je me concentrai sur les sensations qui m'assaillaient et geignis fort lorsque les lanières de cuir atterrirent entre mes cuisses par-derrière. Je haletai bruyamment lorsqu'elles furent remplacées par la fourrure.

Plus. J'en voulais plus.

Je me creusai la cervelle pour me rappeler le code. Je ne voulais pas qu'il arrête.

— Vert! m'égosillai-je. Vert. S'il vous plaît.

Le prochain coup me fouetta encore plus violemment, m'infligeant une morsure sévère sur la fesse droite.

— Comme ça?

— Oui, soufflai-je tandis que la douleur se muait en plaisir.

Les coups se mirent à pleuvoir drus et rapides, exactement comme j'aimais. Je me mis à brailler, résolue à me laisser entraîner là où il voulait. J'étais devenue insensible à la fourrure, seul le cuir me galvanisait. Parfois, il me claquait du plat de la main. Ses doigts glissèrent au fond de ma fente, caressèrent et triturèrent ma chair à vif.

— Magnifique, me murmura-t-il à l'oreille lorsque je frémis à ce contact.

Il se colla contre moi, la toile rêche de son jean frottant délicieusement ma peau en feu. Je sentais chaque partie de son corps – sa queue dure contre mes fesses, ses bras autour de mes épaules, ses doigts qui me tripotaient et me lutinaient les tétons, son souffle bruyant et saccadé à mon oreille. Je me cambrai. Je voulais qu'il me pénètre tout de suite et apaise l'incendie qui me consumait.

— Pas encore, répéta-t-il, anéantissant mes espoirs. Plus tard. Quand je déciderai que vous êtes prête.

Il détacha les menottes et me frictionna les poignets.

— Ouvrez les yeux, dit-il en se plantant devant moi.

Je croisai son regard fiévreux.

— Ça va? demanda-t-il, ses mains opérant sa magie sur mes bras.

— Oui, Maître.

Il me prit par la main et me guida dans un coin de la pièce, où était étalée une couverture douce et accueillante, posée sur une sorte de matelas.

— La journée va être longue, Abigaïl. J'espère que vous n'avez pas menti en m'assurant que vous aviez bien dormi et que vous vous étiez convenablement étirée. En attendant, nous allons faire une petite pause. Installez-vous, je reviens.

18
Abby

Tenter d'imaginer ce qu'il me réservait après avoir tellement insisté pour que je me détende me grisait. Allions-nous passer la journée entière dans la salle de jeux?

Seigneur…

— Abigaïl!

Je relevai brusquement la tête et croisai son regard.

— Oui, Maître?

— Restez où vous êtes. J'arrive.

Je m'exécutai en vitesse, les yeux baissés, les genoux mollement enfoncés dans le matelas sous la couverture. Je débordais de reconnaissance pour cette petite marque d'attention.

Je n'avais aucun moyen de connaître l'heure. Il n'y avait pas d'horloge dans la salle de jeux pour m'indiquer s'il était midi ou non. Combien de temps s'était-il écoulé depuis que j'y étais entrée, à dix heures? Impossible de regarder par les fenêtres, malgré mon envie, car elles étaient occultées par des stores.

Je l'entendis revenir et sentis le matelas se creuser lorsqu'il s'installa près de moi.

— Relaxez-vous, ma jolie.

J'obéis. Il était chargé d'un grand plateau, garni de nourritures appétissantes.

— Des tapas, dit-il. Je meurs de faim.

Il n'allait quand même pas manger dans la salle de jeux, si ?

Il me fourra le plateau entre les mains.

— Tenez.

Ça avait l'air délicieux : des croquettes de viande, des toasts à l'aïoli, des mini-brochettes de légumes qu'il me désigna du doigt avant de décapsuler une grande bouteille d'eau.

— Ce sont des *banderillas*. J'en prendrais bien une.

Je considérai les bâtonnets en bois où étaient embrochés des concombres, des olives et des petits oignons.

Il patientait sans rien dire à côté de moi.

Il voulait que je… ?

Oh. Oh !

Il plongea la main dans sa poche et en sortit des pinces à tétons munies de chaînes.

— Mais d'abord, je veux vous offrir une parure.

La gorge asséchée, je posai le plateau par terre. Je n'avais pas oublié la douleur lorsqu'il les avait posées et retirées, la première fois. Ni l'onde électrique qui m'avait parcourue l'entrejambe à chaque traction sur la chaînette.

Je tombai à genoux et tendis mes seins en offrande. Mes tétons durcis pointèrent scandaleusement, tandis que mes pensées divaguaient sur ce qu'il s'apprêtait à me faire.

Il se mit à l'œuvre avec dextérité, faisant rouler un téton puis l'autre entre ses doigts. Il me taquinait, m'aguichait, me murmurait que j'étais belle.

Je retins mon souffle lorsque la première pince comprima mon bourgeon. Après quoi, il glissa un doigt entre mes jambes et encercla nonchalamment mon clitoris avant de faire subir le même traitement à l'autre mamelon.

Il s'accroupit sur les talons quand il eut terminé.

— Magnifique. Servez-moi maintenant.

Je sentis la tension sur les chaînes lorsque j'allongeai le bras pour attraper une brochette. Chacun de mes mouvements animait les anneaux reliés aux pinces. La pause déjeuner allait être torride. Je réprimai un sourire de bonheur.

— J'ai dit *maintenant*, Abigaïl, répéta-t-il en tirant sur la chaîne, m'arrachant un gémissement.

J'inspectai le plateau. Devais-je retirer les légumes du bâtonnet avant de les lui offrir ou porter la brochette entière à sa bouche?

Comme il ne m'avait pas donné d'instruction précise, j'avais le choix. Que préférait-il?

Aucune idée.

Je savais en revanche ce que j'aurais aimé, moi, à sa place.

Je retirai une rondelle de concombre du bâtonnet et la lui tendis. Ses lèvres s'ouvrirent. Sa langue passa sur le bout de mes doigts tandis qu'il avalait le légume.

C'était irrésistible.

La bosse qui déformait le devant de son pantalon m'informa qu'il était aussi émoustillé que moi. Je lui passai une olive et un petit oignon et sentis une onde de plaisir me secouer au contact de ses lèvres. La combinaison des sensations – les picotements sur mes doigts et l'exquise douleur à la pointe de mes seins – me procurait un délicieux vertige tandis que je lui présentais une petite tartine d'aïoli.

La chaîne se tendit encore pendant que ses lèvres me caressaient les doigts.

La scène se répéta avec les croquettes de viande. Puis avec les *banderillas*. Comment le simple fait de le nourrir pouvait-il être si follement excitant?

Je l'ignorais, mais le fait était là.

Au fond, le servir revenait à me donner à lui de toutes les façons possibles. En lui offrant mon corps. En lui servant le petit déjeuner dans la salle à manger. Lorsque je me préparais pour lui, par le yoga, le sport ou l'épilation. Voire en lui proposant une olive.

— Avez-vous faim, ma jolie? demanda-t-il en dardant sur moi son regard assombri par le désir.

— Oui, Maître.

Il s'empara du plateau et, les yeux soudés aux miens, il fit glisser un morceau de concombre d'un bâtonnet et me le fourra entre les lèvres. Je les entrouvris, acceptant l'offrande.

Lorsque j'eus mastiqué et avalé, il porta sa main à ma bouche.

— J'ai de la sauce sur les doigts, là, vous voyez. Nettoyez-moi ça.

Je les happai entre mes lèvres et les astiquai délicatement l'un après l'autre de la langue. Lorsque j'eus terminé, il reprit une olive et me la tendit. De nouveau, il approcha ses doigts de ma bouche pour que je lape la sauce qui les maculait.

Je gémis tout bas quand, avançant la main vers le plateau, il heurta au passage un de mes tétons durcis. La manière dont il me nourrissait, associée à la morsure cuisante et si douce des pinces me plongeait dans une extase presque sauvage. Ce n'était plus son doigt que j'avais envie d'enfiler dans ma bouche, mais sa queue que j'aurais voulue au plus vite dans mon ventre. Je me dandinais de frustration sur le tapis.

— Patience, m'exhorta-t-il. Je veux extraire de vous le maximum de plaisir, et lorsque je considérerai que vous ne pouvez plus le supporter – il imprima une petite secousse aux chaînes – je vous montrerai les ressources que vous avez encore en réserve.

Chacune de ses paroles m'arrachait un frisson de désir.

Il sourit, ramassa une croquette et me l'offrit.

— Vous avez porté les pinces assez longtemps, déclara-t-il à la fin du déjeuner. Levez-vous, les mains dans le dos.

Le repas m'avait échauffée plus que je ne l'aurais imaginé. Il avait pris tout son temps pour me nourrir. Parfois, il portait la bouteille d'eau à mes lèvres et m'ordonnait de boire, attendant que j'aie terminé avant de se désaltérer à son tour.

Entre deux bouchées, il jouait avec les pinces, tantôt les effleurant comme par inadvertance – mais je savais qu'il ne laissait jamais rien au hasard – tantôt tirant effrontément dessus ou secouant un mamelon d'une chiquenaude. Quoi qu'il fasse, l'effet était le même. À la fin du déjeuner, j'étais comme un frêle esquif balloté par une tempête de sensations.

J'attendis qu'il se lève avant de l'imiter, les yeux baissés, attendant ses ordres.

Il retira les pinces et me lia les bras dans le dos avec une cordelette très douce.

— Grimpez sur la table, maintenant.

Je m'efforçai de faire le vide dans mon esprit en me concentrant sur l'instant présent, sans essayer d'anticiper ni de deviner ses projets. Entre parenthèses, me hisser sur la table, les bras attachés dans le dos, ne fut pas une mince affaire.

Une fois juchée sur mon perchoir, je m'allongeai sur le ventre, le bas du corps reposant sur un coin de la table, le torse surélevé par des coussins.

Je l'entendis s'éloigner puis revenir quelques instants après. Ses mains m'encerclèrent la tête pour me bander les yeux. Je fus submergée par une vague de panique qui reflua lorsque je sentis ses mains s'attarder sur mes cheveux.

— Ça va?

— Très bien, Maître.

— Dites «jaune» ou «rouge» si vous voulez que j'aille moins vite ou que j'arrête. J'ai encore quelques dispositions à prendre. Relaxez-vous.

Entre ses inflexions câlines, ses paroles apaisantes et ses doigts qui me frôlaient la nuque, les épaules, la colonne vertébrale, je me sentais fondre.

— Admirable, dit-il, les mains toujours sur moi.

Au bout d'un moment, je compris que les dispositions qu'il avait évoquées me concernaient. C'était moi qu'il préparait.

Argh...

Mes soupçons se confirmèrent lorsqu'il immobilisa mon poignet à l'aide d'une corde. Je remuai légèrement sur la table.

Une claque sévère s'abattit sur mon cul.

— Je ne vous ai pas dit de bouger.

Je me figeai tandis qu'il me ligotait l'autre poignet. Ses mains dérivèrent plus bas et me pétrirent la taille, puis le creux des reins. Le bas du corps entièrement exposé à ses regards, j'étais complètement détendue.

Il saisit ma cheville gauche qu'il attacha à mon poignet gauche et réitéra l'opération du côté droit, m'ouvrant davantage encore si c'était possible. Je me sentais vulnérable ainsi écartelée sur la table, à sa merci.

— Magnifique, apprécia-t-il.

Ce n'était pas vraiment l'impression que j'avais. Sans défense et empotée, ça oui.

Je sursautai en percevant le clic d'une caméra dans mon dos.

— Au cas où vous ne le croiriez pas, expliqua-t-il obligeamment.

J'entendis ses pas se déplacer autour de moi, puis un autre déclic.

Ma parole! Il me prenait en photo.

Il glissa brièvement un doigt en moi.

— L'idée que je vous donnerai la preuve concrète de votre beauté vous plaira, j'en suis sûr. Oh, voyez-vous ça, ajouta-t-il avec un claquement de langue réprobateur. J'ai encore les doigts tout sales.

Je les sentis sur ma bouche et dardai aussitôt la langue pour les récurer. Il avait raison. Me savoir photographiée m'excitait au plus au point, surtout entravée comme je l'étais.

— Regardez-vous. Grande ouverte, prête pour moi.

Ses doigts dessinèrent des arabesques autour de ma vulve.

— Imaginez tout ce que je pourrais vous faire ici.

Sa main tournoya autour de mon clitoris.

— Et surtout là.

Il fouilla ma chatte avec deux doigts. Je m'arc-boutai sous la caresse et geignis bruyamment lorsque mes tétons douloureux frottèrent sur le coussin, me procurant une agréable souffrance.

Il gloussa. Ses doigts progressèrent vers mon autre orifice.

— Ou bien là.

Je retins mon souffle. Oui. Encore. Qu'il ne s'arrête pas. Je voulais qu'il me consume tout entière.

Je laissai échapper un geignement lorsqu'il m'enduisit de lubrifiant.

— Vous en mourez d'envie, hein?

Une sorte de plug glissa lentement là où il m'avait préparée.

— Paul et Christine? Vous vous rappelez?

Je fouillai ma mémoire pour comprendre où il voulait en venir.

— Quand vous vous demandiez quel effet ça pourrait faire?

Il introduisit l'accessoire entre mes fesses avec une affolante lenteur.

J'étais entièrement étirée. Ouverte, exposée, en attente.

Il m'asséna une claque sonore sur le cul.

— Vous vous souvenez à présent?

Oh, oui.

— Répondez.

— Oui, Maître.

Ses mains redevinrent douces, taquines, caressantes le long de ma fente. Puis elles se firent brutales et malmenèrent mes replis. Il me fessa de nouveau, alternant caresses langoureuses et claques retentissantes, à tel point que je ne savais plus démêler la souffrance et le plaisir sous ses doigts.

Un objet en cuir épais s'appliqua sur ma peau. Une sangle? Il la promena de haut en bas sur mon corps, en fouetta vicieusement mon clitoris, puis me gifla le postérieur.

Je gémis de bonheur.

— Vous aimez?

— Oui.

La sangle s'abattit plus fort à l'endroit où était planté le plug. *Doux Jésus.*

— Oui, qui?

— Oui, Maître, ahanai-je.

Sa main s'aplatit de nouveau sur ma croupe.

— Voilà qui est mieux.

Le cuir dansa légèrement le long de mon sexe qui se convulsa de volupté tandis que ses doigts s'enroulaient une fois encore autour de mon clitoris. J'avais l'impression d'être suspendue en équilibre, puis de plonger dans le vide lorsque la sangle mordit avec violence ma chair si sensible. Encore plus fort. J'aurais voulu que ça ne s'arrête jamais.

Le plug fiché en moi. Ces doigts furetant autour de mon clitoris. Le cuir dur. Combinaison indescriptible de douleur et de plaisir.

— Je vais vous prendre ainsi, dit-il, respirant lourdement. Remplie comme vous l'êtes. Bien élargie.

J'entendis le crissement de sa fermeture Éclair et sentis un souffle d'air frais. Il cala ses mains sur mes hanches et m'enfila d'un seul élan. Je lâchai un cri. La sensation était incroyable : envahie par sa queue et le plug à la fois. Stimulée de partout, étirée, ligotée, je me demandai pendant combien de temps encore j'allais résister avant de capituler.

— Jouissez quand vous voulez, bredouilla-t-il, la voix pâteuse.

Il me pilonna et m'investit encore et encore. Lentement, jusqu'au fond, à grandes ruades rythmées. J'étais de nouveau en équilibre instable. Oh ! que ça dure toujours…

Je me mis à trembler à l'approche de la délivrance, les muscles bandés. Il œuvrait plus vite. Je serrai les poings tandis qu'il s'empalait si loin qu'il percuta le plug. Encore.

J'étais…

J'étais…

Je me mis à hurler à gorge déployée.

J'avais l'impression d'être en apesanteur.

Ou de peser des tonnes, au contraire. Oui, c'était ça. J'étais trop lourde pour remuer, mon corps était soudain incapable de me soutenir. Un léger spasme me crispa encore le ventre.

Un vestige de l'orgasme sensationnel que je venais d'avoir.

Il me détacha de ses mains caressantes, murmurant des paroles sans queue ni tête. Aucune importance. Il était là. Manipulant avec une grande douceur mes membres engourdis.

Il ôta le bandeau. La salle était plongée dans le noir.

Ses lèvres frôlèrent les miennes avec tendresse.

— Reposez-vous.

Je fermai les yeux.

19

Nathaniel

Je la tenais étroitement enlacée pendant son sommeil. Je l'avais portée depuis la salle de jeux jusqu'à notre chambre, où je l'avais allongée sur le lit et enveloppée dans les couvertures en lui caressant les cheveux. La journée avait été longue et particulièrement intense. Je me demandais comment elle réagirait. Quoi qu'il en soit, je m'attendais à ce qu'elle tombe de fatigue et se sente endolorie au matin. À son réveil, nous irions barboter quelque temps dans le jacuzzi pour décontracter ses muscles et soulager ses douleurs.

Je ne pouvais m'empêcher de comparer mon comportement à son égard avec celui que j'adoptais envers les soumises que j'avais fréquentées avant. Je m'occupais d'elles, bien entendu, mais même après une journée comme celle-là, je ne les aurais jamais invitées dans mon lit. Elles auraient dormi dans leur chambre.

Était-ce différent avec Abby parce que c'était notre chambre à nous? Si elle n'avait pas emménagé chez moi, l'aurais-je fait dormir au bout du couloir?

Non. Même dans ce cas, elle aurait passé la nuit dans mes bras, évidemment.

Les ombres commençaient à s'allonger dans la pièce lorsqu'elle remua enfin. Je lui caressai l'épaule avec douceur au moment où elle ouvrait les yeux. Je sentis ses fesses frotter contre mon entrejambe quand elle s'étira comme un chat, laissant échapper un petit gémissement.

Elle avait mal.

J'avais préparé une bouteille d'eau et deux cachets d'aspirine au cas où. L'essentiel était de la rassurer. Elle s'était endormie dans la salle de jeux. Elle avait dû garder un souvenir très flou de ce qui s'était passé la veille et aurait pu se sentir désemparée de ne pas me voir à son réveil.

Je me redressai sur un coude.

— Vous êtes dans notre chambre. Dites-moi quand vous aurez envie de vous lever.

— Mmm…, marmonna-t-elle d'une voix ensommeillée.

— Aimeriez-vous faire un petit tour au jacuzzi tout à l'heure? Au fait, j'ai prévu une salade Caesar pour le dîner, ajoutai-je, sachant que c'était l'un de ses plats préférés. Vous n'aurez à vous occuper de rien.

Sa langue se délia lorsqu'elle se retrouva confortablement installée dans le bain à bulles, reposée après une bonne nuit de sommeil.

Elle se retourna pour me faire face.

— Puis-je poser une question, Maître?

— Bien sûr, dis-je, ravi qu'elle se sente assez à l'aise pour s'exprimer librement.

— Si j'étais l'une de vos soumises d'avant, m'auriez-vous laissé partager votre lit?

— Non. Mais je ne vois pas le rapport.

— Si la chambre au bout du couloir était assez bien pour elles, pourquoi pas pour moi?

Je repoussai derrière son oreille une mèche de cheveux, échappée de sa queue-de-cheval qui lui tombait sur les yeux.

— Vous n'avez rien à voir avec mes soumises précédentes. Vous êtes vous.

— Je refuse d'être traitée autrement.

Je lui relevai le menton pour croiser son regard

— C'est votre droit, n'empêche que vous êtes différente. Et puis mes soumises avaient de l'expérience. Pas vous.

— Je ne vois pas le rapport, dit-elle, me citant.

— Êtes-vous encore fâchée? ironisai-je mi-figue, mi-raisin.

— Non, Maître. J'aimerais comprendre, c'est tout.

— Nous avons passé beaucoup de temps dans la salle de jeux, davantage que d'habitude. Et c'était plus violent, vous êtes d'accord?

Elle approuva de la tête.

Je cherchai mes mots…

— Vous pourriez ressentir certaines… certaines émotions après une séance aussi longue et mouvementée. C'est parfois difficile… de redescendre sur terre après coup.

— Est-ce pareil pour vous?

— Oui, mais j'ai l'habitude. Je sais à quoi m'en tenir et comment réagir.

— Me permettrez-vous de ne pas dormir dans votre chambre, ce soir? Je ne veux pas bénéficier d'un traitement de faveur.

Je ne la traiterais jamais comme n'importe quelle soumise, c'était certain, mais j'appréciais la manière dont elle me présentait les choses.

— Vous voulez vraiment faire chambre à part?

— S'il vous plaît.

Je réprimai un frisson de désir quand elle effleura mon torse d'une main légère. Elle avait besoin que je la ménage, courbaturée comme elle l'était. Pas question de céder à ma libido.

— Vous viendrez me trouver si vous avez besoin de bavarder? À moins que vous ne préfériez appeler Christine?

— C'est promis.

— De toute façon, nous aurons encore l'occasion de parler demain. Et aussi lundi. Bon, comment vous sentez-vous maintenant?

— Très bien.

— Avez-vous mal?

Elle s'agita sur mes genoux.

— Un peu, rien de grave.

— Vous prendrez encore une aspirine avant d'aller dormir ce soir. Ça risque d'être plus dur, demain.

J'avais prévu un dimanche de détente, sans activité physique trop intense. Je m'inclinai pour effleurer ses lèvres.

— Vous me direz si vous souffrez encore, d'accord?

Elle sourit.

— Oui, Maître.

Le dimanche, après lui avoir retiré son collier, je l'entraînai vers le canapé et entrepris de lui masser les pieds. Elle se sentait plus encline à dialoguer lorsqu'il y avait un contact physique entre nous, je l'avais compris, et je voulais lui faciliter les choses. En outre, c'était l'occasion de me relaxer moi aussi.

— Qu'as-tu préféré, ce week-end? demandai-je pour lancer la conversation.

Elle renversa la tête sur le canapé avec un soupir.

— Quand tu m'as baisée, hier. C'était surréaliste. Comme le reste de la journée d'ailleurs. Je ne me rappelle pas exactement. Au fait, tu m'as portée dans la chambre? Je ne me souviens pas d'avoir marché.

— Oui. Tu n'en pouvais plus.

— C'est normal?

— Pour toi, oui. Vu ton manque d'expérience, je m'attendais un peu à ce genre de réaction.

— Je veux recommencer, dit-elle, une lueur dans les yeux.

— Ça tombe bien, moi aussi.

Elle effleura ma jambe d'un doigt.

— Je pourrais te masser les pieds moi aussi?

— Non. Laisse-moi faire.

— Pourquoi? Tu n'aimes pas?

— Je t'ai dit que je savais gérer mes émotions après le jeu, tu te rappelles?

— Oui.

Je lui pétris les orteils.

— Voilà l'une des façons. Mes autres soumises n'avaient pas droit à ce traitement, mais j'ai découvert que ça m'aidait avec toi. Tu n'y vois pas d'objection? insistai-je, voyant qu'elle ne disait rien.

Elle frotta doucement son pied contre ma paume.

— Non, à condition que tu t'y prennes comme il faut.

Je portai la plante de son pied à mes lèvres et l'embrassai.

— Pourquoi? Ce n'est pas toujours le cas?

Elle tressaillit sans répondre. Je reposai son pied et repris les frictions.

— Qu'est-ce que tu n'as pas du tout aimé, ce week-end?

— Ramper. Je déteste ça.

— Ah oui?

En fait, je n'étais pas surpris. J'avais remarqué ses regards dégoûtés.

— Oui, je ne veux pas le faire trop souvent.

— Dommage. Que tu n'aimes pas, je veux dire.

Elle redressa la tête pour me regarder.

— Et toi? J'espère que tu n'as pas trop aimé non plus.

— Au contraire, j'ai adoré.

— Je ne pourrais pas me contenter de t'embrasser les pieds? Pourquoi m'obliger à ramper en plus?

— Je ne vois pas ton petit cul quand tu m'embrasses les pieds, voilà pourquoi.

— Pardon?

— J'ai dit que, quand tu m'embrasses les pieds, je ne voyais pas ton petit cul.

— Tu lorgnais mon cul quand j'étais par terre?

Je laissai ma main errer le long de sa cuisse et m'aventurai vers le bas de son short.

— Bien sûr. J'adore tes fesses.

— Je te crois, même si je ne les ai jamais vues.

— J'ai des photos.

Ses joues s'embrasèrent.

— Oh…

Je gloussai.

— Je te les montre, si tu veux.

— Non.

Je m'activais de nouveau sur ses pieds.

— Plus tard alors.

— Mmm…, lâcha-t-elle en guise de réponse. Tu vas m'obliger encore à ramper? reprit-elle après une pause.

— Est-ce une limite à ne pas franchir?

— Non.

— N'oublie pas, Abby, que je suis le dominant dans cette relation et que j'aime te voir ramper. Cela dit, je suis content que tu sois franche à propos de tes préférences. Ces informations me sont très utiles.

Je lui demanderais de nouveau de ramper et de m'embrasser les pieds, même si, au fond, je n'appréciais pas particulièrement.

Je malaxai son pied encore quelques minutes, attentif à la soulager et la détendre.

— Mais pourquoi me bander les yeux? insista-t-elle. Ça rime à quoi?

— C'est psychologique. Pour t'aider à te concentrer.

— Ah bon?

— Ça a marché?

— Je pense que oui.

J'attrapai l'autre pied, le caressai et saisis son talon dans le creux de ma main.

— J'aimerais qu'on parle de vendredi soir.

— J'aurais dû dire «jaune» lorsque j'ai paniqué.

— Peut-être, mais j'ai été trop loin. Excuse-moi. Je n'aurais jamais dû te pousser comme ça après la punition.

— J'avais peur que tu sois fâché si je me servais du code secret.

— Peut-être, oui, mais cela n'aurait pas été nécessaire si j'avais mieux préparé la séance.

— Je ne veux pas te décevoir.

— Tu as tort. Je peux t'emmener encore plus loin si je suis sûr que tu diras «jaune» ou «rouge» en cas de besoin. Même si tu paniques et que tu perds tes moyens.

— Je n'étais pas sûre.

— Promets-moi de le faire à l'avenir.

— Promis. Mais j'ai dit «vert» samedi, tu te souviens?

Je me repassai le film des événements de la veille, lorsque je l'avais fouettée avec le martinet quand elle était ligotée à la croix. Une de mes soumises avait dit «vert» autrefois dans des circonstances semblables, mais je ne me rappelais pas avoir ressenti alors la même fierté et la même allégresse qu'en entendant Abby l'employer.

— C'est vrai. J'étais très content que tu te sentes suffisamment à l'aise pour te lâcher.

— J'étais au bord de la transe. Tu vois de quoi je parle?

— Une sorte d'extase. Oui, je sais exactement ce que c'est, même si, personnellement, je ne l'ai jamais éprouvée.

— J'étais sûre d'y arriver si tu accélérais, fit-elle, le regard dans le vague.

Je connaissais la réponse, ce qui ne m'empêcha pas de poser la question.

— Et tu y es parvenue? Abby? insistai-je, voyant qu'elle ne m'écoutait plus.

Elle s'ébroua.

— Oui.

Elle retira son pied et se redressa.

— Merci.

— De rien, mais je n'ai pas fini, je te signale.

Elle se rapprocha.

— Pas grave. J'ai envie de t'embrasser pour te remercier.

Ses lèvres étaient tout près des miennes. Je ne pouvais en détacher mon regard, comme hypnotisé.

— Je serais tenté de dire que tu n'as pas besoin de me remercier, mais j'en ai trop envie.

Elle se jucha sur mes genoux.

— Ah oui?

Je réprimai un grognement quand sa bouche effleura la mienne.

Je la laissai mener la danse. Sa langue dessinait des arabesques paresseuses autour de mes lèvres. J'entrouvris la bouche pour la butiner. J'aurais voulu que cet instant s'éternise, mais je savais qu'elle était encore ankylosée de partout.

Plus tard, songeai-je. Ce soir, peut-être.

Elle finit par s'écarter, blottie sur mes genoux, la tête nichée sur ma poitrine.

J'enfouis les mains dans ses cheveux.

— Les jeunes mariés reviennent le week-end prochain, n'est-ce pas?

— Oui, vendredi soir. Félicia a appelé. Elle nous invite à déjeuner samedi. Je ne savais pas trop quoi répondre. Alors je suis restée dans le vague.

— On peut y faire un saut une heure ou deux. Il faudrait qu'on trouve un équilibre, le week-end. Si tu tiens à y aller, évidemment.

— Elle m'a manqué.

— Je m'en doute. On ne va quand même pas rester enfermés dans la salle de jeux jusqu'à dimanche, non?

— Dommage, ce serait rigolo.

Je lui frictionnai le dos.

— Sûrement, mais il ne faut pas exagérer. Tu as encore mal?

— Un peu.

— Tu me diras si…

— Nathaniel… Je te l'ai déjà promis. N'en parlons plus.

— Désolé. Je voulais juste être sûr.

— Tu l'es.

— D'accord, on change de sujet. J'ai établi une liste de courses pour la femme de ménage. Je l'ai laissée dans la cuisine. J'aimerais que tu y jettes un œil pour voir si j'ai oublié quelque chose.

— Tu ne fais pas tes courses toi-même?

Je ne me rappelai pas la dernière fois que cela m'était arrivé.

— Non.

— Jamais?

— Plus maintenant. C'est inutile. Pourquoi?

— Je trouve curieux de laisser quelqu'un d'autre s'en charger à ta place.

— On s'habitue. Et puis, entre le boulot et les week-ends avec toi, je ne vois pas quand j'aurais le temps d'aller chercher du pain et du lait à l'épicerie.

— On dirait que c'est indigne de toi. Tu sais que la plupart des gens le font tous les jours?

— On ne va pas se disputer à propos des courses?

Elle hésita, pesant le pour et le contre.

— Non.

Je m'emparai de ses lèvres.

— Tant mieux. On va se promener, tu veux?

Elle se leva et s'étira.

— D'accord. Un peu d'air frais me fera du bien.

Cette nuit-là, elle m'attendait au lit, les draps tirés jusqu'au menton, un sourire fripon aux lèvres.

Je me glissai à ses côtés.

— Tu te caches ou quoi?

— Non. C'est une surprise.

Elle avait les épaules nues. Il ne s'agissait pas de nouveaux sous-vêtements sexy. J'étais dans le noir complet.

— Pour moi?

Elle hocha la tête.

— Tu dois le déballer, dit-elle en bombant la poitrine.

Je suivis le contour de son cou de l'index, puis mes lèvres suivirent le même chemin.

— J'adore les surprises.

— Plus bas, fit-elle.

Je laissai ma langue virevolter au creux de sa gorge.

— Un peu de patience…

Je faillis lui demander si elle avait encore mal quelque part, mais je savais que je risquais de l'agacer. Si elle avait envie de… Bref, je n'allais pas me faire prier. Je soulevai doucement le drap.

— Voyons voir… Nom de Dieu, Abby, c'est quoi ça?

— Tu aimes?

Des anneaux de tétons rouges ornaient ses seins.

J'en effleurai un du doigt. Elle ne les portait pas tout à l'heure et elle était restée à la maison tout l'après-midi et la soirée. Comment se les était-elle procurés? C'était un mystère.

— Je voulais voir si ça m'allait.

— J'aime beaucoup. Ça vient d'où?

Elle retint son souffle tandis que je refermai délicatement les lèvres sur un téton.

— Christine avait des piercings avant. Tu le savais?

Elle portait un soutien-gorge quand je l'avais vue dans la salle de jeux, et la fois d'avant remontait à trop loin pour que je me rappelle.

— Non, je l'ignorais.

— D'après elle, c'est très stimulant, mais elle m'a suggéré de commencer par ceux-là.

— Elle est très futée, dis-je en passant à l'autre sein. Je savais que c'était une bonne idée que tu la rencontres.

— Je ne voulais pas faire un vrai piercing au cas où tu serais contre.

Je sentis ma queue durcir douloureusement.

— Un piercing?

Elle hocha la tête.

— Peut-être un seul téton?

Bon sang.

— Tu veux te faire percer les tétons? répétai-je, incrédule.

— Oui. Ça ne te plaît pas?

Je me redressai pour la regarder.

— Tu as un corps parfait, Abby. Bien sûr, l'idée du piercing est excitante, mais tu ne devrais peut-être pas te précipiter. Pour le moment, je me contenterai de ça, dis-je en recommençant à jouer avec un mamelon.

Le sourire lubrique reparut sur ses lèvres.

— J'ai aussi des chaînes de seins.

— Des chaînes?

Elle me chevaucha.

— Mmm... Tu auras peut-être droit à une autre surprise demain. Qui sait?

20

Nathaniel

Quelque chose me turlupinait, sans que j'arrive à savoir quoi. Abby et moi ne nous étions pas chamaillés et pourtant ça n'allait pas. La semaine avait été chargée. La routine, quoi. J'allais toujours chez le psy une fois par semaine, Abby et moi dînions en famille chaque mardi et elle nous avait inscrits tous les deux au yoga, le lundi et le mercredi.

Le vendredi matin, Sara me fit parvenir la confirmation de mon voyage en Chine. Zut! J'avais oublié d'en parler à Abby. J'espérais qu'elle n'aurait pas de difficulté à obtenir un congé à la bibliothèque. Une semaine ne serait sans doute pas un problème. Nous pourrions partir le samedi et revenir le dimanche soir suivant. Et rajouter un ou deux jours pour récupérer, peut-être. Je lui offrirais une séance de spa. Elle parlait encore de la merveilleuse journée passée avec Elaina et Félicia, la veille du mariage.

Je la retrouvai quelques heures plus tard dans notre restaurant italien favori. Arrivée la première, elle s'était installée en terrasse. Je l'embrassai avant de m'asseoir en face d'elle.

J'adore m'accorder une pause déjeuner avec elle. Cela m'aide à surmonter le stress de la journée.

— Comment ça se passe aujourd'hui? questionnai-je.

Elle avala une gorgée d'eau en souriant.

— Bien. Et toi?

— Pareil.

Une fois la commande passée, la conversation roula sur différents sujets, notamment le retour de Jackson et Félicia, chez qui nous étions invités à déjeuner le lendemain.

— Au fait, j'ai oublié de te le dire. Je pars en voyage dans deux semaines et j'espérais que tu pourrais m'accompagner.

— Dans deux semaines? Impossible.

Je lui décochai un sourire ravageur.

— Pas moyen de te faire changer d'avis? Je peux être très convaincant, si je veux.

Elle parut insensible à mes œillades enflammées.

— J'ai une conférence dans deux semaines.

— Ça n'a pas l'air très folichon. Viens plutôt avec moi en Chine. Allez, accepte.

— Tu vas en Chine?

— Ah, ah, mon pouvoir de persuasion marche, à ce que je vois. Tout juste. Je pars en Chine.

— Tu n'y es pas du tout. J'ai intérêt à assister à cette conférence si je veux avoir une chance de succéder à Martha lorsqu'elle partira à la retraite.

— Elle part à la retraite?

— D'ici quelques années. En plus, je n'ai pas de passeport.

Je n'en revenais pas.

— Tu n'as pas de passeport! Bon, ce n'est pas un problème. On t'en fera un.

— Tu crois que je passe ma vie à voyager à l'étranger, moi?

Soudain, l'atmosphère décontractée du déjeuner s'évanouit, alourdie par l'espèce de tension sous-jacente que j'avais ressentie toute la semaine.

— J'espère bien qu'à l'avenir, tu m'accompagneras souvent à l'étranger.

Elle s'agita sur son siège. L'arrivée du serveur avec nos plats l'empêcha de répondre.

— Ce serait génial, dit-elle après son départ. Je ne peux pas partir en Chine cette fois, mais tu as raison. Il me faut un passeport. Je m'en occuperai.

Au son de sa voix, ça n'avait pas l'air tellement génial. Elle changea de sujet. Je faillis insister, lui demander ce qui n'allait pas, essayer de deviner ce qui la préoccupait. Je m'abstins. Une terrasse de restaurant n'était pas le lieu idéal pour s'expliquer. Et puis, si quelque chose clochait vraiment, elle finirait par m'en parler tôt ou tard.

Une impression de malaise indéfinissable m'empêcha de me concentrer le reste de la journée. Enfin, malaise n'était peut-être pas le mot juste. En tout cas, quelque chose n'allait pas, c'était certain. J'avais plusieurs réunions prévues au cours de l'après-midi. Par chance, je n'avais pas à prendre la parole et me bornai à faire acte de présence.

Il était près de dix-huit heures lorsque je rentrai à la maison. N'importe quel autre vendredi soir, j'aurais été fou de joie en pensant à mes projets du week-end. Pour ce soir, en revanche, ils se résumaient à une discussion entre quatre yeux avec Abby. Je n'étais pas sûr de ce qui n'allait pas – en admettant que ce fût effectivement le cas – mais j'avais bien l'intention de le découvrir avant de lui remettre le collier.

Assise sur la banquette du vestibule, Apollon à ses pieds, elle me gratifia d'un sourire crispé à mon entrée.

Je laissai mon attaché-case près de la porte et pris place à ses côtés. J'évitai de la toucher. La tension entre nous était palpable.

— Salut, dit-elle.

— Salut, fis-je, un peu désorienté. Ça ne va pas?

— Je voulais juste te parler.

Ses paroles me rassérénèrent.

— Moi aussi, comme ça se trouve. Tu m'as pris de vitesse. Tu n'étais pas dans ton assiette ces derniers temps, pas vrai?

— J'ai lu un article à ton sujet dans un magazine. Tu vois de quoi je parle?

On m'avait effectivement interviewé plusieurs semaines auparavant, mais j'avais complètement oublié ce détail. Je tentai de me rappeler les questions pour deviner la raison de son étrange comportement.

— Je ne sais plus.

— Pourquoi ne m'as-tu pas dit que tu ne te verserais pas de salaire, cette année?

— Pardon?

— Pourquoi as-tu décidé de ne pas te payer?

Je haussai les épaules.

— Ah, ça! Je n'ai pas pensé à t'en parler, je suppose.

— Ce n'était pas important, à ton avis?

— Pas vraiment. Pourquoi?

— Eh bien moi, ça m'ennuie. Qui peut se passer de salaire, de nos jours?

— Je suis riche, Abby.

— Oui, mais je ne savais pas à quel point.

— Ça te pose un problème?

— Il faut que je m'y habitue.

— Je ne comprends pas.

— Parfois, c'est comme si… je ne sais pas… j'ai l'impression de ne plus savoir où j'en suis.

Je restai sans voix, ne sachant quoi répondre.

— Ça a l'air idiot, reprit-elle précipitamment, parce que je n'ai jamais été aussi heureuse. Vraiment. J'ai hésité à t'en parler. Je ne voulais pas me montrer ingrate, indifférente, ou encore que tu croies que je voulais te quitter.

J'eus un pincement au cœur.

— Tu n'aimes pas l'existence que tu mènes?

Elle pivota pour me faire face.

— Écoute, je suis désolée.

Je m'obligeai à garder mon sang-froid et à ne pas envisager le pire, puisqu'elle venait de dire qu'elle ne voulait pas me quitter.

— Tu n'as pas à t'excuser, Abby. Je préfère la franchise plutôt que le silence et les non-dits qui ne font qu'envenimer les choses. *J'avais trop souvent agi ainsi par le passé.* Maintenant, dis-moi où est le problème, je ne suis pas sûr de comprendre

— C'est que je me sentais utile avant. Maintenant, j'ai l'impression d'être insignifiante.

— C'est-à-dire? Explique-moi.

Elle compta sur ses doigts.

— Tu as quelqu'un qui s'occupe du ménage, de la lessive, des courses. Tu te débrouilles très bien à la cuisine. Mon salaire ne te servirait à rien, puisque tu n'as même pas besoin du tien! Je ne participe à aucun frais et je me sens complètement inutile ici, conclut-elle en esquissant un geste circulaire.

Je réfléchis quelques secondes, sans trouver les mots pour lui prouver qu'elle avait tort.

Je me levai et lui tendis la main.

— Viens là.

Elle obéit sans enthousiasme. Je l'entraînai à l'étage. Je longeai la salle de jeux et notre chambre, franchis le couloir jusqu'à une porte. Je l'ouvris et lui désignai une autre volée de marches. Elle me suivit. Elle n'avait pas encore visité les combles.

La salle, immense, avait la superficie de la maison tout entière. De vieux meubles recouverts de draps et plusieurs coffres s'alignaient contre les murs. Quelques fenêtres laissaient filtrer un peu de lumière, trouant l'obscurité.

Il y avait longtemps que je n'étais pas monté au grenier. Les souvenirs affluèrent.

— C'était ma cachette préférée quand j'étais petit. Mon refuge. Je jouais au pirate, je lisais ou j'explorais mon domaine.

Je soulevai un drap dans un angle, dévoilant un fauteuil de bonnes dimensions.

— Quand j'ai aménagé la maison, j'ai voulu que le grenier reste en l'état. La majeure partie du mobilier d'origine se trouve ici.

Elle effleura le cuir de la main.

— C'est ton passé.

Je souris.

— J'y venais tout le temps quand j'étais au lycée. J'y passais des heures. Je n'avais pas la moindre idée ce que j'allais faire de ma vie, à l'époque. Tu savais que j'avais été admis à l'École navale ?

Elle hocha la tête.

— Linda me l'a dit.

Je repensai à l'époque lointaine de mon adolescence, quand j'essayais désespérément de trouver ma place.

— J'avais envie de quelque chose de différent. Partir là où personne ne me connaissait. Tout recommencer de zéro. J'ignore si quelqu'un se doutait à quel point c'était dur pour moi. Je me sentais prisonnier de l'image qu'on m'imposait et je refusais de me sentir prisonnier. Et je voulais me rendre utile aussi.

La fenêtre la plus proche donnait sur le grand chêne du jardin. Je le désignai du doigt.

— Tu vois cet arbre?

Elle s'approcha.

— Le chêne?

— Oui. J'y construirai une cabane un jour. Pour nos enfants.

Je ne dis plus rien, le temps que mes paroles s'imprègnent dans son esprit. Je pris son visage entre mes mains.

— C'est un pas de géant pour moi, Abby. J'espère que tu en as conscience. Penser qu'un jour toi et moi nous marierons et aurons des enfants. Tu m'as permis de rêver. Ma fortune, ma gouvernante, le salaire que je ne recevrai pas cette année? Quelle importance? Ce sont des détails insignifiants, Abby. Pas toi. Non. Tu es ce que j'ai de plus cher au monde.

— Nathaniel…

— Je t'aime. Et c'est tout ce qui compte. Si tu veux faire les courses et la lessive, ne te gêne pas. Si tu te sens mieux en partageant les frais quotidiens, pas de problème. Mais n'oublie jamais ce que tu signifies pour moi, s'il te plaît.

Elle ferma les yeux.

— Pardonne-moi.

Je lui embrassai les paupières.

— Ne t'excuse pas. Emménager chez moi, changer totalement de vie, bien sûr que c'est stressant. Il y a quelques ajustements à faire.

— Je n'ai pas très bien géré.

Je la pris par la taille et l'attirai à moi.

— Nous sommes ensemble, maintenant. C'est le principal.

Elle nicha sa tête contre ma poitrine.

— Oui.

La sensation de pesanteur se dissipa, remplacée par un sentiment d'allégresse et de grande paix. Plongé dans cette atmosphère sereine, les souvenirs et les doutes de ma jeunesse s'envolèrent, remplacés par les nouveaux rêves que me permettait la femme que je tenais dans mes bras.

Elle soupira.

— J'ai gâché notre week-end.

Au contraire, le week-end commençait mieux que je l'avais craint, tout à l'heure.

— Que veux-tu dire? murmurai-je, les lèvres enfouies dans ses cheveux.

— L'heure de mettre le collier est passée depuis longtemps.

— On pourra le faire plus tard, si tu veux.

Elle se serra contre moi.

— D'accord.

— Encore une chose. Tu as beau vouloir que je me comporte avec toi comme avec mes autres soumises, ce ne sera jamais le cas.

Elle plissa le front, perplexe.

— Tu n'es pas comme les autres. Je te l'ai déjà dit. J'avais pour elles de la tendresse, de l'affection, mais ça n'a rien à voir avec ce que j'éprouve pour toi.

— Je n'en ai jamais douté.

— Peut-être, mais tu exiges que je te considère de la même manière. Tu veux toujours savoir comment je me conduisais avec elles.

— Aurais-tu repoussé pour elles les jeux du week-end comme tu le fais avec moi ce soir?

Je hochai la tête.

— Si quelque chose n'allait pas, oui. Mais je n'aurais jamais envisagé de les emmener ici ou de partager avec elles ce que j'ai partagé avec toi. J'en ai beaucoup parlé à Paul. Je n'ai pas l'intention de te traiter comme elles. N'y pense plus.

— Je vais essayer.

Je la serrai contre moi.

— Ne cherche pas la comparaison. Notre relation n'a rien à voir.

Les heures suivantes se passèrent à fouiller dans le grenier. De temps en temps, nous échangions un sourire complice lorsque l'un de nous tournait la tête et jetait un regard furtif au chêne.

21
Abby

Le dimanche matin, je patientais au salon, un livre à la main. Je devais m'attendre à une sorte de jeu de rôle, m'avait prévenue Nathaniel. Je ne l'avais pas revu depuis le petit déjeuner. Il avait quitté la salle à manger après avoir fini de manger en m'ordonnant de revêtir la tenue qu'il avait préparée et rangée dans l'armoire à mon intention.

C'était la première fois que je portais des jarretières. Celles qu'il avait choisies étaient noires et me faisaient les jambes les plus sexy du monde. Je n'avais jamais pensé porter ce genre de choses, et je décidai illico de prévoir une séance shopping avec Félicia, la semaine suivante.

Je tirai machinalement sur la jupe. Ridiculement courte, elle s'arrêtait juste sous mes fesses. J'étais certaine qu'on verrait un bout de jarretière à chacun de mes mouvements. La veste était du même acabit : elle me sanglait, me couvrant à peine la poitrine. Pas de chemisier, juste un soutien-gorge de dentelle noire, visible dès que je bougeais d'une certaine façon. J'étais excitée rien que de rester assise là, à me demander ce qu'il avait prévu pour la journée. Comment savoir quand le moment serait venu? Viendrait-il me chercher? Il y serait bien obligé, non?

Je repensai au vendredi soir. Il avait eu envie de parler, comme moi, et il avait différé nos jeux afin de dissiper tout malentendu entre nous. J'affichais un sourire béat au souvenir de la cabane perchée dans l'arbre. Nous étions sur la même longueur d'onde...

Nous avions passé des heures dans le grenier à fouiller dans de vieilles malles. Chaque fois qu'il retirait le drap recouvrant un meuble, j'avais l'impression qu'il révélait un autre pan de lui-même. Quand il avait fini par me passer le collier, curieusement, notre rituel m'avait paru plus intense que d'habitude. Et lorsque, plus tard, il m'avait invitée à partager son lit au moment de dormir, il ne m'était pas venu à l'idée de refuser.

Le déjeuner chez Jackson et Félicia, la veille, avait été très réussi. Je ne l'avais pas revue depuis un bout de temps. Elle était rayonnante de bonheur. Je n'étais plus jalouse du lien familial qui l'unissait avec Nathaniel. Après la discussion de vendredi, Nathaniel et moi nous sentions plus à l'aise dans notre couple, maintenant que nous avions un projet commun.

Je me levai pour ranger sur l'étagère le livre que je feignais de lire.

— Qu'en penses-tu, Apollon? demandai-je au chien. J'attends sans rien faire ou pas?

Apollon inclina la tête, jappa faiblement et se coucha sur le dos. Je compris l'allusion. C'était parti pour un petit massage du ventre.

Au même moment, un bip m'informa d'un nouveau texto.

J'attrapai mon téléphone posé sur la table basse à côté du canapé.

— Désolé, Apollon, dis-je. C'est sûrement Félicia.

Je me trompais. Nathaniel. Mon cœur fit un bond lorsque je lus le message.

À mon bureau. Maintenant.

Je contemplai le message sans comprendre.

Son bureau?

Oui, mais lequel?

J'allai d'abord vérifier à la bibliothèque. Personne. Il en avait un autre à la salle à manger qu'il utilisait quand il travaillait à la maison. J'y courus aussi vite que mes escarpins noirs à lanières le permettaient, m'attendant à trouver la porte close. Elle était ouverte. Je glissai un œil à l'intérieur: là encore, la pièce était vide.

Faisait-il allusion à son bureau en ville?

Il n'y avait pas d'autre possibilité.

Je ramassai mon sac, les clés de la voiture, caressai au passage la tête d'Apollon et me dirigeai vers le garage. Un mot m'attendait sur le siège du conducteur.

Oui, mademoiselle King,

Il s'agit bien de mon bureau en ville. L'agent de sécurité a ordre de vous laisser entrer.

Bien à vous,

M. West

PS: Vous êtes en retard.

Que d'informations dans un billet aussi bref, songeai-je pendant le trajet. D'une, j'aurais le droit de l'appeler «Monsieur West», et de deux, j'étais apparemment en retard. Cette pensée ne fit qu'accroître mon excitation. En me garant dans le parking, je songeai qu'on risquait de me voir dans la tenue minimaliste que j'arborais. Je ressentis à cette idée un curieux mélange de fierté et d'euphorie. Je traversai la rue en vitesse et m'engouffrai dans le grand building qui abritait la société.

— Bonsoir, mademoiselle, vous désirez? fit le gardien posté à la porte.

Ce type n'était pas l'homme d'un certain âge qui m'accueillait lors de mes fréquentes visites à Nathaniel pendant la semaine.

— Mademoiselle King, dis-je en tirant machinalement sur le bas de ma jupe. J'ai rendez-vous avec M. West.

Je me demandai s'il avait aperçu les jarretières lorsque j'étais entrée. *Au fond, quelle importance?*

Il me dévisageait sans laisser son regard s'égarer plus bas.

— Oui, mademoiselle, dit-il. M. West vous attend. Vous pouvez monter, mais il me faut une pièce d'identité.

— Pardon? m'écriai-je, interloquée. Bon, d'accord, acquiesçai-je après réflexion.

Normal, puisqu'il ne m'avait jamais vue. Je sortis mon portefeuille et lui présentai mon permis de conduire.

— Merci, Mademoiselle, dit-il, en m'indiquant les ascenseurs d'un geste.

Le bureau de Nathaniel se trouvait au dernier étage. J'avais beau m'y être rendue à de nombreuses reprises pour déjeuner ou avant le cours de yoga, cette fois, c'était différent.

Sara n'était évidemment pas là, vu qu'on était dimanche. La grande porte en bois était close. Je ne savais trop quoi faire.

Nathaniel avait certainement entendu l'ascenseur stopper à l'étage. Devais-je frapper? Lui envoyer un message? Viendrait-il m'ouvrir?

Probablement pas, puisqu'il m'avait laissée le rejoindre par mes propres moyens.

Je frappai.

— Entrez, proféra une voix basse, impérieuse.

Je poussai la porte d'une main hésitante. Il était assis à son bureau, consultant une liasse de papiers. Il leva les yeux à mon arrivée et me fixa sans aménité.

— Entrez, mademoiselle King. Veuillez fermer la porte, s'il vous plaît.

Le battant se referma avec un claquement sec.

— Vous êtes en retard, observa-t-il.

J'avais trouvé un angle d'attaque pendant le trajet. Je rejetai mes cheveux en arrière et inclinai la tête.

J'aime quand tu te rebelles, m'avait-il déclaré deux semaines plus tôt. Eh bien, il allait être servi.

— Vous n'aviez pas précisé l'heure, monsieur West, rétorquai-je.

Il leva un sourcil.

— Ma convocation ne précisait-elle pas «maintenant»?

— Peut-être. Je ne me rappelle pas.

— La mémoire. C'est un problème récurrent chez vous, on dirait.

Je haussai les épaules.

Il reposa les papiers sur la table.

— Vous avez été négligente, ces derniers temps, à ce qu'on m'a dit. Vous avez privilégié vos petites histoires personnelles au détriment de votre travail.

— Je suis effectivement très occupée. Mais mon travail n'en souffre pas, je vous assure.

Il examina les feuilles posées devant lui.

— Selon mes informations, vous passez des coups de fil privés pendant les heures de bureau.

— Un ou deux, de temps en temps.

— Une ou deux heures, vous voulez dire. S'agit-il d'un homme?

Je me dandinai d'un pied sur l'autre.

— Il m'arrive d'appeler mon petit ami, en effet.

Il me toisa de la tête aux pieds, puis désigna ma tenue.

— Sait-il comment vous vous attifez?

Je tirai sur l'ourlet de ma jupe, jouant le jeu.

— Oh, non, monsieur West. Mon petit ami ne m'a jamais vue ainsi. Je porte cette tenue sur l'ordre de mon maître.

J'imaginais que cet aveu le pousserait dans ses derniers retranchements. Je m'attendais au moins à un signe de compréhension, mais il se borna à hocher la tête.

— Petite dévergondée.

Je repensai à notre dernier week-end et souris.

— Exactement.

— Je parie que vous aimez vous habiller ainsi. Que vous adorez dévoiler votre corps pour votre maître.

Je me campai devant lui, les mains sur les hanches, la poitrine en avant.

— Oui.

Il repoussa son siège.

— Et je parie aussi qu'il vous plaît de vous exhiber devant d'autres hommes, n'est-ce pas, mademoiselle King? Par exemple devant l'agent de sécurité en bas?

Mes mains remontèrent le long de mon corps, caressant le renflement de mes seins.

— C'est vrai. Il n'est pas mal. Mais c'est à vous que j'ai envie de plaire, monsieur West.

Il se leva et s'approcha sans me quitter des yeux.

— Vous n'avez pas honte de flirter outrageusement avec votre supérieur hiérarchique?

Je lui décochai mon plus beau sourire.

— Vous n'avez pas répondu à ma question, monsieur West. Aimez-vous ma tenue?

Il se plaça derrière moi et empoigna mes seins à deux mains. Il tira sur le tissu. Les boutons s'éparpillèrent sur le sol. Puis ses doigts errèrent jusqu'à mes hanches.

— La veste est trop moulante, remarqua-t-il d'une voix sourde. Et la jupe trop courte.

Je plaquai mes fesses contre son érection en souriant sous cape.

— Désirez-vous que je les enlève?

— Mademoiselle King! fit-il, choqué, sans ôter ses mains de mon corps. Avez-vous conscience de la gravité de vos actes? Je pourrais vous renvoyer pour impertinence.

Je pivotai sur moi-même en battant des paupières.

— Oh non, monsieur West, j'ai besoin de ce travail.

Il recula d'un pas.

— Vous ne me laissez guère le choix. Je dois vous licencier. Je ne peux pas tolérer un tel comportement, irrespectueux et déplacé, qui distrait les autres employés.

Je me dépouillai du reste de mes habits à mesure que j'avançais vers lui.

— Je suis sûre que ça peut s'arranger.

— Je ne sais pas. Votre problème est sérieux.

— Il doit bien y avoir une solution.

Son regard me parcourut de haut en bas.

— Peut-être...

— Je ferai tout ce que vous voudrez.

Curieux, mais grâce à ce jeu de rôle, je gagnai en assurance, même ma façon de marcher se modifiait. Je me collai à lui, effleurant son torse du bout des doigts.

— S'il vous plaît...

Il fit volte-face et s'éloigna tout en retirant sa ceinture. Une fois près de son bureau, il se retourna, maniant le cuir souple entre ses mains.

— Je me demande si vous êtes vraiment sincère.

Mince. Il n'allait quand même pas me battre avec sa ceinture ?

— Je vous assure que si, monsieur West.

— Venez là.

Je m'approchai du bureau.

— Tendez vos mains.

Il m'attacha les poignets avec la ceinture et m'obligea à me pencher en avant. Je ne résistai pas et me retrouvai en appui sur le bureau, le cul en l'air.

Il contourna son bureau en s'assurant que j'observais chacun de ses gestes et ouvrit un tiroir. Je retins mon souffle lorsqu'il en sortit une palette en bois qu'il posa sur la table.

Il gardait une palette dans son bureau ?

Il se planta derrière moi, la respiration heurtée. Ses doigts s'enfoncèrent dans la peau de mes cuisses lorsqu'il détacha les jarretières. Il me malaxa brutalement les fesses à travers la dentelle de ma culotte et insinua les doigts sous l'élastique pour la faire glisser sur mes hanches.

— Vous avez fait preuve de laisser-aller, mademoiselle King. Je vais devoir vous punir.

Je me tortillai de plus belle.

— C'est vous qui voyez, monsieur West.

Il m'administra une bonne fessée.

— Je veux m'assurer que vous avez tiré les conséquences de vos actes.

Il continuait à me taper tout en parlant.

— Vous devez comprendre ce que j'attends de mes employés. Ce qui est permis et ce qui ne l'est pas. En cas de distraction, vous m'obligerez à vous le rappeler de la manière forte.

Il insinua un doigt entre mes jambes avec un claquement de lèvres désapprobateur.

— J'ai comme l'impression que je ne vous intimide pas vraiment.

J'avais les fesses brûlantes et sensibles après les claques. J'ondulai des hanches pour l'inciter à enfoncer son doigt plus loin.

— Je ne sais pas, monsieur West. Peut-être devriez-vous me punir plus sévèrement.

Il ramassa la palette sur son bureau.

— Si vous insistez, mademoiselle King…

— Je crains que ce ne soit le seul moyen pour que je retienne la leçon.

L'instrument s'abattit sur ma peau rougie, m'arrachant une plainte.

— Voici les règles à respecter si vous voulez continuer à travailler pour moi, énonça-t-il sans cesser de manier la spatule sur ma croupe échauffée, encore et encore.

— Vous porterez une tenue correcte.

Vlan.

— Plus de jarretière ni de vêtements trop ajustés dévoilant votre corps.

Vlan.

— Plus de coups de téléphone à votre petit copain pendant les heures de bureau.

Vlan.

— Plus de drague envers les employés masculins, moi y compris.

Vlan.

— Plus un seul oubli. Et lorsque je vous dis de venir immédiatement à mon bureau, vous devez obéir sur-le-champ.

Vlan.

— Me suis-je bien fait comprendre, mademoiselle King?

Je n'eus pas le temps répondre que ses mains étaient sur moi, titillant, caressant ma chair enflée.

Baise-moi. Tout de suite.

Il me gratifia d'une petite tape sur le fondement.

— Je vous ai posé une question, mademoiselle King.

— Euh…, bredouillai-je feignant d'hésiter. C'était quoi, déjà?

Il me claqua plus fort.

— Comprenez-vous quelle attitude vous devez adopter lorsque vous travaillez pour moi?

Je mourais d'envie de serrer les cuisses l'une contre l'autre.

— Oui, monsieur West. Je comprends.

Il soupira.

— Je devrais vous renvoyer de toute façon. C'est la première fois que je suis confronté à pareille situation.

Le silence retomba, seulement troublé par le tic-tac d'une pendule posée sur la table et le léger ronronnement d'un mini-réfrigérateur, dans un angle de la pièce.

Je me redressai et me dévissai le cou pour le regarder par-dessus mon épaule. Il avait reculé de quelques pas et souriait.

— Vous allez probablement me faire arrêter, dit-il.

Je détachai mes poignets et laissai tomber la ceinture à terre.

— Pourquoi dites-vous ça?

— À cause du traitement que je vous ai infligé.

— Je l'ai bien cherché.

— Non, dit-il. Je n'ai aucune excuse.

— Je vous promets que je serai sage, monsieur West.

Je glissai les mains dans mon dos, dégrafai mon soutien-gorge et fis glisser les bretelles sur mes épaules. Le délicat vêtement échoua sur le sol.

— Laissez-moi vous montrer.

Il porta la main à sa braguette.

Oh, oui…

— Je viens de vous fesser à cause de votre impertinence, vous vous rappelez?

Je secouai la tête.

— Je ne suis pas en train de flirter. C'est juste une démonstration de bonne conduite.

Je me juchai sur le bureau en réprimant une plainte de douleur. Je levai les pieds pour les poser à plat sur la table, me penchai et écartai largement les jambes, m'assurant qu'il profite du spectacle.

— S'il vous plaît, monsieur West.

Il s'approcha avec la mine d'un chat traquant une proie.

— Vous voulez me prouver à quel point vous êtes sage?

— Venez voir par vous-même. Je vous assure que ça vaut le coup d'œil.

Il déboutonna son pantalon. Il ne portait rien dessous.

— Oh, monsieur West, dis-je en reluquant sa queue. Vous êtes tellement mieux monté que mon ami.

Il esquissa un sourire.

— Ah oui?

Je levai les yeux et les plantai dans les siens.

— Certainement, dis-je. Quoique peut-être un peu plus petit que mon maître. Le sien est énorme.

Il éclata de rire, se débarrassa de son pantalon et vint se placer entre mes jambes en deux enjambées.

Mes mains s'activèrent sur les boutons de sa chemise. Je m'acharnai sur le troisième, attrapai le tissu et tirai.

— On enlève ça d'abord! Oups! fis-je, tandis que les boutons dégringolaient sur le bureau, puis se répandaient par terre.

— Elle est fichue, mademoiselle King. Cela mérite une nouvelle fessée.

Je le débarrassai des derniers lambeaux pour sentir sa peau ferme et tiède sous mes doigts.

— Je n'attends que ça, monsieur West.

— Mmm... vous avez l'air délicieuse. On en mangerait.

Je me renversai en arrière, lui offrant mes seins.

— Allez-y. Goûtez.

Joignant le geste à la parole, il inclina la tête et darda sa langue dans le sillon de ma gorge. Il me mordilla la peau, effleurant des dents un téton, puis l'autre. Il me suça avec délicatesse, presque respectueusement, avant de survoler ma mâchoire par de légers baisers.

— Délectable. Je ne me suis pas trompé.

Je capturai sa tête entre mes mains et murmurai avec aplomb.

— Et ma chatte? Vous ne voulez pas la goûter?

Il me mordilla l'oreille.

— Quelle impudence! C'est scandaleux, mademoiselle King.

Un doigt fuselé s'aventura entre mes cuisses écartées, il s'y enfouit et ressortit presque aussitôt.

Il le lécha du bout de la langue.

— Oh, vous avez raison.

Je m'arc-boutai contre lui, peau contre peau, les ongles enfoncés dans le creux de ses reins, savourant sa chaleur.

— J'ai hâte de vous sentir en moi, monsieur West.

Il noua mes jambes autour de sa taille.

— Loin de moi l'idée de vous faire languir.

Il me pénétra d'un seul élan, m'emplissant entièrement.

Le silence retomba. Nous étions concentrés sur nos corps se mouvant à l'unisson. Il grogna sourdement contre mon oreille, et je répondis par une plainte sourde.

Mes hanches glissaient sur le bois dur à chaque coup de reins, sensation délicieuse, combinée à la douleur persistante de la fessée. J'étais à deux doigts de l'orgasme. Il me martelait toujours plus vite, toujours plus fort, envoyant des vagues de plaisir dans tout mon corps.

— Monsieur West…, haletai-je, pressant étroitement mes cuisses autour de lui.

— Vous aviez raison, mademoiselle King, vous êtes très sage, dit-il en me pilonnant si fort qu'il percuta mon point sensible.

Je serrai les mâchoires pour retenir le besoin de délivrance qui me taraudait, attendant qu'il me donne la permission.

— Je peux? implorai-je. Je suis tout près.

Il se logea au fond de moi.

— Allez-y.

Sa tête retomba sur mon épaule. Je frissonnai lorsque ses dents m'égratignèrent la peau.

— Baisez-moi, dis-je. Plus fort.

Il me mordit l'épaule. Brusquement, je fus traversée par un orgasme intense et jouis en criant son nom. Il poursuivit ses violents assauts sans ralentir dans sa course vers l'extase. Je sentis les muscles de son dos se crisper sous mes doigts, tandis qu'il se répandait en moi à longs jets brûlants.

Il se relâcha avec un soupir de satisfaction.

— Vous pourrez rester à mon service aussi longtemps que vous le souhaitez, mademoiselle King.

22
Abby

Il partit pour la Chine deux semaines plus tard, un vendredi soir. Je l'accompagnai à l'aéroport, pour profiter de sa présence le plus longtemps possible. Il me tint la main durant tout le trajet. La semaine que nous allions vivre éloignés l'un de l'autre s'étendait devant nous, tel un désert sans fin.

— C'est la première fois que nous serons séparés aussi longtemps depuis mars dernier, déclara-t-il, les yeux fixés sur la route tandis que nous approchions de l'aéroport.

Ce n'est qu'une semaine. Une seule petite semaine.

Rien que d'y penser, j'avais envie de pleurer.

— J'aimerais tellement venir avec toi, murmurai-je.

Il porta ma main à ses lèvres.

— Tu penses d'abord à ta carrière. Je trouve cette attitude infiniment respectable.

— Je t'aime, bredouillai-je, ravalant mes larmes.

Il m'embrassa les doigts, ses lèvres s'attardant au creux de ma paume.

— Je t'aime aussi, Abby.

La nuit d'avant, il m'avait fait l'amour jusqu'au petit matin avec des gestes lents, presque révérencieux, comme s'il cherchait à mémoriser chaque millimètre carré de mon corps. Et lorsqu'enfin il m'avait pénétrée, il s'était mis à bouger sans hâte comme si nous avions l'éternité devant nous.

Les premiers rayons du soleil nous trouvèrent dans les bras l'un de l'autre. Nous avions refait l'amour avec sauvagerie, cette fois, un sentiment d'urgence provoquée par l'imminence de la séparation. Nos mains, nos voix s'emballèrent à une cadence frénétique jusqu'à ce que nous nous effondrions l'un sur l'autre, hors d'haleine, et que l'heure tardive nous contraigne à quitter le lit.

À l'aéroport, je me cramponnai à son bras jusqu'à ce que son pilote consulte sa montre avec insistance en toussotant discrètement. Je restai figée sur place en attendant que le jet s'évanouisse dans le ciel avant d'entreprendre en solitaire le long trajet de retour jusqu'à la maison.

En rentrant, je jetai les clés sur la petite table du vestibule. C'était la première fois que je me retrouvais seule chez Nathaniel. *Chez moi.* Je passai d'une pièce à l'autre, vérifiant les alarmes, bien qu'il s'en soit chargé avant de partir.

Rassurée, je montai dans notre chambre, à l'étage. En passant devant la salle de jeux, je me rappelai ce qu'il m'avait déclaré au déjeuner.

Comme je ne pourrai pas te mettre le collier ce week-end, je t'ai préparé des choses à faire.

Des enveloppes m'attendaient dans la chambre des soumises, avait-il précisé, ajoutant que je pouvais dormir dans la nôtre, si j'en avais envie.

Bien sûr que j'en avais envie. En son absence, je dormirais dans son lit, j'étreindrais son oreiller et peut-être que les draps renfermeraient encore son odeur.

J'entrai dans la petite pièce. Plusieurs enveloppes m'y attendaient. Dessus se trouvait un paquet emballé dans du papier kraft où était inscrit d'une écriture nette :

Vendredi soir.

La première enveloppe au-dessous indiquait :

Samedi, 8 h 30.

Le paquet ne mentionnant pas l'heure, je l'emportai avec moi et le posai sur le grand lit. Je décidai de l'ouvrir après la douche. J'empruntai une chemise à Nathaniel, je me mis au lit, repliai les jambes et ouvris le paquet avec précaution.

Il contenait un carnet en cuir.

Je tournai la première page et eus un coup au cœur en déchiffrant son écriture.

Tu as du mal à exprimer tes sentiments à haute voix, je le sais. Alors j'ai pensé qu'il serait plus facile de les coucher par écrit.

J'aimerais que tu utilises ce carnet pour y noter tes angoisses, tes doutes, tes peines, ainsi que tes joies, tes espoirs et tes rêves. Tu t'en serviras avant tout pour y relater les différentes étapes de ton parcours de soumise, que tu pourras émailler d'allusions à notre vie quotidienne, si le cœur t'en dit.

Voici quelques indications pour commencer. L'essentiel est la franchise. Je ne te tiendrai jamais rigueur de ce que tu auras consigné dans ce journal. Tu m'as tant donné. Je suis certain que ceci ne fera pas exception.

Je caressai l'encre du doigt, comme si ce simple geste avait le pouvoir de me rapprocher de lui. Je feuilletai les pages vierges. Christine m'avait confié qu'elle tenait un journal, mais je ne m'étais pas décidée à l'imiter.

J'avais laissé Nathaniel le faire à ma place…

Je ramassai une enveloppe tombée sur le lit et la décachetai. Elle renfermait une feuille de papier.

Cette semaine, nous avons évoqué l'éventualité d'assister à une réunion de mon groupe. Dresse la liste de ce qui te fait peur et propose le moyen d'y remédier point par point. Sur une autre page, tu énuméreras les bénéfices que tu espères retirer de cette séance.

Nous en discuterons à mon retour.

Il était sérieux? On aurait dit un devoir de vacances.

Allait-il le noter?

Me punirait-il s'il estimait que c'était nul?

Je gloussai à cette idée, puis me rappelai la frousse qui m'avait saisie la première fois qu'il avait émis cette suggestion. Au fond, mettre mes phobies sur le papier était probablement une bonne chose. Je fourrageai dans le tiroir de la table de chevet et finis par dénicher un stylo sous un sac de *sex toys*.

Curieux de voir avec quelle facilité les mots me venaient dès que j'eus commencé. Je me sentais complètement désinhibée. J'écrivis tout ce qui me passait par la tête, remplissant des pages et des pages de mes hantises et de mes attentes.

Lorsque j'eus terminé, je consultai le réveil. Le temps était passé à toute vitesse. Le vol pour Hong Kong durait seize heures, il ne fallait donc pas s'attendre à avoir des nouvelles de Nathaniel avant longtemps.

J'éteignis la lumière en étouffant un bâillement et me glissai sous la couette. Apollon se coucha près de moi. À cause du manque de sommeil, la nuit précédente, je sombrai presque immédiatement dans l'oubli.

Samedi, 8 h 30.

Je tournai et retournai l'enveloppe, impatiente de découvrir son contenu. Une autre composition écrite? Je glissai le doigt sous le rabat et l'ouvris.

Il est 8 h 30 ce samedi matin et je suis encore dans l'avion. J'espère que tu as bien dormi et qu'Apollon t'a tenu compagnie. Je lui ai fait la leçon avant de partir.

Je souris à ces mots. Il avait fait de grands progrès, ces derniers mois, et j'adorais son sens de l'humour.

Je grattai la tête du chien avant de poursuivre ma lecture.

Nous avons passé des heures dans la salle de jeux dernièrement, mais nous sommes encore loin d'en avoir exploré toutes les ressources. Je veux que tu t'y rendes ce matin. Regarde autour de toi et vois si tu trouves un jouet, un objet ou un accessoire que nous n'avons pas encore utilisé et que tu aimerais essayer la prochaine fois. Note-le dans ton journal pour que nous puissions en discuter plus tard.

Il se pourrait que je décide de m'en servir.

PS: Tu n'as qu'une heure devant toi. Félicia va arriver à 9 h 30 pour t'emmener faire du shopping et déjeuner.

Je jetai un coup d'œil à l'enveloppe suivante.

Samedi, 15 h 30.

J'avais amplement le temps.

Je relus la lettre de huit heures trente. Je n'avais jamais examiné la salle de jeux seule. Nathaniel et moi l'avions visitée avant qu'il me passe le collier, plusieurs mois auparavant, et même si le ménage m'en incombait, je la considérais toujours comme son domaine.

Une fois douchée, le petit déjeuner expédié, je montai à la salle de jeux. Je passai devant le banc de flagellation, la table matelassée et la croix, direction le mur du fond. Les placards fabriqués sur mesure contenaient une multitude de martinets. Il en avait déjà utilisé quelques-uns – en fourrure de lapin et en daim. Il en avait d'autres, en cuir ou tressés. Ils paraissaient plus lourds et épais et je me les figurais déjà cinglant ma peau.

Mmm… Peut-être.

Les armoires étaient fixées au-dessus d'une grande table en bois massif, munie de plusieurs tiroirs. J'en ouvris un. Il renfermait quantité de plugs et de vibromasseurs. Des jouets amusants, certes, bien que sans grande originalité.

Suspendue à l'un des murs se trouvait une collection de cannes. J'en effleurai une du bout du doigt. J'en avais parlé à Christine, mais je ne me sentais toujours pas prête à tenter l'expérience.

J'essayai d'imaginer l'expression de Nathaniel si je lui déclarais que je voulais essayer.

Serait-il choqué ? Accepterait-il avec empressement ?

Non, hors de question. Je poursuivis mon inspection.

J'examinai un assortiment de masques et de bâillons. Nous ne nous en étions encore jamais servis. Je me demandais quelle sensation cela provoquerait d'avoir une muselière sur la bouche.

Je m'emparai d'un bâillon boule et tentai d'en imaginer l'effet, couplé avec un martinet. Cela pourrait être amusant. Mais il m'avait dit d'en choisir un seul. Que faire ?

J'attrapai mon journal et mon stylo, m'installai par terre, au milieu de la salle, et cogitai. Je concoctai différents scénarios comportant plusieurs des objets trouvés dans les placards et les tiroirs. Ils me semblaient tous pleins de promesses, mais je n'arrivais pas à me décider.

Je tapotai le dos du carnet avec le stylo et consultai ma montre. *Neuf heures et demie.*

Je jetai un dernier regard circulaire, esquissai un sourire et penchai la tête pour écrire. Je signalai l'accessoire que j'avais choisi et, pour le plaisir, décrivis la scène à grands traits.

Félicia et moi approchions de notre première étape, une boutique de lingerie, lorsque mon téléphone sonna.

Mon cœur fit un bond dans ma poitrine

Nathaniel!

— Allô?

— Abby, dit-il d'une voix lasse.

— Le vol s'est bien passé?

— Ça n'en finissait pas. On vient d'atterrir.

J'essayai de calculer le décalage horaire.

— Quelle heure est-il?

— Vingt-trois heures passées. J'ai l'impression d'avoir sauté une journée de ma vie.

Je l'imaginai passant ses doigts dans ses cheveux, à son habitude lorsqu'il était fatigué ou nerveux.

— Ce n'est pas grave. De toute façon, le samedi, il n'y a jamais grand-chose à faire. Tu ne rates rien.

— Objection, intervint Félicia, qui conduisait. On va faire les boutiques, en commençant par la lingerie. Qui a dit qu'on se barbait, le samedi?

Il rit sous cape.

— Je te rappellerai dans quelques heures. Je voulais juste te rassurer.

— Quel est ton programme maintenant? demandai-je pour retarder le moment de raccrocher.

— Me rendre à l'hôtel et grappiller quelques heures de sommeil avant de me mettre au travail.

— Un dimanche?

— Je n'ai pas vraiment le choix, observa-t-il d'une voix rieuse. Quelqu'un a refusé de m'accompagner.

— Tu sais pourquoi.

— Oui, et je comprends très bien.

— Tu devrais aller te balader. Tu ne pars pas en Chine tous les jours.

— Dieu merci. Cela dit, tu as raison. Je vais me promener un peu. Même si je doute que la Grande Muraille ait beaucoup changé depuis ma dernière visite.

— Tu vas voir la Grande Muraille?

— Non, c'est trop loin. La prochaine fois, tu m'accompagneras et nous irons ensemble.

— Tu me manques déjà.

— Toi aussi.

— Nous y sommes, intervint Félicia.

J'étais tellement absorbée par la conversation que je n'avais pas remarqué qu'elle avait garé la voiture.

— Je te laisse, dit-il. Amusez-vous bien. Et ne faites pas de bêtises.

— Mmm… des bêtises, ça pourrait être marrant, au contraire.

— Réserve ça pour plus tard, dit-il, un sourire dans la voix. Je t'aime, répéta-t-il.

— Moi aussi.

Je rentrai à la maison quelques heures plus tard, les bras chargés de paquets contenant des robes, des sous-vêtements coquins et différentes sortes de jarretières, heureuse d'avoir bavardé avec ma meilleure amie. Son état de jeune mariée lui allait à ravir. Je ne l'avais jamais vue aussi heureuse et épanouie.

Je chantonnai en rangeant mes achats. Et si j'étrennais mes nouveaux dessous cette semaine? Je prendrais des photos et les enverrais à Nathaniel.

À quinze heures trente, j'ouvris une autre enveloppe.

J'espère que tu as profité de ces quelques heures en compagnie de Félicia. Ma nouvelle cousine par alliance et toi êtes très différentes, pourtant je sais que votre amitié signifie beaucoup pour vous deux. Je ne veux pas que tu aies un jour le sentiment que porter mon collier t'a coûté de trop grands sacrifices.

Cela dit, je te rappelle qu'être une soumise ne te transforme pas en une créature faible, naïve ou crédule, au contraire. Nous en avons déjà parlé.

Voici le prochain devoir: écrire mille mots sur la question suivante: «Ma soumission: la signification qu'elle revêt pour moi.»

Lorsque tu auras terminé, va faire un tour, mange un morceau et écris mille mots sur le thème: «Ma soumission: que signifie-t-elle pour mon maître?»

J'ai hâte d'en discuter avec toi et de te livrer mes commentaires.

Ça alors…

Il n'avait pas menti en me disant que j'allais faire bon usage de mon journal. La nuit précédente avait d'ailleurs été une révélation, car l'écriture m'avait permis de clarifier mes idées. J'avais beau redouter la soirée BDSM dont il m'avait parlé, j'avais presque hâte d'y être. Surtout depuis qu'il m'avait incitée à y réfléchir et à mettre par écrit les moyens de surmonter mes peurs.

J'étais impatiente de découvrir ce que ce nouveau pensum allait encore m'apprendre.

Samedi, 22 h 30

Ce soir, vous allez voir que vous pouvez me servir à distance. Je vous donne quinze minutes pour vous dévêtir, vous mettre au lit et attraper le téléphone.

Vous m'appellerez à 22 h 45.

Mon cœur fit un looping pendant que je lisais sa brève missive.

Le servir à distance?

Je brûlais de découvrir ce qu'il voulait dire. D'entendre sa voix. Je calculai mentalement le décalage horaire. À Hong Kong, c'était le matin.

Une pause déjeuner avant l'heure, peut-être?

Quinze minutes plus tard, j'attendais sur le lit. À vingt-deux heures quarante-cinq tapantes, je pressai le bouton d'appel.

J'entendis un petit déclic lorsqu'il décrocha.

— Abigaïl?

Ce n'était plus le voyageur épuisé avec qui j'avais échangé quelques mots dans la matinée. La voix profonde, autoritaire, qui m'envoyait des frissons partout n'appartenait qu'à lui.

— Oui, Maître.

23

Nathaniel

Au seul mot qu'elle prononça, je perçus de la fébrilité dans sa voix.

— Avez-vous suivi mes instructions?

— Oui, Maître.

— Branchez le haut-parleur, posez le téléphone sur le lit et prenez la position d'inspection. Faites-moi savoir quand vous serez prête.

À l'autre bout du fil me parvint un léger froissement. Je l'imaginais exécutant mes ordres.

— C'est fait, Maître.

— Très bien, ma belle. Maintenant, décrivez-moi ce que je verrais si j'étais là.

Je perçus une légère exclamation. Le silence retomba pendant qu'elle réfléchissait.

— Je vois quoi? Commencez par le haut.

— Vous ne voyez pas seulement ma tête renversée en arrière, mais aussi ce qui n'est pas visible, fit-elle, tout excitée.

— C'est-à-dire?

— Ma gorge dénudée. Je vous en fais présent.

— Bon. Et vos seins?

— Ils se dressent pour vous. Mais ce n'est pas tout. Ma poitrine renferme mon cœur, lui aussi vulnérable. C'est l'un des organes essentiels de mon corps et en même temps le point névralgique de mes émotions. C'est comme si je vous offrais mon existence tout entière. Vous pourriez me faire du mal, mais j'ai confiance en vous. Je sais que vous en êtes incapable.

Elle exultait, au comble du bonheur. Mon point névralgique à moi se mit au garde-à-vous.

— Savez-vous ce que je ressens de vous voir ainsi offerte devant moi?

— Pas vraiment, Maître, mais j'en ai une petite idée.

— Bien, nous faisons des progrès.

— Oui, Maître.

— Si j'étais là, je me camperais derrière vous et je vous ordonnerais d'adopter votre position d'attente. Comment placeriez-vous votre tête?

— Je l'inclinerais, Maître.

— Faites donc. Ensuite, j'écarterais vos cheveux pour dévoiler votre cou. Je me pencherais et vous sentiriez mon souffle effleurer votre échine.

Je l'entendis haleter bruyamment.

— Mes lèvres suivent le même chemin. Elles effleurent votre épaule droite. Ma main caresse la gauche et frôle votre omoplate du bout des doigts.

Elle soupira avec bruit.

J'empoignai ma queue raide et commençai à me branler mollement. Nous avions encore du chemin à parcourir.

— Je vous sens frissonner. Vous n'imaginez pas comme je bande. Caressez-vous en pensant à mes mains sur vous. Elles sont en coupe sous vos seins ronds. Mes pouces frottent les pointes qui s'érigent sur-le-champ. Votre cœur bat à cent à l'heure. Ça vous excite, hein, Abigaïl?

— Oui, Maître.

— Sentez-vous votre cœur?

— Oui, Maître. Il bat très fort.

— Je roule vos tétons entre mes doigts et je vous embrasse dans le cou. Mes dents mordillent votre peau. Je veux vous goûter. Je vous lèche à petits coups de langue. Mmm... c'est trop bon.

Je fermai les yeux pour mieux me figurer le tableau. Elle était restée suffisamment dans cette position.

— Maintenant, allongez-vous sur le dos, les genoux fléchis, les cuisses bien écartées.

J'entendis grincer le lit tandis qu'elle s'exécutait.

— Sentez-vous l'air frais sur votre chatte? Avez-vous envie de vous toucher?

— Oui, Maître.

— Vos mains sont-elles toujours sur vos seins?

— Oui, Maître.

— Parfait. Je les fais courir à travers les pleins et les déliés de votre poitrine que je sens monter et descendre. Votre respiration s'accélère. Vous avez remarqué?

— Oui, Maître.

— Mes mains errent plus bas, caressent vos hanches. Je me positionne entre vos jambes en évitant de vous toucher là où vous en avez très envie.

Je serrai les paupières, imaginant la scène.

Je rouvris les yeux et considérai le téléphone à côté de moi comme si je pouvais la voir au travers. *La prochaine fois, on utiliserait la webcam. Sans faute.*

— Vos lèvres sont si douces. Elles s'entrouvrent sous mes baisers. Vous lâchez un soupir et je glisse la main plus bas pour imprimer de petits cercles sur votre hanche. Tracez des cercles vous aussi.

— Oui.

— Oui, qui?

— Oui, Maître.

— Je vous pince sans pitié le téton droit pour cet oubli.

Je l'entendis haleter tandis qu'elle se pliait à mes exigences.

— Je laisse ma main vagabonder plus bas et effleure votre ventre. Que ressentez-vous?

— Votre chaleur qui m'enveloppe. Votre sexe dur pressé contre mon ventre. Je veux que vous descendiez encore plus bas. Je me pousse vers vous. Je vous désire si fort…

— Je sais exactement ce que vous éprouvez, ma jolie. Vous ne serez pas déçue, soyez-en sûre. Mais je ne suis pas encore prêt.

Sa plainte m'arracha un sourire.

— Je penche la tête pour vous téter. J'enroule ma langue autour de votre sein et le butine délicatement. Faites comme si vos mains étaient mes dents.

— Oui, Maître.

— Très bien. Maintenant, je les aspire et les croque tour à tour. J'adore vous sentir dans ma bouche. Le léger tiraillement de votre peau. Pincez-vous.

Elle retint son souffle.

Je regrettais terriblement de ne pas être à ses côtés.

— J'adore les petits bruits voluptueux que je vous arrache.

— C'est plus fort que moi, Maître.

Je me branlai avec une vigueur renouvelée.

— Mon préféré est celui que vous produisez quand je vous pénètre. Si je vous demandais de bouger comme vous en avez envie, que feriez-vous?

J'aurais juré surprendre son sourire polisson à l'autre bout du fil.

— Je me laisserais glisser le long de votre corps, puis je vous chatouillerais le sexe de la langue, et je verrais si je réussis à vous soutirer quelques sons, Maître.

Je gloussai. Elle se lâchait de plus en plus librement. Son espièglerie me ravissait. Porter mon collier le week-end n'était pas une raison pour qu'elle refoule cette facette de sa personnalité.

J'empoignai ma bite à pleines mains.

— Je suis sûr que vous me soutireriez bien davantage. Continueriez-vous à me suçoter ou me prendriez-vous enfin dans votre bouche?

— Je continuerais à vous sucer, Maître. J'adore votre queue. Je vous agacerais entre mes lèvres aussi longtemps que vous me l'autoriseriez. Comme maintenant. Voyez, je commence à vous lécher en promenant mes doigts le long de votre hampe.

Je l'imitai, comme si c'étaient ses mains qui s'activaient sur moi. Elle continua:

— Je fais tournoyer ma langue autour de votre gland avant de vous avaler tout entier. Juste une petite seconde.

Je me soulevai sur le lit.

— Allumeuse.

— C'est vous qui m'avez posé la question, Maître, rétorqua-t-elle, l'air très contente d'elle-même.

— C'est vrai, dis-je, charmé de voir à quel point elle s'appliquait. Où sont vos mains?

— Vous ne m'avez pas demandé de les bouger, elles sont toujours sur mes tétons.

— À mon tour de vous aguicher. Laissez-les descendre jusqu'en bas. Vos genoux sont-ils toujours pliés et bien écartés?

— Oui, Maître.

— Bien. Je vous lèche tout le long, partout. Sauf là où vous en crevez d'envie. Je parviens à votre genou gauche et j'embrasse la petite tache de rousseur dans le creux.

Je fermai les yeux, imaginant la minuscule tache dans le pli de son genou.

— Je remonte en semant une pluie de petits baisers à l'intérieur de votre cuisse, tout près de votre chatte, mais au dernier moment, alors que vous croyez que je vais vous toucher là, je me déplace et recommence le même manège sur la cuisse droite. Vous me sentez, ma jolie? Vous sentez mon haleine sur votre peau?

Elle gémit en guise de réponse.

— Plus fort, Abigaïl. Sinon j'arrête.

— Oui, Maître.

— Bon. Au passage, j'effleure très légèrement l'orée de votre sexe. Vous êtes trempée, n'est-ce pas?

— Oui, Maître.

— Touchez-vous du doigt. Maintenant sucez et dites-moi quel goût vous avez?

— Un peu salé. Une pointe de musc et une note de sucre.

Ma voix baissa d'un ton.

— Vous êtes si douce… Si j'étais là, je ne vous aurais pas laissé faire, parce que j'aurais tout gardé pour moi.

— N'importe comment, tout est à vous, Maître.

Oui. À moi et à personne d'autre.

— Regardez par terre de mon côté et ramassez le sachet que j'ai laissé à votre intention.

Je perçus le froissement des draps tandis qu'elle obéissant. Le lit grinça quand elle y remonta.

— Je l'ai, Maître.

Je me représentai le *sex toy* que j'y avais glissé avant de partir.

— Ouvrez-le.

Elle exhala un gémissement.

— Ça vous plaît?

— Beaucoup, Maître.

Je souris.

— Bien. Remettez-vous dans la même position, sur le dos, les genoux pliés et largement écartés. Faites comme si c'était mon sexe et sucez-le pendant quelques instants.

Je perçus des bruits de succion et me mis à jouer avec mon gland.

— Imaginez-moi m'enfonçant dans votre gorge et pensez au moment où je ressortirais pour vous baiser la chatte. Je me laisse glisser sur vous une dernière fois, repris-je après une pause, estimant qu'elle avait gardé le jouet assez longtemps dans sa bouche. Empoignez le *sex toy* comme si c'était moi et posez-le sur votre fente. Je vais vous besogner avec mon gland un moment. Seul le bout de ma trique entre. Je bascule à peine le bassin. Interdiction de vous trémousser.

— S'il vous plaît, Maître.

— Non. Pas encore. Vous vibrez sous moi. Vous me désirez si fort. J'avance encore les hanches et je m'enfonce un peu plus.

Je me caressais la pine avec une ardeur renouvelée. J'étais encore très loin de ce dont j'avais besoin. De ce dont elle avait besoin.

— Qu'éprouvez-vous, Abigaïl?

— Votre respiration à mon oreille. Vos muscles crispés sous mes doigts, cramponnés à vos flancs pour ne pas bouger. Je vous veux. Je meurs d'envie que vous m'enfiliez avec votre queue bien dure. Je vous en prie, Maître.

— Branlez-vous avec le gode. Pas trop fort. Je vous accorde une légère friction, mais pour le moment, je vous refuse ce que vous désirez le plus.

Elle poussa un grognement de frustration. Je l'entendis remuer et la laissai se donner du plaisir quelques instants. Je me masturbai plus vite.

— Maintenant, je vous explore à fond. Vous me sentez?

— Oui, Maître.

J'agrippai ma verge avec frénésie.

— Aspirez-moi à fond. Je vous défonce aussi fort et aussi loin que possible. Vous pourrez jouir quand vous voulez.

Le silence se fit quelques minutes. Je me concentrai sur mon sexe et les râles de plaisir qui me parvenaient à l'autre bout du fil. J'entendis sa respiration s'accélérer. J'étais tout près de l'apothéose. Je la voyais s'envoyer en l'air avec le godemiché aussi vite qu'elle le pouvait.

— Je n'ai pas encore terminé. Lâchez-vous. Je veux vous entendre.

— Mon Dieu, Maître, haleta-t-elle. Oh…

Je décollai les hanches en rythme avec ma main et arquai le dos en l'imaginant sous moi. J'attrapai à temps le gant de toilette posé sur le lit et éjaculai à l'intérieur.

La respiration apaisée d'Abby m'apprit qu'elle avait joui elle aussi.

— Ça va?

— Oui, Maître, merci, répondit-elle, la voix pâteuse.

— Si j'étais avec vous, je vous plaquerais contre moi pour entendre battre votre cœur, dis-je. J'éparpillerais mille baisers partout en vous murmurant des mots d'amour.

— Je vous aime, Maître, murmura-t-elle en réponse.

Elle ne s'adressait pas à Nathaniel, mais à son maître. J'eus un pincement au cœur. C'était la première fois.

— Abigaïl…, mon amour.

Pendant un moment, nous restâmes ainsi sans bouger, reliés l'un à l'autre par le fil ténu du téléphone. Sa journée avait été longue, je le savais, elle devait être épuisée.

— Je vais vous laisser dormir.

— J'aimerais tellement pourvoir vous écouter respirer toute la nuit au téléphone.

— Je rentre bientôt.

— C'est encore trop loin.

La conversation se poursuivit encore quelques instants. En l'entendant bâiller, je lui souhaitai bonne nuit et raccrochai.

Je m'adossai au montant du lit et respirai à fond. Certes, je regrettais qu'elle ne m'ait pas accompagné en Chine, mais j'en comprenais la raison et l'admirais de faire passer sa carrière avant le plaisir. De toute façon, nous avions toute la vie devant nous.

Il fallait que je lui parle de l'escapade en Floride que je prévoyais avec elle.

L'amour au téléphone avec Abby avait été fantastique. Ce n'était pas la première fois, évidemment. Je m'y prêtais souvent avec mes autres soumises, lorsque j'avais un besoin pressant pendant la semaine ou pour leur offrir une petite gâterie, histoire de leur faire plaisir.

Il ne s'agissait que de sexe, ce qui curieusement n'était jamais le cas avec Abby. Était-ce pour satisfaire un besoin?

Bien sûr. Pour lui faire plaisir? Sans doute. Mais il n'y avait pas que cela.

Avec Abby, il y avait toujours quelque chose en plus.

Mais cela ne m'effrayait plus du tout.

Je consultai la pendulette au chevet du lit. Elle devait être blottie sous les couvertures, attendant le sommeil. Il ne lui restait que deux enveloppes à ouvrir, le lendemain. La première à neuf heures trente. Sa dernière composition écrite. Ensuite, Elaina passerait la chercher à onze heures pour un brunch tardif.

Je songeai au reste de la semaine. Le lundi, je lui ferais livrer un dîner à la maison. Des sushis. Avec un message pour lui exprimer ma reconnaissance d'avoir accepté un rendez-vous au bar à sushis, plusieurs mois auparavant, au lieu de m'envoyer paître comme je le méritais.

Le mardi, elle avait prévu de sortir avec Félicia après sa conférence. Abby devait signaler sa nouvelle adresse, songeai-je sans transition. Ce qui me fit penser que Félicia n'avait pas encore changé son nom de famille. Pour en revenir à Abby, je trouvais normal qu'elle partage mon toit. J'étais heureux que la maison retrouve un peu de l'effervescence qui l'animait dans mon enfance.

Ne pas oublier les fleurs, le mardi. À son retour du travail, on lui livrerait deux douzaines de roses couleur crème, bordées de pourpre, accompagnées d'une carte que j'avais confiée au fleuriste. Un petit mot pour lui exprimer mon bonheur depuis qu'elle vivait avec moi.

Mercredi, mon téléphone vibra vers midi, au moment où prenait fin une réunion interminable. Abby et moi avions pris l'habitude de nous téléphoner ou d'échanger des textos avant le déjeuner. Je m'excusai et sortis pour me rendre dans le bureau qu'on avait mis à ma disposition.

Je fis défiler le message sur l'écran.

« Bientôt au lit. »

« J'aimerais bien te border », répondis-je.

« Moi aussi. J'ai un petit quelque chose pour toi… »

Ce qu'elle m'avait envoyé me coupa le souffle et je gagnai mon fauteuil en chancelant. Il y avait plusieurs photos d'elle, en entier ou des fragments. Des parties de son corps couvertes, d'autres à peine dissimulées sous des petits bouts de tissu. Une jarretière ici. Une fine bretelle de soutien-gorge là. Un téton à moitié dissimulé derrière un soupçon de dentelle. Un string laissant entrevoir son petit cul rebondi.

« Bon sang ! » écrivis-je après la dernière image.

« Tu aimes ? »

« Si j'étais là, je t'enlèverais chaque vêtement. Avec les dents. »

« Ah oui ? Et après ? »

Un rapide coup d'œil à ma montre. J'avais encore quelques minutes devant moi.

« À quatre pattes par terre, au pied du lit. »

« Chouette. »

« Je te claquerais les fesses pour te punir de m'émoustiller de la sorte. »

« Je me tortille. »

Je souris et tapai à toute allure.

« Je plongerais le doigt dans ta chatte. »

« Mmm… »

On frappa à la porte.

Mince.

« Le déjeuner, quelle plaie ! » écrivis-je.

« Ton voyage, quelle plaie ! »

«Toi, au moins, tu vas pouvoir t'envoyer en l'air. Alors que moi, je vais devoir me farcir un déjeuner assommant.»

«Tu peux toujours noyer ton désespoir dans le Baijiu.»

«Je n'y manquerai pas. Fais de beaux rêves.»

«Merci. Mais d'abord, j'ai un petit problème à régler.»

J'étouffai un grognement, l'imaginant les jambes écartées, en train de fourrager dans le tiroir de la table de nuit pour trouver un gode...

«Espèce d'allumeuse!»

«J'ai eu un excellent prof.»

Je me sentis abattu le reste de la journée. Encore deux jours à tirer... une éternité. Ce soir-là, j'appelai Jackson en rentrant à l'hôtel. Il se levait tôt, donc je ne risquais pas de le tirer du lit.

— Nathaniel? dit-il en décrochant. Comment ça se passe en Chine?

— Barbant. Je ne t'ai pas réveillé au moins?

Avec le décalage horaire, il était cinq heures du matin à New York.

— Non, je ne vais pas tarder à aller courir.

On parla de choses et d'autres, notamment de ce que nous ferions à mon retour. La conversation porta ensuite sur son mariage et Félicia. Il adorait parler de sa femme.

— J'ai une question, dis-je après avoir écouté une longue tirade sur leurs divers projets après sa retraite du circuit professionnel. Y a-t-il eu des rumeurs après l'annonce de vos fiançailles?

Je ne me souvenais pas. J'étais au fond du trou après ma rupture avec Abby.

— Oui, on disait que Félicia était enceinte. C'était complètement bidon, bien sûr.

Tous deux désiraient avoir des enfants, mais préféraient attendre encore quelques années, je le savais.

— Pourquoi? demanda-t-il. Est-ce que Abby et toi…

— Non. Pas du tout. *Pas encore.* Vous veniez à peine de vous rencontrer lorsque tu lui as fait ta demande. Je me suis posé des questions.

— Primo, je me fous de l'opinion des autres, et je suis cent pour cent sûr que c'est pareil pour toi.

Je ris. Il avait raison, du moins en partie.

— Deuzio, si je rencontre la femme de ma vie et qu'elle accepte de m'épouser, je ne vois pas pourquoi j'écouterais les ragots.

— Je ne supporterais pas qu'on médise sur le compte d'Abby, dis-je sans réfléchir. Je ne veux pas qu'on la rabaisse.

— Ah! Ah! Nous y voilà! J'en étais sûr.

Je levai les yeux au ciel, même s'il ne pouvait pas me voir.

— Je n'ai pas dit que l'idée de l'épouser ne m'avait pas effleuré.

— Tu l'as sous-entendu. Écoute, Nate, elle a de la personnalité.

— Je sais.

— Et elle est assez forte pour se ficher du qu'en-dira-t-on. Et puis, si on la dénigre parce qu'elle accepte de t'épouser, c'est que les gens sont stupides ou jaloux.

J'éclatai de rire.

— Merci, Jackson. J'avais besoin de parler à quelqu'un.

— Je t'en prie.

— Tu gardes ça pour toi, d'accord? Pas un mot à…

— Ma femme dont le chéri de sa meilleure amie envisage de poser la question fatidique?

— Exactement.

— Je serai muet comme une tombe.

Je me repassai cette conversation une partie de la soirée. Avant d'aller au lit, j'envoyai à Abby un texto de trois lignes.

«Tu me manques.
J'ai envie de toi.
Je t'aime.»

Je l'appelai vendredi soir, heure locale, avec une mauvaise nouvelle.

— Il y a un problème, dis-je en regardant mon pilote parler dans son micro en agitant les mains. Nous avons du retard.

— Combien?

— Quelques heures, je pense. Nous devrions atterrir vers trois heures du matin. Je prendrai un taxi pour rentrer.

— Je peux venir te chercher. Ça ne me dérange pas.

— Je sais, mais je préfère te laisser dormir. Je serai là quand tu te réveilleras.

Je ne m'attardai pas au téléphone. J'étais furieux et je ne voulais pas qu'elle croie que je lui en voulais.

Une vingtaine d'heures plus tard, j'entrai dans notre chambre sur la pointe des pieds. Elle dormait, les bras autour de mon oreiller, Apollon roulé en boule à côté d'elle. Il leva la tête en me voyant. Je le chassai d'un geste.

Il obéit de mauvaise grâce. Je me déshabillai en vitesse, envoyant mes vêtements valdinguer par terre. Je repoussai le drap avec précaution pour ne pas la réveiller. Mon cœur fit un bond lorsque je découvris qu'elle portait l'une de mes chemises blanches.

Je me glissai dans le lit et l'enlaçai. Elle se blottit contre moi avec un soupir de contentement. Je fermai les yeux.

J'étais à la maison. Enfin.

24

Abby

Je devais me rappeler un détail important. Dans mon rêve, je luttai pour m'en souvenir. Quelque chose allait arriver. Je ne devais surtout pas oublier. Oui, mais quoi?

Je me réveillai. Des bras m'entouraient. Quelqu'un m'observait. J'ouvris un œil. *Nathaniel!*

— Bonjour, dit-il avec le sourire incroyable qui me faisait fondre.

Je ne connaissais rien de meilleur que de me réveiller dans ses bras.

— Bonjour, fis-je en lui retournant un sourire. Quand es-tu arrivé?

Il jeta un coup d'œil par-dessus mon épaule à la pendulette sur la table de nuit qui marquait sept heures.

— Il y a trois heures environ.

— Tu n'as pas dormi?

Son doigt me caressa l'oreille.

— J'ai somnolé dans l'avion. J'adore te regarder dormir. Tu savais que tu as une petite tache de rousseur là aussi?

Je rougis.

— Non.

Il l'examina de plus près.

— Je ne m'en étais jamais aperçu.

Il m'embrassa délicatement derrière le lobe.

— Je rêvais de faire ça, mais j'avais peur de te réveiller.

— Comme si j'allais m'en plaindre, dis-je, en m'étirant comme une chatte tout contre lui.

Tiens, tiens, tiens.

— Tu es nu.

Il rit.

— Oui, pas comme toi.

— Je t'ai emprunté une chemise. Ça ne t'embête pas, j'espère?

— Pas du tout. Elle te va mieux qu'à moi. Mais ce n'est pas juste que tu sois habillée et pas moi, si tu veux mon avis.

Je passai un doigt caressant sur son torse.

— La femme de ménage a ramené tes chemises du pressing. Tu peux aller en chercher une, si tu veux.

— Mmm… non merci. Sans façon.

Je l'attirai à moi et respirai son odeur avec délices.

— Tu m'as tellement manqué.

— Toi aussi, dit-il, le nez dans mon cou.

— La prochaine fois, je t'accompagne.

Il s'écarta légèrement pour me regarder.

— La prochaine fois, je te traînerai par les cheveux.

Le soleil dardait ses rayons par la fenêtre, dans son dos. Je ne me lassais pas de le contempler. Enfin, il était à la maison. Au lit. Avec moi.

— Pas question que je me lève, aujourd'hui, dis-je. J'espère que tu n'as rien prévu de particulier?

Il frotta son nez contre ma joue.

— Si, des tas de choses.

— Ah, je peux savoir quoi? demandai-je, espérant que nous étions au diapason.

Son haleine me chatouillait l'oreille pendant que sa main planait sur mon ventre.

— Pour commencer, je vais préparer le petit déjeuner et t'utiliser comme table...

— Je pourrai te rendre la pareille?

— Avec plaisir. Ensuite, je passerai les prochaines heures à te faire l'amour dans toutes les positions connues. Et quand nous aurons terminé... nous en inventerons d'autres, conclut-il en déboutonnant lentement ma chemise.

Ses doigts effleurèrent mes seins. Je frissonnais. Pas de froid. Au contraire.

— Nous n'aurons probablement pas le temps de préparer à déjeuner, dis-je sur le ton de la conversation.

— Dans ce cas, on pourrait se commander une pizza et manger dehors, tu veux?

— Je ne sais pas, je pensais plutôt à un *chow mein*. Il y a un nouveau restaurant chinois qui livre.

— Tu as vraiment envie de manger chinois?

Il affichait une mine si dépitée que j'éclatai de rire.

— Non, je te taquine!

— Ne me pousse pas, Abby, dit-il en atteignant le dernier bouton. Je suis prêt à tout.

Je me glissai derrière lui et lui caressai les fesses avec délectation.

— Tu n'es pas le seul.

C'est drôle, pensai-je le jour suivant, agenouillée dans ma position d'attente. *Ce n'est pas vraiment ce que j'avais à l'esprit quand je lui ai répondu hier.*

Il m'avait posé la question après la pizza.

Nous étions au bord du jacuzzi. J'étais juchée sur ses genoux, les pieds dans l'eau. Trop chaude pour faire trempette.

— Nous devrions installer une piscine, avait-il dit, la tête rejetée en arrière, profitant des rayons du soleil. Dedans ou dehors, à ton avis?

Une piscine extérieure aurait présenté plusieurs avantages, mais comme nous vivions à New York, un bassin couvert était peut-être plus logique, répondis-je.

— La cave est encore en travaux, dit-il. Dommage. Sinon, nous aurions pu la faire construire en bas.

— Et une piscine extérieure couverte?

Il réfléchit.

— Ce n'est pas bête. Nous appellerons un entrepreneur la semaine prochaine pour établir un devis.

J'aimais qu'il utilise le mot «nous» comme si ça coulait de source. J'inclinai la tête pour déposer un baiser sur ses lèvres.

— Pourquoi la cave n'est-elle pas terminée? demandai-je.

Il me gratifia d'un long baiser passionné.

— Lorsque j'ai achevé la rénovation de la maison, je n'arrivais pas à décider si je voulais la salle de jeux en bas.

— Ah? Une salle de jeux en sous-sol.

— Un donjon, plutôt.

— Ça a l'air un peu… effrayant.

Ses mains glissèrent dans mes cheveux.

— Un donjon ou une salle de jeux. C'est pareil, en réalité.

— Je préfère dire «salle de jeux». Un donjon fait penser à des chaînes, des cordes…

Il leva un sourcil perplexe.

— Bon, d'accord, c'est la même chose, concédai-je avec un sourire.

Il me le rendit.

— En parlant de salle de jeux, aimerais-tu porter le collier ce week-end? Quelques heures demain, peut-être?

Je traçai le contour de ses lèvres du bout du doigt. Il s'en saisit et l'embrassa. Il m'avait tellement manqué. L'amant tendre et attentionné de la semaine, le maître austère et intransigeant du week-end. Je les aimais tous deux. Ils m'étaient aussi indispensables l'un que l'autre.

— D'accord. Bonne idée.

Si je m'étais doutée que je me retrouverais à genoux, le collier autour du cou, pendant qu'il feuilletterait mon journal, s'assurant que j'avais bien fait tous les devoirs qu'il m'avait donnés! J'avais la tête baissée, bien sûr, et je ne pouvais pas voir où il en était. Toutefois, j'étais certaine que son «Intéressant, très intéressant» commentait le passage concernant le jouet que j'avais sélectionné et le scénario que j'avais imaginé.

Il était confortablement installé dans un fauteuil, moi à ses pieds, à même le sol de la salle de jeux, pas sur un coussin.

— Regardez-moi, Abigaïl.

Je levai la tête et croisai son regard. Était-il satisfait de ce qu'il lisait? Impossible de le deviner.

— Vous avez un réel talent d'écriture, commenta-t-il.

Ah oui? Pour moi, ce n'étaient que quelques réflexions éparses, sans queue ni tête.

— On dirait que vous avez plus de facilité à communiquer par ce biais. Et la scène que vous avez décrite est très suggestive.

— Merci, Maître. C'est vous qui m'inspirez.

Ce n'était pas de la flatterie, mais la stricte vérité. Être sa soumise avait libéré un côté de moi dont je ne soupçonnais pas l'existence. L'Abby d'avant n'aurait jamais imaginé ce genre de délire, et encore moins l'écrire, et autoriser quelqu'un à le lire.

Autrefois, ma vie sexuelle était si peu satisfaisante que j'avais failli y renoncer une bonne fois pour toutes.

Et aujourd'hui…

J'étais accroupie, nue, aux pieds d'un homme. Mon maître…

En plus, nous avions fait intensément l'amour, la veille.

— Je suis ravi de ce que vous avez découvert, ma belle, reprit-il. J'aimerais beaucoup en discuter avec vous, mais pour l'heure…

Il se leva et se dirigea vers un placard. Ses pieds nus glissaient sans bruit sur le parquet.

— Votre scène m'a inspiré, et je crois que vous méritez une récompense.

Quand il se retourna, je vis qu'il tenait à la main le bâillon boule et la clochette.

— Grimpez sur la table. Contentez-vous de vous y asseoir.

Je me levai – il ne m'avait pas dit de ramper – et me dirigeai vers la table. Allait-il mettre toutes mes idées en pratique ou quelques-unes seulement? J'avais choisi le bâillon en pensant qu'il l'accompagnerait d'un autre accessoire. Quant au martinet, je n'étais pas sûre qu'il en aurait également envie.

Je l'entendis revenir vers moi. Je glissai un œil sur son torse nu et les objets qu'il rapportait.

— Ouvrez la bouche.

Il y plaça le bâillon qu'il noua derrière ma tête. *Boum, boum, boum.* J'avais le cœur au bord de l'explosion.

Il me caressa les cheveux.

— Détendez-vous. Respirez par le nez. Ça va aller. Regardez-moi, dit-il quelques secondes plus tard, le temps de que je m'habitue aux nouvelles sensations. Comme vous ne pourrez plus prononcer votre code secret, vous aurez besoin de ceci.

Il me fourra la clochette dans la main.

— Si vous voulez dire «jaune» ou «rouge», il vous suffira de la laisser tomber par terre. Hochez la tête si vous avez compris.

Je m'exécutai.

— Bien, dit-il. On va essayer. Lâchez-la.

J'obéis. La clochette tinta en tomba par terre avec un bruit sourd. Il se pencha, la ramassa et me la redonna.

— Encore une fois.

Je recommençai le même manège.

Il m'attrapa les poignets et les noua dans mon dos.

— Encore, ordonna-t-il.

Il était si près que je sentais sa poitrine collée contre la mienne, son ventre entre mes jambes. Je laissai de nouveau tomber la clochette. Il me lâcha.

Il me repassa la clochette et me releva le menton.

— Ça va? Hochez la tête pour «oui», secouez-la pour «non».

Je hochai la tête. Il se pencha vers moi.

— Vous ne pouvez pas savoir à quel point ça m'excite de vous voir bâillonnée pour mon plaisir, murmura-t-il, sans me lâcher le menton. C'était une riche idée, Abigaïl.

Il me mordilla l'oreille du bout des dents.

— On passe à l'étape suivante, d'accord?

Nous y voilà, me dis-je tandis qu'il m'aidait à me relever et me pencher sur la table. *Ce n'est pas trop tôt.*

Je consultai ma montre. C'était presque l'heure de descendre retrouver Nathaniel à l'entrée.

Une semaine était passée. Le samedi suivant, nous nous rendions à sa communauté BDSM. Chaque nouveau membre devait assister à une réunion prévue l'après-midi avant d'être autorisé à participer à la soirée qui suivait, m'avait-il expliqué.

Mon esprit tournait à plein régime et l'envie de consigner mes impressions dans mon journal me démangeait. Histoire de mettre un peu d'ordre dans les pensées qui se bousculaient dans ma tête.

Pas question d'être en retard et de lui donner une raison de me punir avant de partir. Il ne manquerait plus que tout le monde se moque de moi si j'avais du mal à m'asseoir.

Je jetai un dernier coup d'œil à la glace. Nathaniel avait choisi un jean et un T-shirt avec un col en V, qui mettait en valeur mon collier. J'avais noué mes cheveux en une queue-de-cheval souple. Je n'avais pas vraiment l'air d'une soumise. Était-ce le but recherché?

Au fond, une soumise, ça ressemblait à quoi?

Comment les reconnaître? Ce serait probablement plus facile au cours de la soirée que pendant la réunion de l'après-midi.

Ma tenue de soirée se trouvait dans le placard, emballée dans une housse hermétique. J'avais résisté à l'envie d'y jeter un coup d'œil, mais Nathaniel me l'avait expressément défendu avant de me préparer pour la fête.

Au moins, je ne serais pas en tenue d'Ève, me souffla mon côté optimiste. Dans mes scénarios les plus fous, je me baladais nue comme un ver.

Entendant Nathaniel rentrer de sa promenade avec Apollon, je me précipitai au rez-de-chaussée pour le rejoindre.

Je le regardai d'un œil critique. Était-il visible que c'était un dominant?

Sottises, me dis-je. *Il était connu comme le loup blanc là-bas. Par conséquent...*

Je souris béatement.

— Abigaïl, dit-il, l'œil rieur. Puis-je savoir pourquoi vous me regardez comme le chat qui a mangé la souris?

— Je viens de comprendre que tout le monde le saura.

— Tout le monde saura quoi, ma jolie?

— Ce que vous me faites, Maître. J'en ai un peu assez de me cacher. Même si Elaina, Todd et Félicia sont au courant, ce n'est pas pareil du moment qu'ils ne participent pas.

— Et donc, parmi les membres de la communauté...

— Je pourrai vous servir librement, complétai-je. J'ai hâte d'y être.

Il posa les mains sur mes épaules.

— Ah bon? Ce n'est pas tout à fait l'état d'esprit de celle qui a noirci des pages et des pages pour exprimer ses craintes.

Je collai ma joue contre sa main.

— Écrire m'a aidée à surmonter mes frayeurs. Merci, Maître.

— Je me suis contenté de vous donner les outils. Vous avez trouvé le reste toute seule. Je suis très fier de vous.

Le désir me tordit le ventre quand ses lèvres, douces et légères, se posèrent sur les miennes. Il dut le ressentir, car il s'empressa d'approfondir le baiser. La sensation était intense, à croire qu'il prenait possession de mon âme.

— J'ai hâte de montrer au monde à quel point j'aime être à vous, ajoutai-je quand il s'écarta après une dernière caresse.

25
Abby

La séance avait lieu en ville, dans un club appartenant à la communauté. Nathaniel m'apprit que les membres qui se rendraient à la fête, prévue plus tard dans la soirée, n'assisteraient pas tous à cette réunion, une sorte de conférence sur un sujet programmé à l'avance. Après quoi, je devrais remplir et signer un formulaire d'inscription.

— Par mesure de précaution, m'expliqua-t-il. On ne peut pas laisser entrer n'importe qui, vous comprenez?

Je songeai aussitôt à Samantha, qui n'avait pas su tenir sa langue. Elle avait commis une grave entorse au règlement.

— Heureusement que Samantha a quitté New York, enchaîna-t-il comme s'il lisait dans mes pensées. Je n'aurais pas aimé lui faire la leçon alors que c'est grâce à son imprudence que vous êtes arrivée jusqu'à moi.

Je mesurai la gravité de ses propos et compris l'importance qu'il attachait à l'obligation de confidentialité.

Il était presque quinze heures à notre arrivée au club. Il avait dû deviner le mélange d'impatience et de nervosité qui m'habitait, car il posa la main au creux de mes reins pour me guider dans le bâtiment. Comme toujours, ce simple contact eut le don de m'apaiser.

Un homme d'un certain âge se tenait devant une porte, au fond d'un petit couloir. Il salua Nathaniel et me gratifia d'un signe de tête aimable.

Des gens normaux, comme on en croise tous les jours.

Ce type n'avait rien de spécial. Je ne l'aurais probablement pas remarqué si je l'avais croisé au supermarché ou ailleurs.

Une quinzaine de participants entouraient une longue table ovale. Je les détaillai avec attention. Il y avait un nombre égal d'hommes et de femmes, mais tous n'avaient pas l'air d'être en couple.

Trois jeunes femmes étaient plongées dans une grande discussion. L'une d'elles, une blonde, dévorait du regard Nathaniel, qui ne parut pas s'en apercevoir. Il sourit à plusieurs personnes. Presque tout le monde semblait le connaître, mais personne ne nous adressa la parole.

Il m'avança une chaise et me fit signe de prendre place. J'attendis qu'il soit installé pour inspecter les lieux.

Assis à une extrémité de la table, je reconnus l'agent de sécurité de Nathaniel, rencontré le week-end de notre jeu de rôle. Il m'adressa un clin d'œil complice. J'étouffai une exclamation de surprise. Nathaniel me pressa le genou sous la table.

Pas maintenant, articula-t-il silencieusement

Je retins les questions qui me brûlaient les lèvres et rendis son sourire au vigile. Il se carra sur son siège, les doigts pianotant sur les genoux, secouant la tête en rythme avec une musique que lui seul paraissait entendre. La place à ses côtés était vide et je remarquai qu'il ne portait pas de collier.

Sûrement un dominant, décidai-je.

Je le dévisageai avec plus d'attention. Il était effectivement très séduisant avec ses longs cheveux noirs, le visage anguleux, les pommettes saillantes, le corps mince et musclé, un tatouage sombre au bras droit. Il ressemblait à une belle œuvre d'art, songeai-je sans émotion particulière. Il n'y avait pas la moindre étincelle de désir, pas la moindre attirance entre cet homme et moi.

Je reportai mes regards sur Nathaniel. On aurait dit que chaque fibre de mon corps se mettait à vibrer. J'avais la gorge sèche et je sentis mon pouls s'emballer. Je fixai ses yeux, ses lèvres, me rappelant en frissonnant leur contact sur ma peau tout à l'heure. Personne ne me faisait cet effet-là. Il me possédait corps et âme.

Je louchai vers l'homme en bout de table. Était-ce l'un des dominants à qui Nathaniel avait envisagé de m'adresser, après notre rupture ? Il n'avait pas pu s'y résoudre et, pour la première fois, je m'en demandais la raison. Cet homme était-il brutal ? Avait-il un défaut rédhibitoire ?

Une certaine agitation se manifesta soudain au fond de la pièce. Tout le monde se retourna. Une femme entra. Même le vigile (je regrettais de ne pas avoir déchiffré son badge, l'autre jour, pour savoir comment il s'appelait) se redressa et lui accorda toute son attention.

Trapue, la chevelure quelconque, elle n'avait rien de remarquable de prime abord. Mais ses yeux brillaient d'un éclat vif et elle se mouvait avec la grâce d'une danseuse. Elle en imposait par sa simple présence.

Elle s'appelait Ève, annonça-t-elle avec une calme autorité. Elle nous souhaita la bienvenue et nous donna un bref résumé de la thématique du jour : les différents types de cordes et leurs usages respectifs.

Je me désintéressai très vite des avantages et inconvénients de la fibre naturelle par rapport à la fibre synthétique. Après tout, ce n'était pas moi qui décidais de ce genre de choses. La blonde qui avait reluqué Nathaniel étouffa un bâillement. Elle jeta un coup d'œil dans notre direction et je lui décochai un petit sourire, tout en me rapprochant de Nathaniel. Il posa la main sur mon genou. Je repensai au week-end précédent où nous avions mis en pratique l'embryon de scénario que j'avais improvisé.

Le bâillon boule. Le martinet en cuir me cinglant la peau, plus durement que celui en daim. Nathaniel me baisant par-derrière, vite et fort, avant de m'ordonner de m'agenouiller pour lui embrasser ses pieds.

Argh…

Je m'agitai sur mon siège.

Concentre-toi. Je m'efforçai de focaliser mon attention sur les nombreux critères qu'il fallait prendre en compte pour choisir une corde destinée à ligoter quelqu'un. Qui aurait pu se douter qu'il y avait tant de détails essentiels?

Une fois son exposé terminé, Ève répondit aux questions du public et prit congé. Nathaniel se leva et tira ma chaise.

— Venez, vous allez remplir le formulaire, dit-il.

Je le suivis. Il m'entraîna vers le vigile – je ne savais comment le nommer autrement – qui me tendit une pile de papiers. Après quoi, Nathaniel s'éloigna pour me montrer que c'était ma décision personnelle. Il n'aurait pas insisté si j'avais éprouvé la moindre gêne et m'aurait aussitôt ramenée à la maison.

Je savais à quoi m'attendre. Nathaniel m'avait briefée et nous avions discuté plusieurs points ensemble. En acceptant le règlement de la communauté, il me fallait fournir les renseignements requis – le pseudo que j'adoptais, par exemple – avant de parapher chaque feuillet et signer la dernière page.

Cela fait, je remis les papiers au vigile qui les parcourut rapidement.

— Bienvenue, Abby, déclara-t-il, une lueur de gaieté dans les yeux. Moi, c'est Jonah.

Je serrai la main qu'il me tendait.

— Salut, Jonah. Ravie de vous revoir.

— Également, renchérit-il sans se départir de son sourire.

Je rougis et sortis la première idée qui me vint à l'esprit.

— Je croyais que vous étiez agent de sécurité.

— C'est exact. Mais comme monsieur West a appelé maîtresse Ève, je ne pouvais pas refuser.

Il aurait pu parler chinois.

— Pour rendre service à un autre dominant?

Il secoua la tête.

— Je n'ai pas demandé la raison à maîtresse Ève. Je ne discute jamais ses décisions. Sauf si je me sens d'humeur effrontée ou si je veux qu'elle me punisse.

Je restai bouche bée.

— Vous êtes un soumis?

— C'est ça, mais je préfère dire *dominé*.

Je me sentis stupide.

— Oh... Je ne savais pas. Le mien se voit, ajoutai-je en désignant mon collier.

Il leva la main droite et je remarquai la menotte en cuir qu'il avait au poignet.

— Tous les colliers ne vont pas forcément autour du cou, même si j'en possède quelques-uns aussi, observa-t-il.

D'accord, les soumis ne portaient peut-être pas des colliers en diamants, mais j'aurais cru que c'était plus visible. *Idiote. Toi et tes préjugés…*

— Moi, je n'ai que celui-là.

Il haussa les épaules, ses bras musclés roulant sous son T-shirt ajusté.

— Monsieur West aime faire les choses à sa façon.

Je me dis avec retard que Jonah devait être au courant d'un tas de choses concernant Nathaniel. Je me demandai depuis quand ils se connaissaient et lui posai la question.

— Bientôt trois ans, répondit-il. Je travaille pour lui depuis un an. C'est un bon patron. Il a la tête sur les épaules. Rares sont ceux qui se soucient d'un petit employé comme moi, croyez-moi. C'est aussi un bon dominant. Je l'ai déjà vu en action.

— Ah oui? demandai-je, dissimulant ma curiosité à grand-peine.

— Avec sa soumise d'avant. Comment s'appelait-elle déjà?

— Beth, dis-je en me demandant si elle assisterait à la soirée, tout à l'heure.

— C'est ça. Ils faisaient parfois des démonstrations.

Nathaniel était dominant depuis plus de dix ans. Il m'avait raconté beaucoup de choses au sujet de ses ex-soumises et de ce qu'il faisait avec elles. Auparavant, il était très actif dans la communauté, comme mentor et comme participant. Je n'étais pas jalouse des femmes qu'il avait eues avant moi. J'étais celle qu'il désirait. Pour toujours. Aucune autre n'avait partagé son lit, son cœur ou son âme. Sans parler de ses rêves, comme la cabane dans l'arbre…

— Vous savez, reprit Jonah, interrompant mes réflexions, je fais partie d'un cercle d'entraide. On se retrouve une fois par mois. Aimeriez-vous participer à notre prochaine séance?

Le sujet du dernier devoir que m'avait donné Nathaniel pendant son séjour en Chine était de me décrire en tant que soumise dans cinq ans. Je voulais accompagner les autres novices, de la même façon que Nathaniel guidait les dominants. Comme Christine l'avait fait pour moi, ou comme les membres de ce groupe s'entraidaient.

— Volontiers, répondis-je. Vous faites quoi?

Il m'était difficile d'imaginer un groupe de soumis assis tous ensemble et discutant de… leur soumission.

Il se pencha par-dessus la table.

— Ça dépend. La dernière fois, l'une de nos membres nous a donné sa recette de pâtes et nous l'avons tous essayée.

Mon fou rire attira l'attention de plusieurs personnes. Nathaniel, en grande discussion avec la blonde, leva un sourcil étonné dans ma direction.

— Excusez-moi, dis-je à Jonah. Je ne sais pas trop ce que j'imaginais, mais sûrement pas concocter des pâtes.

— Il nous arrive de parler du quotidien, même si ça vous paraît curieux. Tenez, ajouta-t-il, en ramassant un bout de papier sur la table où il griffonna quelques lignes. Voici mon numéro. Appelez-moi, je vous donnerai le jour, l'heure et l'adresse de la prochaine réunion.

— Merci.

Il regarda par-dessus mon épaule et dut sans doute apercevoir Ève qui lui faisait signe d'approcher.

— Je dois y aller. À plus tard.

— Ça marche. Je suis contente de connaître au moins une autre personne, ce soir.

— Je ne vous serai probablement pas d'une grande utilité. Je serai ligoté. Maîtresse Ève et moi sommes censés faire une démonstration de bondage japonais.

Je sentis mes joues s'embraser à l'idée que j'allais probablement voir… une grande partie de son anatomie.

Nathaniel s'approcha et posa une main sur mon épaule.

— Abigaïl, on y va?

— Oui, Maître, dis-je, ébahie de constater avec quelle facilité j'avais prononcé ce mot. Cela me semblait très naturel dans cet environnement.

Il m'entraîna vers la sortie.

— Je vous ai vue en train de discuter avec Jonah. C'est un garçon vif, intelligent. Il dirige mon équipe de sécurité le week-end.

— J'étais surprise de le voir.

— C'était très gentil à Ève de nous l'avoir envoyé au pied levé.

Je me rappelai l'attitude de Jonah le jour de notre jeu de rôle. Il n'avait pas détaché les yeux de mon visage, n'avait jamais baissé son regard sur le reste de ma personne. Et lorsque nous étions repartis vêtus autrement, il s'était contenté de nous saluer avec courtoisie sans manifester le moindre étonnement.

— Très gentil, en effet, Maître.

— Je suis sûr qu'Ève le remerciera en bonne et due forme. Je lui ai dit qu'il représentait une jolie preuve de ses qualités de formatrice.

Ses paroles me frappèrent.

— J'espère être moi aussi une jolie preuve de vos qualités de formateur, Maître.

— C'est le cas, ma jolie. Et pour avoir fait bonne figure lors de votre première réunion, je vous réserve une surprise lorsque nous serons rentrés à la maison.

J'affichai un grand sourire.

— Tout ce que vous voudrez, Maître.

En guise de récompense, il m'attacha à la table, les jambes ouvertes, les genoux fléchis, pendant que ses lèvres descendaient le long de mon corps. Il mordilla et lécha à qui mieux mieux, plus bas, encore plus bas, jusqu'à… *oui, là, juste là*…

Il releva la tête.

Bon sang, qu'est-ce qui lui prenait?

— Vous pouvez jouir quand vous voulez et autant de fois que vous le désirez, dit-il, son haleine tiède caressant ma chair hypersensible. Mais vous n'avez pas le droit de bouger ni d'émettre un son.

Diabolique. Cet homme était le diable incarné.

J'adorais ça.

Je restai figée tandis qu'il me besognait des lèvres, des doigts et de la langue. Lentement, méthodiquement, il repoussa mes limites, anticipant mes réactions avec une maîtrise consommée. Le premier orgasme enfla, pareil aux balancements de la houle. Je ne bronchai pas, mais il ne fut pas dupe.

— Oui…, murmura-t-il. Magnifique.

Ses mains se firent plus hardies, parcourant mon corps avec vigueur, pétrissant longuement mes tétons, mes seins, effleurant mon ventre avant de s'insinuer entre mes cuisses.

Cette fois, il y alla franchement, son nez frottant contre mon clitoris avec ardeur – *Seigneur, oui, là, c'est ça* – pendant que sa langue plongeait plus bas.

Oscillant au bord de mon deuxième orgasme, j'avais un mal de chien à ne pas bouger, à garder les genoux et les hanches immobiles alors que je crevais d'envie de les projeter contre sa bouche. Je réussis tant bien que mal à demeurer impassible une fois de plus.

— Excellent, dit-il en promenant son nez à l'intérieur de ma cuisse pendant que je m'apaisais. Si vous saviez comme j'ai envie de vous baiser.

Et moi donc…

— Mais ça attendra. Vous ne toucherez pas à ma queue jusqu'à la fin de la soirée. Et encore ce n'est pas sûr, il faudra la mériter.

Diabolique. C'est bien ce que je disais.

La bâtisse était modeste, un peu comme celle de Paul et Christine. Rien à l'extérieur ne laissait présager ce qui se passait derrière les murs. C'était en partie la raison pour laquelle je portais un pardessus. Pour citer Nathaniel, il aurait été inconvenant de débarquer avec un accoutrement extravagant (voire sans rien du tout).

Dessous, je portais la tenue qu'il avait sélectionnée pour moi : un bustier en dentelle noire hyper-sexy, rembourré au niveau des seins pour cacher mes tétons. Le tissu ajouré dévoilait en partie ma gorge. La culotte et les fines jarretières étaient recouvertes d'une jupe ultra-mini, immettable en temps normal. J'étais excitée comme une petite folle à l'idée de la porter ce soir-là. D'autant qu'il avait évoqué l'éventualité que je l'enlèverais à un moment donné. Même si c'était le cas, j'aurais l'air encore plus habillée qu'en maillot de bain, me dis-je pour me réconforter.

Il plaça une main dans mon dos tandis que nous déclinions notre identité au vigile posté devant la porte. Une femme, visiblement notre hôtesse, nous accueillit à l'entrée. Elle avait l'air tout à fait « normale ».

— Nathaniel ! s'exclama-t-elle. Je suis si contente de te revoir. Vous devez être Abby, ajouta-t-elle à mon intention.

Les politesses d'usage n'en finissaient pas. Je bouillais d'impatience d'explorer la maison et d'assister aux réjouissances. Enfin, Nathaniel prit congé et m'entraîna plus loin. Je surmontai l'envie de tout voir, tout assimiler en même temps, et me forçai au calme.

Les portes étaient ouvertes, détail qui me sauta aux yeux.

Aucun jeu n'est autorisé à huis clos, m'avait expliqué Nathaniel. Une porte fermée signifie que l'accès est interdit. Sinon, elle doit rester ouverte.

C'était logique et au moins on ne courait aucun risque. J'entendis de sourds gémissements s'échapper de la pièce la plus proche. Au lieu de m'y conduire, Nathaniel s'attarda au salon, bavardant avec quelques-unes de ses connaissances. La principale raison, je le savais, était de me donner le temps de m'acclimater.

Quelques participants étaient nus, d'autres en partie seulement. La plupart, à l'instar de Nathaniel, étaient vêtus d'un jean et d'un T-shirt. Les femmes portaient une guêpière pareille à la mienne. J'en repérai une, attachée à une laisse tenue par son maître. Elle était agenouillée à ses pieds pendant qu'il bavardait avec une autre personne.

Hormis les plaintes de plus en plus bruyantes dans la pièce voisine et certaines tenues extravagantes, la soirée ressemblait à n'importe quelle autre.

Contrairement à l'opinion communément admise, m'avait dit Nathaniel, les fêtes ne sont pas synonymes d'orgies. Sauf dans certains clubs. Mais ce n'était pas sa tasse de thé.

La communauté de Nathaniel n'admettait pas les soirées avec pénétrations.

Même entre couples stables comme le nôtre, avait-il précisé. Si on veut pousser le jeu plus loin, il faudra patienter et le faire ailleurs.

J'étais un peu rassurée à l'idée que nous ne verrions personne s'accoupler. Le voyeurisme était certes agréable, mais ce n'était pas la raison essentielle de notre présence.

Je levai les yeux vers Nathaniel et lui effleurai la main : le geste convenu pour lui indiquer que j'étais prête à poursuivre l'exploration.

Il hocha la tête et se dirigea vers la pièce où gémissait la femme. Je me frayai un passage au milieu du petit groupe massé sur le seuil et la vis.

À plat ventre sur une banquette matelassée, la même que chez Nathaniel, elle se faisait fouetter au martinet. J'eus la surprise de reconnaître la blonde qui avait abordé Nathaniel après la réunion de l'après-midi. Je n'avais pas eu l'occasion de le questionner à ce sujet et je ne pouvais décemment pas le faire à ce moment-là.

Plus tard.

Il se tenait derrière moi, ses mains encerclant ma taille.

— Voyez comme elle se cambre, me souffla-t-il au creux de l'oreille. Elle anticipe le prochain coup. Tout son corps le réclame.

Je la regardais remuer pendant que son maître la frappait et compris ce que Nathaniel voulait dire. Elle ondulait, comme si elle dansait. L'homme la contournait, le fouet à la main, il la taquinait, la tourmentait, jouait avec elle. Je découvris avec stupeur que je me contorsionnais en cadence contre Nathaniel.

Autre constat surprenant, la scène se déroulait comme si le couple était seul au monde. La blonde ne nous prêtait aucune attention. Ils n'avaient pas l'air troublés de s'exhiber ainsi devant nous. Ce sans-gêne m'excitait au plus haut point.

Les mains de Nathaniel remontèrent, effleurant le renflement de mes seins.

— Dans votre journal, vous avez écrit que vous aimeriez servir de guide d'ici cinq ans. Est-ce toujours le cas?

Le martinet s'abattit sur la croupe rebondie de la femme avec un claquement sec. Je croyais presque sentir la brûlure du cuir sur ma peau et me collai contre Nathaniel.

— Oui, Maître.

— Aimeriez-vous participer plus activement à l'une de ces soirées ? Que tout le monde vous regarde pendant que je vous fouetterais et vous accorderais ce que vous désirez si fort ? Accepteriez-vous de me servir en public ?

— Oui, Maître, répondis-je en me plaquant plus étroitement contre lui.

Je ne pouvais pas sentir son érection à travers l'étoffe de son jean, mais j'étais certaine qu'il bandait à mort.

— Fantasme exhibitionniste ?

Le stade de foot. Chez Paul et Christine. À la bibliothèque.

Des délices coquins, encore plus excitants en raison du risque de se faire pincer.

— Oui, Maître.

— Retirez votre jupe, ordonna-t-il d'une voix rauque.

26

Nathaniel

Il y avait une éternité que je n'avais assisté à une soirée et je dois avouer que j'étais content de retrouver des amis. Surtout en compagnie d'Abby. Je me réjouissais de vivre cette expérience à travers son regard de novice, et plus encore de voir sa nervosité se muer en excitation. Pour l'heure, j'étais incapable de me concentrer sur la scène qui se jouait sous nos yeux, le corps et l'esprit entièrement focalisés sur elle. Elle s'agitait, se frottait contre moi chaque fois que les lanières du martinet cinglaient le cul de la blonde. *Elle s'appelait Mary.* Elle avait assisté à la séance de l'après-midi, puis à la soirée.

Je me rappelais qu'elle avait envoyé sa candidature à maître Godwin qui sélectionnait mes soumises à peu près au moment où Abby avait suggéré de représenter la sienne après notre rupture. Avoir signalé à mon homme de confiance que je n'étais pas intéressé n'était apparemment pas suffisant, car elle était venue me trouver après la conférence pendant qu'Abby remplissait les papiers.

Oui, avais-je confirmé, Godwin m'avait parlé d'elle.

Non, je ne cherchais pas de nouvelle soumise.

Non, je n'avais pas l'intention de me mettre en quête d'une autre. Jamais.

Oui, j'irais à la soirée.

Non, il n'était pas question de participer à une démonstration avec elle.

Ni maintenant ni jamais, avais-je ajouté dans l'espoir de la décourager une bonne fois pour toutes.

Elle avait encaissé le coup, mais je craignais d'avoir été un peu brutal avec elle. À un autre moment, dans un autre lieu, j'aurais pu être alléché. Elle était agréable à regarder et possédait cette espèce d'insouciance censée plaire à la plupart des dominants. Or elle ne m'intéressait pas. J'avais déjà tout ce que je désirais.

Abby.

Je lui enjoignis d'ôter sa jupe. Elle mit les mains derrière son dos et la défit lentement, non sans m'effleurer le sexe au passage, comme par inadvertance.

— Coquine, chuchotai-je, ravi. Vous me le paierez, Abigaïl.

Un nouvel attouchement furtif me révéla qu'elle se délectait à cette perspective.

Elle fit glisser le léger vêtement sur ses hanches et le retira, une jambe après l'autre. Elle me le tendit sans détacher les yeux du spectacle lascif qui s'offrait à nous.

— Pliez-la et rangez-la dans votre sac.

Je n'avais pas l'intention de la faire participer à quoi que ce soit ce soir et n'avais que des instructions simples à lui adresser. Je l'aimais et la respectais, mais je comptais bien ouvrir une brèche dans ses limites. Participer à cette soirée, enlever sa jupe et apparaître aux yeux de tous uniquement vêtue d'un bustier, de jarretières et d'une petite culotte était amplement suffisant. Je ne voulais pas l'effaroucher dès la première fois.

Et si nous organisions la prochaine fête chez nous, puisque ses objectifs à long terme s'accordaient aux miens? Histoire de la pousser plus loin. Peut-être pourrions-nous faire une petite démonstration en public? En rentrant de la réunion, elle m'avait appris que Jonah l'avait invitée à se joindre au groupe des soumis. Excellente idée. Elle y trouverait le soutien qui l'aiderait à progresser et s'épanouir.

Non mais tu t'entends? Tu penses aux objectifs à long terme et à son épanouissement personnel au lieu de profiter de la soirée! Bon sang, lâche-toi un peu.

Le couple devant nous commençait à s'essouffler. Je consultai ma montre. C'était presque l'heure de la démonstration d'Ève et de Jonah.

— Abigaïl, venez avec moi.

Je lui avais ordonné de marcher légèrement en retrait, assez près toutefois pour que je puisse la toucher, sachant que se concentrer sur cet objectif l'aiderait à calmer sa nervosité. Cela dit, elle n'avait pas eu l'air particulièrement stressée devant la scène de flagellation, tout à l'heure.

Je la guidai à travers le salon, qui donnait sur une grande cuisine. C'étaient des zones neutres, lui avais-je expliqué un peu plus tôt. Il était interdit d'y jouer. Mais je pouvais tout de même lui demander de menus services, comme me servir une collation, par exemple.

Je remarquai une causeuse et une table basse, non loin de la porte de la cuisine.

Plus tard, peut-être.

La démonstration de bondage japonais était prévue à l'étage, dans une chambre d'amis. Abby n'ayant aucune expérience en la matière, j'avais songé que ce serait une bonne entrée en matière avant d'en faire l'essai par elle-même.

Une fois sur place, je jetai un coup d'œil alentour. Je connaissais quelques-uns des spectateurs, mais la plupart m'étaient inconnus. Je m'attendais à apercevoir Carter et Jen. Par chance, ils n'étaient pas là. J'en fus soulagé. Même si Abby était au courant de mon intimité avec eux, je craignais une situation embarrassante. La présence d'un autre couple aurait pu également nous créer des ennuis. Heureusement, je ne l'avais pas encore vu dans l'assistance.

Ève et Jonah se préparaient à la séance qui allait suivre. Elle lui chuchotait à l'oreille des paroles inaudibles. D'après le mouvement de ses lèvres, je devinais qu'il répondait docilement : « Oui, Maîtresse. »

Je connaissais Jonah depuis quelques années et j'étais très satisfait de l'avoir embauché. Professionnellement, c'était un meneur même si, en privé, il semblait apprécier, voire revendiquer la domination qu'Ève exerçait sur lui.

Elle portait pour l'occasion une micro-jupe de cuir noir, un corset assorti et des hauts talons à bout pointu. Jonah, bien entendu, était nu.

J'avais invité Abby à se placer devant moi afin qu'aucun obstacle ne se dresse entre elle et le couple qui évoluait sous nos yeux, et pour pouvoir lui souffler mes commentaires à l'oreille. Je la pris par les épaules et la serrai contre moi.

— Jonah adore ça, expliquai-je, sachant qu'elle aurait sans doute du mal à reconnaître l'homme plein d'allant qu'elle avait rencontré au cours de l'après-midi. Il a un penchant pour les démonstrations et l'exhibitionnisme. Presque autant qu'il aime aider les autres. C'est un être complexe aux multiples facettes. Un peu comme vous, ajoutai-je en l'embrassant sur la nuque. Je suis très content qu'il vous ait témoigné de l'intérêt et accepte de vous prendre sous son aile.

Jonah serait un ami précieux pour elle. Un confident qui avait toute ma confiance.

La séance commença. Ève prit la parole, tiraillée entre son désir d'instruire les assistants et la concentration qu'elle devait à son soumis.

Elle sélectionna deux cordes dont elle expliqua brièvement les caractéristiques.

Je fis descendre mes mains des épaules d'Abby jusqu'à ses poignets que je plaquai derrière son dos.

— Personnellement, j'utilise les cordes pour deux raisons, lui murmurai-je à l'oreille. Primo, vous empêcher de bouger afin de décupler mon plaisir. Vous vous rappelez le week-end où je vous ai prise en photo?

Elle ne pouvait l'avoir oublié. Je l'avais baisée par-derrière pendant qu'elle était pieds et poings liés.

— Secundo, vous émoustiller et vous tourmenter. En fait, tout dépend de la corde et de l'emplacement des nœuds.

Je ménageai une pause pour lui permettre d'observer la scène à loisir.

Ève entreprit de nouer une corde autour de la cuisse de Jonah tout en expliquant quel type de nœud elle privilégiait.

— Quand c'est bien fait, poursuivis-je tandis qu'Ève enroulait la corde autour des hanches de son soumis, on peut même les porter sous les vêtements.

Je lui empoignai les seins.

— Imaginez-vous vous déplaçant avec des cordes attachées là. La pression… le tiraillement… le frottement…

Puis je laissai courir les mains sur ses hanches.

— Ou là. Je les ferais passer entre vos cuisses avec juste assez de mou pour vous torturer. Je vous les laisserais pendant des heures, la journée entière, et vous devrez faire comme si tout était normal. Avec défense de jouir.

Je la laissai regarder quelques minutes sans rien dire.

— Elle se sert d'une corde noire, ce soir, repris-je pendant qu'Ève énumérait les précautions à prendre en fonction des différents types de liens. C'est un bon choix, mais moi, j'en sélectionnerais plutôt une rouge pour vous.

Elle frissonna quand je glissai mes mains au creux de ses reins.

— Quel superbe contraste avec la pâleur de votre peau !

Ève arrachait de bruyants gémissements à Jonah, mais, concentré sur Abby, je ne levai pas les yeux.

— Le type de bondage que j'aimerais essayer sur vous sera très intense, ajoutai-je alors qu'Ève intimait silence au jeune homme. Nous aurons besoin d'un long week-end. Qu'en pensez-vous, Abigaïl ? L'idée vous plaît ?

— Oui, Maître.

Il n'y avait aucun jour férié avant le mois de septembre.

— Pensez-vous avoir la possibilité de vous libérer ?

— Je pourrai prendre quelques jours de congé en août. Martha n'y verra pas d'inconvénient.

Je lui caressai les hanches.

— Vous êtes sûre ?

— Oui, Maître. Je le noterai dans mon agenda.

Lorsqu'Ève eut fini de ligoter Jonah, elle lui parla à voix basse quelques instants avant de le détacher.

— Entraver son soumis et le délivrer peut être une expérience très érotique, commentai-je à l'oreille d'Abby.

Je lui caressai les poignets.

— Imaginez mes mains dénouant les cordes sans hâte. Mes lèvres vous effleurant délicatement. Vous sentez ?

— Oui, Maître.

Le premier lien se détacha du bras de Jonah.

— Vous voyez les marques? Elles sont légères, mais visibles.

Il n'avait pas été ligoté assez longtemps pour que les cordes s'impriment dans sa chair, mais elles avaient tout de même marqué sa peau, si on y prêtait attention. Ève s'attaqua ensuite à ses jambes.

— Quand je vous retirerai les cordes, les traces seront profondes. Je les frôlerai du bout des doigts. Ce sera une sensation entièrement nouvelle pour vous.

La séance prit fin et le public se dirigea quelques minutes plus tard vers la sortie.

— J'ai repéré une causeuse en bas, près d'une table basse, expliquai-je à Abby. Allez me chercher quelque chose à manger et une bouteille d'eau.

Je n'avais pas spécialement envie d'un soda, et l'alcool était interdit.

— Je vous rejoins dans dix minutes. Si la place est prise, attendez qu'elle se libère.

Me servir en public suffirait à l'électriser, j'en étais certain. Elle avait des tendances exhibitionnistes, et ce serait l'occasion de les exploiter.

Après son départ, je discutai quelques minutes avec Ève, tout en surveillant l'heure.

— Ta nouvelle amie est charmante.

— Merci. Elle était un peu inquiète de venir à cette soirée, mais je crois qu'elle s'en sort très bien. Je suis content que Jonah lui ait parlé tout à l'heure.

Elle glissa un œil dans sa direction: il était occupé à démêler et ranger les cordes. À première vue, c'était un couple plutôt mal assorti, mais je savais qu'un lien profond les unissait.

— Je crois savoir qu'il l'a invitée à leur prochaine réunion.

— J'en suis heureux. Ce sera une bonne chose pour elle de fréquenter d'autres soumis. Remercie-le de ma part.

Elle me décocha un sourire entendu.

— Je n'y manquerai pas.

Je lui rendis son sourire et je souriais toujours en descendant l'escalier, quelques minutes plus tard. Je jetai un nouveau coup d'œil à ma montre. Abby devait m'attendre. Je la laisserais me servir un petit moment avant de lui permettre de se sustenter à son tour. Ensuite, je la ramènerais à la maison pour que nous puissions nous amuser un peu tous les deux dans l'intimité de la salle de jeux…

Je me figeai en arrivant au rez-de-chaussée.

Comme je le lui avais enjoint, elle se tenait près du canapé, une assiette et une bouteille d'eau à la main. La place n'était pas libre.

Occupée par les seules personnes que je voulais éviter : Nicolas et Gwen.

Je ne m'attardais pas sur Gwen, nue, à genoux aux pieds de son maître qui la tenait en laisse. Elle ne m'avait pas remarqué, et je ne fis pas un geste pour lui signaler ma présence. J'étais entièrement concentré sur Abby.

Je la vis secouer la tête en réponse à une question de Nicolas. Il leva le bras. Pour la toucher ? Je n'aurais su le dire, mais c'était une éventualité.

Je m'approchai en deux enjambées.

— Bas les pattes, grondai-je à voix basse pour ne pas attirer l'attention.

Son bras s'immobilisa en l'air. Il pivota vers moi, un sourire mauvais aux lèvres, et reposa la main sur ses genoux.

— West ! En voilà une surprise. Ça fait un bail, mon pote !

Abby nous regardait, les yeux écarquillés.

— Il vous a touchée? Il a dit quelque chose d'inconvenant?

Nicolas n'était pas un mauvais bougre, et je prenais des risques en le sous-entendant. Mais je m'en fichais.

— Non, Maître.

— Maître? répéta-t-il. Oh, elle est à toi, West? Difficile à dire avec ce machin ridicule qui lui sert de collier.

Il désigna la femme à ses pieds, affublée d'un épais ras-de-cou en cuir noir.

— Tu devrais marquer ce qui t'appartient de façon un peu plus évidente.

— Tu n'as pas de conseils à me donner, grinçai-je.

— Ah bon? Permets-moi de te contredire. Je suis certain que Gwen serait de cet avis, sauf qu'elle n'a pas le droit de parler ce soir. Sinon tu aurais pu lui poser la question.

Abby nous observait, son regard allant de Nicolas à Gwen et à moi, comme si elle assistait à un match de tennis.

Merde.

Gwen ne releva pas la tête pendant notre échange. Telle que je la connaissais, cela n'avait rien d'étonnant.

Nicolas louchait sur Abby d'un œil concupiscent.

— J'avais entendu dire que tu avais une nouvelle soumise. Et que… comment dire… tu en pinçais pour elle.

Je serrai les poings. Pas question de déclencher une bagarre maintenant.

— La ferme!

— C'est vrai qu'elle est appétissante. J'espère avoir l'occasion d'y goûter un de ces jours.

Il dépassait les bornes. Je lui réglerais son compte quand j'aurais repris mon sang-froid. Pour l'instant, il y avait plus urgent. Je pris l'assiette et la bouteille des mains d'Abby. *Je suis désolé*, articulai-je silencieusement en lui faisant un rempart de mes bras.

— Remettez votre jupe.

Un vigile du donjon surgit sur ses entrefaites, calmant immédiatement le jeu.

— Il y a un problème, messieurs?

Nicolas et moi répondîmes «non» avec un bel ensemble.

— Ne m'obligez pas à vous mettre dehors pour mauvaise conduite.

Cela ferait mauvais effet si Abby et moi nous faisions jeter comme des malpropres. Mais je m'en moquais. Je ne supportais plus de voir les regards lubriques que Nicolas dardait sur elle, Gwen à ses pieds, imaginant…

Je posai l'assiette et la bouteille au petit bonheur, saisis Abby par le bras et l'entraînai vers la sortie pour récupérer son pardessus.

— Nous allions justement partir, fis-je.

— Je veux bien jouer les bouche-trous quand tu n'arriveras plus à la satisfaire, lança Nicolas, ponctuant sa sortie d'un rire gras et sonore. Tu lui donneras mon numéro, d'accord?

Le retour s'effectua dans un silence pesant. Abby n'ouvrit pas la bouche, ne sachant probablement pas quoi dire. Je me disais qu'elle ne parlait pas parce qu'elle portait le collier et ne voulait pas prendre l'initiative sans y être invitée.

Le trajet se déroula comme dans un brouillard. Je n'en avais gardé aucun souvenir quand je me garai devant la maison.

Je fermai ma portière d'un coup sec et contournai la voiture pour ouvrir la sienne. Je ne lui adressai pas la parole tandis qu'elle descendait et me suivait dans l'entrée.

— Salle de jeux dans dix minutes, articulai-je, supposant qu'elle s'y attendait et en avait envie.

Je sortis Apollon. J'agissais par pur réflexe, l'esprit obnubilé par Nicolas et Gwen, en proie à une foule d'émotions plus déstabilisantes les unes que les autres.

Lorsque je la rejoignis dans la salle de jeux, Abby m'attendait à genoux, toujours vêtue de sa tenue de soirée.

Parce que tu ne lui as pas ordonné de l'ôter, pardi !

Je lui ordonnai de se dévêtir et de se mettre en position devant la table matelassée. Elle se dépêcha d'obéir. Pendant ce temps, je me dirigeai vers les placards en espérant trouver l'inspiration. Je choisis un lourd martinet. Je glissai les doigts dans les épaisses lanières de cuir en me rappelant que je l'avais utilisé avec Gwen, la dernière fois.

La voix de Nicolas résonnait toujours à mes oreilles. *Quand tu n'arriveras plus à la satisfaire...*

J'étais le seul capable de la combler.

L'idée que Nicolas et Gwen seraient présents ne m'avait pas effleurée.

Pourquoi ne l'avais-je pas prévenue de se méfier de lui?

Je me retournai. Elle attendait, pliée en deux sur la table.

Je levai la main et l'abattis sur ses fesses plusieurs fois. Elle resta inerte tandis que sa peau rosissait légèrement.

Elle avait besoin de moi.

Je levai le martinet et en cinglai ses cuisses. Elle retint son souffle. Je pris cela pour un encouragement et la frappai plus haut. Le prochain coup atterrirait sur ses fesses.

J'entendais encore le rire de Nicolas lorsque je la frappai pour la troisième fois.

Elle s'agita.

— Jaune.

Le temps s'arrêta.

— Jaune, répéta-t-elle. S'il vous plaît.

Je clignai des paupières et contemplai avec horreur le fouet que je tenais à la main. *Qu'est-ce qui me prend?* Je le lâchai en hurlant presque.

— Rouge, bon sang, rouge!

Elle me regarda par-dessus son épaule.

— Maître?

Je secouai la tête.

— Désolé. Je ne peux pas.

Elle me dévisagea avec inquiétude.

— Nathaniel?

Je me dirigeai vers la salle de bains attenante et décrochai un peignoir sur la patère. Je revins sur mes pas, l'en enveloppai, retirai le collier et le glissai dans ma poche.

Je lui pris la main, tremblant de la tête aux pieds.

— Tu viens avec moi dans la chambre?

— Nathaniel? répéta-t-elle tandis que nous nous engagions dans le couloir. Ça va?

Je ne répondis pas, ne sachant que dire.

Une fois dans la chambre, je grimpai sur le lit et l'attirai sur mes genoux. J'enfouis mon visage dans ses cheveux. J'avais besoin qu'elle m'apaise après la soirée tumultueuse que nous venions de vivre. Je voulais la sentir dans mes bras, la serrer contre moi.

— Je te demande pardon. Je n'aurais jamais dû suggérer la salle de jeux ce soir. Pas après ce qui s'est passé tout à l'heure. Heureusement que tu as utilisé ton code.

— Que s'est-il passé?

— Je n'étais pas dans mon assiette. Je ne pensais pas que l'incident de ce soir me déstabiliserait à ce point. Et puis je croyais que tu en avais envie et que tu serais déçue si je ne te le proposais pas.

— C'est à cause de ce couple, n'est-ce pas?

— Oui, j'aurais dû me douter qu'ils seraient là. Je suis impardonnable d'avoir omis de t'avertir. Surtout quand je les ai vus.

Elle enfouit ses doigts dans mes cheveux.

— Qui est-ce?

— Après ma rupture avec Mélanie, je me suis remis à fréquenter la communauté. J'y suis allé à fond. Je n'avais pas joué depuis plus de six mois et j'avais très envie de recommencer.

— Je comprends.

— J'ai rencontré Gwen à une soirée. C'est la soumise de Nicolas. Je ne lui ai jamais donné de collier. Nous ne sommes pas allés plus loin que le premier week-end de test.

— Pourquoi?

— Elle exigeait plus que ce que je ne pouvais lui offrir.

— Comme Mélanie?

— Non, elle voulait que je lui fasse vraiment mal.

Dire que lorsque Jackson m'avait demandé si je connaissais quelqu'un de disponible, j'avais failli lui donner le nom de Gwen pour rire. J'en mourais de honte *a posteriori*.

— Oh…

— Avec elle, c'était toujours « vert ». Elle en voulait toujours plus. Et j'ai lamentablement échoué. C'est comme pour le jeu du contrôle de la respiration, je connais mes limites. Je sais quelle intensité de douleur je peux infliger et quand je suis incapable d'aller plus loin.

Elle approuva de la tête.

— Et Nicolas?

— Visiblement, il lui donne ce dont elle a besoin. Tant mieux, si tu veux mon avis. C'est un crétin, mais il n'abuse pas de ses partenaires. Cela dit, son commentaire à ton sujet était parfaitement déplacé. Il va me le payer.

Elle renifla de mépris.

— Je suis d'accord avec toi, c'est un crétin.

— Pour en revenir à nous, j'aimerais que nous discutions un jour des limites à repousser et de celles à ne pas franchir. C'est important. Je devrais d'ailleurs le proposer comme thème de discussion lors de la prochaine réunion.

— Quand le jeu risque de devenir dangereux, c'est ça? demanda-t-elle. C'est ce qui se passait avec Gwen?

— Non, elle ne réclamait rien de vraiment dangereux, mais c'était au-dessus de mes forces. D'où l'importance de connaître ses limites, aussi bien pour le dominant que pour le soumis. Je savais jusqu'où j'étais disposé à aller. Du coup, je ne l'ai pas considéré comme un échec. Nous étions incompatibles, c'est tout. C'était ma faute, j'aurais dû me douter que ça ne marcherait pas. Après, j'ai donné à Godwin des critères plus stricts.

— Et quand tu m'as vue à côté de Nicolas…

— J'ai vu rouge quand il a évoqué le jour où je ne pourrais plus te satisfaire.

— Oh, Nathaniel…

— Je crois qu'il a touché une corde sensible. Ça m'a secoué et après, j'ai eu beau faire, impossible de me ressaisir.

— Tu n'as quand même pas pensé que j'allais te quitter pour ce type?

Je me déridai enfin.

— Bien sûr que non. Je fais des progrès, hein?

— C'est vrai.

Je me penchai pour l'embrasser.

— Mmm… en quel honneur?

— Pour te remercier de m'aimer. Et de me supporter. Et de me faire confiance.

Je me redressai, l'esprit plus léger.

— Je n'aurais jamais dû te suggérer la salle de jeux.

— Mais tu t'es arrêté. Tu n'as pas laissé les choses dégénérer.

— Je suis quand même allé trop loin. Pardonne-moi.

— Les codes secrets servent à quelque chose, tu vois.

— Pourquoi as-tu dit «jaune»?

— J'avais senti que quelque chose clochait. Et puis le martinet était différent, plus gros et plus dur. Je voulais ralentir un peu. Pour me mettre au diapason, en quelque sorte.

Je lui caressai l'échine, laissant courir mes doigts jusqu'à ses fesses.

— Je t'ai fait mal?

— Je te promets que non.

— Je t'aime, dis-je, savourant ces simples mots.

Elle parut deviner que j'avais besoin de les entendre à mon tour.

— Je t'aime aussi. Et Gwen, alors?

— Gwen?

— Vous avez été partenaires?

Je haussai les épaules.

— Pas très longtemps. Ça te gêne de rencontrer mes ex-soumises?

— Pas vraiment. De toute façon, j'étais au courant.

— Entre la théorie et la pratique, il y a un pas, comme on dit.

Elle prit mon visage entre ses mains et me regarda longuement.

— Oui, mais ça ne change rien. Je connais ton passé. C'est ce qui t'a construit. Je t'aime tel que tu es, avec ton passé et ton présent, tout.

— J'ai eu d'autres soumises, mais tu seras la dernière, je te le promets.

Elle s'empara de ma bouche.
— J'espère bien.
Ses lèvres étaient douces et légères sur les miennes.
Exactement ce dont j'avais besoin.

27
Abby

Pendant qu'il attachait la corde autour de ma cuisse gauche, je repensai au temps écoulé depuis la fameuse soirée où nous avions utilisé nos codes.

Il avait refusé de me passer le collier, cette nuit-là. Nous nous étions glissés dans les draps et nous étions endormis, blottis dans les bras l'un de l'autre. J'avais senti sa jambe posée en travers de la mienne dans un geste protecteur, tandis que le sommeil me gagnait. Le lendemain matin, nous avions reparlé de Gwen, de Nicolas et aussi de Mary. Vers midi, plus calme et détendu, il avait décidé avec mon accord de me remettre le collier pour le reste de la journée.

Depuis, je me sentais plus proche de lui. J'avais beau savoir qu'il mettrait la pédale douce ou stopperait si j'utilisais le code, vivre cette expérience m'avait confirmé une nouvelle fois que je pouvais lui accorder ma confiance. Il en avait tiré la même conclusion et se sentait plus rassuré, sachant que j'utiliserais le code le cas échéant.

Jonah m'invita à une réunion de son groupe et me présenta aux autres. J'en appris davantage sur ce mode de vie et constatai avec surprise je n'éprouvais pas les mêmes sentiments à l'égard de certains membres.

Il était comme un grand frère pour moi, tour à tour taquin et protecteur. Étant l'un des membres les plus expérimentés, il était très écouté. Sa maîtresse et lui jouissaient du respect de tous.

Aux dires de Jonah, Nicolas avait été définitivement viré pour mauvaise conduite peu après notre départ, l'autre soir. Gwen était toujours la bienvenue, cependant, et je fus déconcerté de la voir assister à ma première réunion de groupe.

Elle avait l'air d'une femme indépendante et sûre d'elle. J'avais du mal à concilier cette image avec la soumise nue, prostrée aux pieds de Nicolas. Plus surprenant encore, je ne ressentais rien de particulier à son égard, malgré le rôle qu'elle avait rempli dans la vie de Nathaniel.

Concernant Jen, j'étais dévorée d'une jalousie complètement irrationnelle, puisqu'elle appartenait à Carter et n'avait joué avec Nathaniel que rarement et toujours en présence de son maître. D'autant qu'il n'éprouvait rien pour elle, je le savais.

À l'encontre de Mary, j'éprouvais un curieux sentiment de supériorité. J'avais obtenu ce qu'elle désirait. Nathaniel était mon maître. Mon amant. Je portais son collier. Il me touchait, me possédait chaque week-end. Elle pouvait envoyer sa candidature à Godwin jusqu'à la fin des temps, il ne serait jamais à elle.

— À quoi rime ce petit sourire, Abigaïl? demanda-t-il, me ramenant brutalement à la réalité.

— À rien, Maître.

Je faillis lui faire des confidences, peut-être en en rajoutant un peu, mais je me ravisai. Ce n'était ni le lieu, ni le moment.

— Devons-nous passer sur le banc de flagellation afin de vous aider à vous concentrer?

Oh, oh!

Chaque mot était pesé. Il avait dit « nous ». J'étais donc libre de choisir.

— Non, Maître, répondis-je, m'efforçant de retrouver mon sérieux.

Il me jeta un regard sévère et reprit la confection des nœuds. Dernièrement, nous avions passé le plus clair du temps (les week-ends plus le mercredi soir, très agréable ma foi) à nous préparer en prévision de ce moment. Un jour, il m'avait ligotée la poitrine à l'aide de cordes et d'une multitude de nœuds. Une autre fois, il m'avait attaché les jambes. Ce week-end, il avait prévu de combiner tout ce que nous avions expérimenté.

Puisqu'il ne m'avait pas ordonné le contraire, je fermai les yeux pour mieux ressentir la sensation de ses mains s'activant sur mon corps. Il progressait sans hâte, entravant minutieusement l'une de mes cuisses avant de passer à l'autre.

Ses lèvres remontèrent le long de mon ventre.

— Si je vous attache, c'est pour mon plaisir personnel. Vous passerez la journée et la nuit avec ces cordes.

Il plaqua sa main sur mon entrejambe.

— Je fais quelques nœuds supplémentaires là, histoire de vous émoustiller un peu. Mais défense de jouir tant que je ne vous y aurais pas autorisée.

Mon Dieu.

— Je vous ai préparé une robe pour le déjeuner chez Linda. Personne ne saura ce que vous porterez dessous. Ou ce que vous ne porterez pas, d'ailleurs.

Quelque chose me disait qu'il avait omis ma culotte.

— Je vais nouer des nœuds plus lâches ici, précisa-t-il en frôlant mon nombril. Lorsque vous voudrez vous rendre aux toilettes, vous viendrez me trouver pour que je vous débarrasse de la corde entre vos jambes.

Le pique-nique chez sa tante était prévu dans quelques heures. Tout le monde y serait. En raison de nos emplois du temps chargés, nous ne nous étions pas réunis depuis pratiquement un mois. Je brûlais d'y être pour différentes raisons.

Nathaniel me passa une cordelette entre les jambes, s'assurant qu'elle appuyait bien là où il fallait.

— Et ce n'est qu'un début..., commenta-t-il avec un petit rire.

— Vous êtes superbe, apprécia-t-il pendant le trajet qui nous menait chez Linda.

— Merci, Maître.

Comme il l'avait annoncé, ma tenue dissimulait parfaitement les cordes entortillées autour de mes cuisses, ma taille et mes mollets. Je ne portais pas de soutien-gorge. À la place, il m'avait ligoté le buste à l'aide de courroies rouges sous les seins, au-dessus et au milieu. La robe à manches courtes et col montant escamotait le lien qui courait derrière ma nuque à la manière des bretelles d'un dos nu.

Si je remuais les bras d'une certaine manière, la tension des cordes et le frottement provoqué par le tissu sur mes tétons m'arrachaient des frissons délicieux.

— J'aimerais bien écouter du jazz à la radio, exprima-t-il.

Exactement quand je bouge comme ça.

Son sourire me révéla qu'il était parfaitement conscient de ce que j'éprouvais en me baissant pour trouver la station.

— Merci, Abigaïl.

— C'est moi qui vous remercie, Maître, dis-je tandis que les accords nostalgiques du jazz emplissaient l'habitacle.

Une heure plus tard, je me retrouvai dans le jardin, en grande discussion avec Linda et Elaina tandis que Todd, Jackson, Nathaniel et Félicia jouaient au basket, formant deux équipes disparates. J'avais décliné l'invitation à me joindre à eux à cause de ma robe. Je n'étais pas une fan de sport, même si m'agiter dans tous les sens, le corps entièrement saucissonné, aurait pimenté la sauce.

— Nathaniel m'a dit que vous projetiez d'aller en Floride le mois prochain, déclara Linda.

— Oui, à Orlando. Je rêve d'y être, d'autant que je ne me rappelle pas la dernière fois que j'ai pris de vraies vacances.

— Nathaniel non plus, intervint Elaina.

— Ce ne seront pas vraiment des vacances, j'en ai peur. Il s'agit d'une conférence financière dont il sera le principal orateur.

Nous étions censés partir du samedi au vendredi suivant. J'étais pressée de partir, prévoyant de mettre à profit l'occasion pour jouer pendant le voyage.

— Débrouillez-vous pour qu'il troque son costume de PDG contre une tenue plus décontractée pendant quelques heures, dit Linda. Ça ne lui ferait pas de mal de se détendre un peu.

Nous séjournerions en Floride en semaine ainsi qu'une partie du week-end. Avec un peu de chance, Nathaniel ne porterait son costume qu'à la conférence. Il n'aurait pas grand-chose sur le dos le reste du temps.

— Je suis sûre que tu arriveras à lui retirer son costume beaucoup plus longtemps, me souffla Elaina à l'oreille.

J'éclatai de rire.

— J'espère bien.

Linda lui lança un regard faussement scandalisé qui déclencha l'hilarité générale. Je me sentais bien au sein de cette famille qui nous avait accueillies à bras ouverts, Félicia et moi.

Comme Nathaniel l'avait prévu, personne ne soupçonna ce que je cachais sous ma robe. Pourvu que Linda ne se doute pas de notre façon de vivre. Elle ne l'avait jamais laissé entendre, après tout. Cela dit, nous nous étions beaucoup rapprochées ces derniers temps, et je la considérais presque comme une seconde mère. Elaina était la sœur que je n'avais jamais eue. Elle avait beau être au courant de ce qui se passait entre Nathaniel et moi, elle n'y faisait jamais allusion et, très franchement, je préférais ça.

Concernant Jackson, c'était plus vague. Nathaniel pensait qu'il ignorait tout et je m'efforçais de l'imiter. Félicia avait peut-être vendu la mèche. En admettant que cela soit le cas, il n'en manifestait rien et n'avait pas changé d'attitude envers moi.

Je devinai que le match de basket était terminé quand deux bras musclés m'enlacèrent.

Elaina repoussa Todd qui l'étreignait par-derrière.

— Bas les pattes… tu es en nage.

— Ça va? questionna Nathaniel.

J'acquiesçai sans ajouter «maître», de peur des oreilles indiscrètes.

Il resserra son étreinte, exerçant une jolie pression sur les lanières.

— Sûre?

Je me plaquai contre lui, traversée par une onde de désir.

— Oui.

— Vous me le direz, si ça vous gêne?

Je hochai la tête.

— Vous vous en sortez très bien.

Il s'éloigna sans me laisser le temps de répondre.

— Je peux t'aider? demanda-t-il à sa tante.

— Non merci, c'est prêt.

Jackson surgit à son tour et accepta le verre que lui offrait Félicia.

— Tu aurais dû jouer avec nous, Elaina, observa-t-il.

Elle fit mine d'ôter une poussière imaginaire sur le T-shirt de son mari.

— Il faut croire que Todd n'a pas appris en fac de médecine que les femmes enceintes ont le droit de faire du sport.

Tout le monde s'exclama en même temps:

— Tu es enceinte?

— Pourquoi ne l'as-tu pas dit plus tôt?

— Depuis combien de temps?

Stoïques, Elaina et Todd affrontèrent ce déluge de questions en souriant.

— Je suis à dix semaines, expliqua Elaina quand elle put placer un mot, une fois le silence rétabli. Nous avons entendu le cœur du bébé battre hier pour la première fois.

Nathaniel glissa un bras autour de ma taille pendant que nous attendions notre tour pour embrasser et féliciter les futurs parents.

— La cabane dans l'arbre serait plus amusante avec des neveux et des nièces, pas vrai? me glissa-t-il à l'oreille.

Je tournai la tête. Nos lèvres se joignirent en un doux baiser.

Une fois rentrés chez nous (j'avais du mal à considérer cette immense demeure comme la mienne), il me demanda de monter à l'étage pour lui préparer un bain. C'était la première fois qu'il m'en donnait l'ordre mais j'aurais dû m'y attendre. Au fond, il avait transpiré et avait bien besoin d'une douche.

Le temps qu'il promène le chien et remonte à l'étage, j'avais fait couler l'eau et posé plusieurs serviettes sur le radiateur. Mue par une impulsion, je m'étais déshabillée et patientai debout, ne sachant si je devais être à genoux au moment où il entrerait dans la salle de bains.

Il jeta un coup d'œil à ma robe étalée par terre.

— Ça va, Abigaïl?

— Oui, Maître.

— Avez-vous besoin d'aller aux toilettes?

Maintenant qu'il en parlait…

— Oui, Maître, s'il vous plaît.

Il détacha rapidement le lien entre mes jambes, sans oublier de titiller au passage mes tétons fièrement dressés à travers les lanières.

Je lâchai un gémissement étouffé sous l'exquise pression de ses pouces.

Il me flanqua une tape sur les fesses avec un petit rire.

— Revenez vite.

La salle de bains était spacieuse. Pendant les week-ends, je la considérais comme la sienne, même s'il m'arrivait de l'utiliser de temps à autre. Le reste du temps, je me douchais dans la salle d'eau attenante à la chambre des soumises.

À mon retour, je le trouvai nu. Incapable de détacher les yeux du magnifique spectacle qu'il offrait, je salivais presque. Il sourit, comme s'il lisait dans mes pensées.

— Plus tard, Abigaïl.

Bien sûr. Pas d'orgasme sans permission.

Quelle plaie!

Il remit la corde à sa place. Rester tranquille alors que, nu comme un ver, il me chatouillait sans vergogne était un véritable défi que je relevai avec brio.

Il resserra le lien sur ma chatte humide.

— Vous vous en sortez à merveille, me félicita-t-il avec une dernière chiquenaude sur mon clitoris.

Je me dandinai d'un pied sur l'autre, savourant la pression, l'exquise torture des cordes à chacun de mes mouvements.

— Merci, Maître.

— Allons-y pour la douche.

J'ouvris le double battant, vérifiai la température de l'eau et m'effaçai pour le laisser entrer. Devais-je le suivre? Comment savoir si je ne risquais pas d'abîmer les cordes sous l'eau?

— Abigaïl? appela-t-il d'une voix rocailleuse.

— Maître?

— J'ai besoin de vous.

Les cordes s'imprimèrent dans ma chair lorsque je pénétrai dans la douche à mon tour. Je m'obligeai à oublier mes sensations pour mieux me concentrer sur lui.

Il s'installa sur l'un des bancs encastrés dans la paroi pendant que je réglais les jets latéraux.

Quelquefois pendant la semaine, nous prenions un bain ou une douche ensemble. Une merveilleuse façon de se réveiller! Le soir, nous buvions souvent un verre de vin, blottis l'un contre l'autre dans l'immense jacuzzi installé dans le parc.

Je me secouai. Pour l'instant, il s'agissait de mon maître, pas de Nathaniel, voyons!

J'attrapai le shampoing et en versai une noisette au creux de ma main. Je massai son cuir chevelu avec douceur, comme il l'aimait.

— Mmm…, lâcha-t-il au bout d'un moment. C'est fabuleux, Abigaïl.

Je frôlai *accidentellement* son épaule de ma poitrine.

— Merci, Maître.

Quand j'eus fini, je passai au reste de son corps en commençant par le haut. J'adorais le savonner, laisser glisser mes mains sur son torse, le frotter, le rincer au jet tandis que, les yeux clos, il s'abandonnait avec délectation. L'eau chaude qui se déversait à partir des parois et du pommeau fixé en hauteur emplissait la cabine d'une épaisse buée.

Il se redressa pour me faciliter la tâche quand je m'aventurai plus bas. Je le savonnai consciencieusement entre les cuisses, évitant de toucher son érection, massant sur toute la longueur une jambe puis l'autre.

Une fois parvenu à ses pieds, je m'agenouillai sur le sol carrelé, calai son pied droit sur mon genou et me penchai pour l'embrasser.

Je sentis ses mains se crisper sur mon crâne.

— Ne vous arrêtez pas.

Je déposai un chapelet de baisers sur le haut et le côté de son pied avant de répéter l'opération sur l'autre. Après quoi, je le reposai par terre et relevai la tête. Ses prunelles assombries de désir me fixaient. Une vague de chaleur m'envahit, qui n'avait rien à voir avec la cabine pleine de vapeur.

— Vous avez oublié quelque chose, dit-il en avançant les hanches.

Je glissai les doigts le long de ses cuisses.

— Absolument pas, Maître. Je garde le meilleur pour la fin.

— Ah?

— Oui, Maître, dis-je, versant un peu de gel douche dans ma paume.

Je le massai en douceur, attrapant ses testicules entre mes mains pour les laver avec soin. Je l'astiquai sur toute la longueur sans négliger un centimètre carré de peau.

Il baissa les paupières et les rouvrit lorsque je retirai mes mains.

— Vous avez fini?

— De vous savonner, oui, Maître. Mais si vous le permettez, j'ai envie d'autre chose.

— Ah, et de quoi?

— Puis-je vous montrer?

— Non, je préfère l'entendre.

Il voulait l'entendre? Aucun problème.

— Je veux vous prendre dans ma bouche, Maître, dis-je, le feu aux joues, comme toujours lorsque j'employais des mots crus.

Sauf que là, je m'en fichais.

Il garda le silence. J'écoutais l'eau ruisseler, guettant sa réponse et me promettant de ne pas me vexer s'il refusait.

— Je crois que ça me plairait beaucoup.

Mon cœur s'emballa, mais je me gardai de bouger. Il ne m'avait pas encore donné le feu vert. En tout cas, ce ne serait pas simplement pour me faire plaisir qu'il se livrerait à moi. Pas pendant le week-end.

— Allez-y, Abigaïl.

— Merci, Maître.

J'entrepris de le lécher en faisant tournoyer ma langue sur son gland, puis je le gobai entièrement. Il était dur comme l'acier, épais et long à la fois. Il avait le goût du savon. Il me fallut une bonne minute pour m'habituer à la sensation.

Il agrippa mes cheveux en oscillant sans me brusquer, le temps que je trouve la bonne cadence.

Du moment que j'avais pris l'initiative de le servir, il me laissa agir à ma façon. Les doigts enfouis dans mes cheveux, il balança le bassin à ma rencontre au rythme de ma bouche. Mes mouvements provoquaient dans mes entrailles tout un éventail de sensations intenses à chaque tension des cordes. Quand allait-il enfin me permettre de jouir?

— Bon sang, grogna-t-il si bas que j'eus peine à l'entendre à cause du bruit de l'eau.

Stimulée, j'accélérai. Je laissai courir mes doigts partout sur son corps. C'était difficile à cause de sa peau ruisselante, mais je m'appliquai de plus belle. Je lui pétris les fesses à deux mains, égarant un doigt inquisiteur entre les deux globes musclés.

Il se colla contre ma paume en frétillant.

Intéressant. À explorer.

— Oh bon sang, répéta-t-il avec une violente poussée dans ma bouche. J'enfonçai les ongles dans l'arrière de ses cuisses et me détendis quand je sentis son sperme chaud envahir ma bouche, peu après.

Il se redressa, l'air d'un gros chat repu.

— Merci.

— Tout le plaisir est pour moi, Maître.

La lueur que je surpris dans ses yeux m'indiqua qu'il me réservait une jolie récompense pour mes services. Je brûlais de découvrir ce qui m'attendait.

Le dimanche, il me conduisit à la salle de jeux, où il me ligota avec un écheveau de cordes compliqué, après avoir préparé différentes sortes de martinets. Il commença par la fourrure de lapin et poursuivit crescendo jusqu'au fouet en cuir, provoquant en moi une multitude de sensations délicieuses.

À la fin, dévorée de désir, je me dis qu'il n'aurait qu'à me regarder pour m'envoyer au septième ciel. Je pensais qu'il me baiserait sur place, mais non. Une fois que j'eus retrouvé mes esprits, il me soutint, me prit par la main et m'entraîna dans la chambre.

En entrant, je remarquai que la pièce était éclairée à la bougie. Il y en avait dans tous les coins, au-dessus de l'armoire, sur les tables de nuit, partout... Des accords de piano s'élevaient mélodieusement dans l'espace.

— Sur le dos, au milieu du lit, commanda-t-il.

Le frottement des cordes sur ma peau m'était désormais familier, mais mon excitation grandit tandis que j'essayais d'imaginer ce qu'il avait en tête. Quand je fus en position, il me rejoignit et m'enfourcha. Il commença par ma poitrine, retirant les cordes avec la même lenteur qu'il les avait attachées. Peut-être davantage encore. Lorsque la première tomba, il dessina du doigt les sillons imprimés dans ma peau, exactement comme il l'avait prévu, des semaines plus tôt.

— Les marques sont profondes. Vous les sentez?

Évidemment, que je les sentais. Ma peau était à vif, hyper-sensible là où elles avaient frotté depuis la veille. Un peu comme lorsque l'on retirait un pansement. L'épiderme apparaissait plus élastique, plus tendre. Je tremblais de plaisir pendant qu'il effleurait les empreintes que je ne pouvais qu'imaginer.

Il détacha encore une ou deux cordes, puis ses lèvres rejoignirent ses doigts, explorant chaque parcelle de ma peau. Les yeux clos, je m'abandonnai aux sensations voluptueuses qu'il éveillait en moi. Son haleine tiède sur mes tétons. Ses baisers doux et sucrés sur ma chair à vif. Ses mains lénifiantes sur mes fesses, échauffées par la brûlure du martinet. Il s'activa sur les cordes enroulées à ma taille.

— Jouissez quand vous voulez.

La ficelle qui m'enserrait l'entrejambe se dénoua, remplacée par ses caresses. Je devinais ce qu'il était en train de faire : il me faisait l'amour en tant que mon maître. Avec ses deux visages.

Nathaniel, mon amour. Mon amant si tendre et attentionné, qui vénérait ma chair après avoir capturé mon cœur.

Mon maître, mon amant. Mon dominant, qui me soumettait d'un seul de ses regards impérieux, contrôlait mon corps, tenait mon âme entre ses mains.

En une fraction de seconde, les multiples facettes de sa personnalité avaient fusionné. J'ouvris les yeux et surpris son regard levé sur moi.

— Oui, susurrai-je.

Il tourna la tête pour planter un baiser à l'intérieur de mes cuisses.

— Oui?

— Oui. Les deux à la fois. Maintenant. Comme ça.

Des paroles sibyllines qui sortaient je ne savais d'où. Qu'il ait compris ou pas, il n'en poursuivit pas moins sa besogne, ôtant les cordes les unes après les autres. L'impression était indescriptible. À croire que c'était moi qu'il défaisait.

Je soupirai bruyamment lorsque le dernier lien se détacha. C'était comme si je venais de renaître dans ma propre peau. Le moindre contact, le souffle le plus léger étaient totalement inédits. J'avais des frissons partout. Je me perdis dans la flamme vacillante des bougies qui dansaient sur le mur. Après quoi, je fermai les yeux pour mieux m'abandonner à la volupté de l'instant, tandis que la musique m'emportait très loin.

Il rit.

— Vous n'allez pas vous endormir, hein?

— Non, Maître. C'est pour mieux éprouver les sensations.

Il remonta le long de mon corps jusqu'à ma poitrine. Sa langue encercla un sein et je sentis son souffle chaud chatouiller ma petite perle dure.

— C'est exactement ce que je veux, moi aussi.

Il happa la pointe de mon sein dans sa bouche, le tétant, le lapant, le croquant délicatement avant de faire subir le même traitement à son jumeau.

Il frotta son érection contre mon ventre.

— Vous sentez?

Je glissai mes doigts entre nous et l'empoignai.

— Oui, Maître.

Il se poussa contre ma main.

— Vous en avez envie?

Je le comprimai plus fort.

— Oui, Maître.

— Montrez-moi de quelle façon.

J'enroulai les jambes autour de lui et basculai les hanches pour l'attirer plus près. J'avais l'impression que mon corps s'étirait à l'infini tandis qu'il m'emplissait.

Il passa un bras sous mon genou et releva ma jambe pour mieux me harponner.

Je criai quand il buta sur mon point sensible.

— Comme ça? demanda-t-il avec une brusque poussée des hanches.

— Oui, Maître.

Je geignis.

— Encore. S'il vous plaît. Encore…

Il répondit par un nouveau coup de reins qui me percuta au même endroit. Son autre main glissa jusqu'à mes fesses pour me plaquer contre lui. Je soupirai de plaisir lorsqu'il effleura les marques écarlates qu'y avait laissées la morsure du fouet.

— Vous sentez?

Absolument tout : il me possédait, me contrôlait, me protégeait, il m'aimait. Je le sentais lui, tout entier

Je lâchai un gémissement en guise de réponse.

— Je vous aime, dit-il avec un nouveau coup de butoir. Je vous aime, Abigaïl.

Il ne me l'avait dit qu'une fois, un week-end, alors que j'avais pris l'initiative. Et le jour où je lui avais déclaré ma flamme au téléphone. Pour l'heure, non seulement il faisait l'amour à Abigaïl, sa soumise, mais il me prouvait par tout son corps, ses paroles et ses actes qu'il avait réussi à dominer l'angoisse de ne pouvoir être à la fois mon amant et mon dominant.

Brusquement, je pris conscience que j'avais partagé la même crainte – qu'il découvre n'avoir aucune envie de ces deux facettes. Et alors qu'il était tout au fond de moi, je plaquai les mains sur son échine avec la certitude qu'il aurait toujours besoin des deux facettes de sa personne. Tout comme j'avais besoin des deux facettes de la mienne. De même que chacun avait besoin de l'ambivalence de l'autre.

Il s'enfonça plus loin et je soulevai les hanches pour mieux l'accueillir.

Nos corps s'épanchèrent, exprimant ce que les mots ne savaient pas dire. À deux doigts de l'orgasme, je nouai les jambes autour de sa taille tandis que la première vague montait.

Cela enflait lentement. Il glissa la main entre nous et appuya légèrement sur mon clitoris. Je jouis avec un petit cri de gorge, le corps secoué de spasmes. Il resta immobile, profondément ancré en moi, tandis que son propre orgasme le rattrapait. J'avais toujours les jambes arrimées autour ses hanches pour garder la connexion entre nous le plus longtemps possible.

Il me fit rouler sur le lit et je me retrouvai à califourchon au-dessus de lui, dans l'étau de ses bras. Je relevai la tête et déposai une myriade de petits baisers le long de sa mâchoire.

— Maître? fis-je pour m'assurer qu'il m'écoutait.

— Mmm...?

— Je vous aime.

Il m'étreignit plus fort.

— Je vous aime.

28
Abby

Le départ pour la Floride eut lieu fin septembre. Inutile de dire que ma conception des vacances idéales n'était pas de me retrouver au milieu d'une meute d'enfants braillards, de parents exténués et de corps en sueur. Celui de Nathaniel mis à part, bien entendu.

L'hôtel ressemblait à un gigantesque manoir victorien joliment décoré. Il était très agréable, exception faite des allées et venues incessantes dans le hall bondé. Nathaniel avait réservé une suite dans les étages supérieurs, heureusement plus tranquilles.

Je portais le collier à notre arrivée, le vendredi soir. Moi qui croyais que le séjour ressemblerait au voyage à Tampa pour le Super Bowl, je me trompais.

— Je vous veux dans mon lit ce week-end, Abigaïl, m'avait-il notifié.

Je n'allais pas dire non.

Il ne devait intervenir à la conférence que le dimanche soir. D'ici là, nous avions tout notre temps.

Le samedi, nous avions joué les touristes. La joie puérile de Nathaniel faisait plaisir à voir, surtout si l'on songeait à ce qu'il avait dû endurer dans son enfance, à la mort de ses parents. Nous avions renoncé après une demi-journée de bain de foule et de coups de coude. Sans doute du fait que nous étions des gens plutôt posés, veillant jalousement sur notre intimité. C'était aussi bien, étant donné ce qu'il avait prévu pour le dimanche matin. Je ne sais pas comment je m'étais débrouillée pour ne pas remarquer qu'une des valises était remplie, entre autres choses, d'une barre d'écartement, d'une palette et de plusieurs martinets.

Le lundi, je passai la matinée au spa de l'hôtel, un petit cadeau de Nathaniel en remerciement de mes loyaux services de la veille. Je m'attardai au bord de la piscine pour lire un magazine et regarder les enfants s'éclabousser dans la pataugeoire.

L'arrivée de Nathaniel vêtu de son costume-cravate fit sensation. Bien sûr, il était venu en Floride pour participer à une conférence, mais il était le seul à être vêtu ainsi au bord de la piscine.

Et puis, il était si beau… Toutes les femmes présentes se redressèrent dans un bel ensemble et se mirent à jacasser avec entrain dès qu'elles l'aperçurent. Mue par une impulsion subite, je me dissimulai derrière mon magazine pour l'observer à mon aise.

Il promena ses regards autour de lui. Apparemment, il me cherchait. Je feignis de m'absorber dans ma lecture quand je le vis tourner les yeux dans ma direction.

Les voix des femmes assises non loin de moi baissèrent d'un cran, signe qu'il avait fini par me repérer. Je tendis l'oreille pour surprendre des bribes de conversation.

— Ah, tu es là, dit-il en s'installant sur la chaise longue la plus proche.

Je posai le magazine à plat sur mon ventre et le gratifiai d'un sourire radieux.

— Alors, ça s'est bien passé? Raconte?

— Comme prévu. Du bla bla bla. Assommant, quoi.

— Pas de dîner ni de cocktails en prévision ce soir?

— Non, juste toi et moi.

La veille, nous avions assisté à une réception. Devoir sourire pendant des heures à de parfaits inconnus m'avait littéralement épuisée.

— Dieu merci, marmottai-je entre mes dents.

— La soirée commencera dès que j'aurai enlevé mon costume.

Je n'avais pas oublié le conseil d'Elaina lors de notre dernière rencontre, le mois précédent: ne pas hésiter à le dépouiller de ses vêtements encombrants à la première occasion. Or notre suite disposait d'un jacuzzi, justement…

— Si tu as besoin d'aide, n'hésite pas, dis-je avec malice. On se commande une bouteille de vin?

Il se leva.

— Brillante idée.

Je récupérai mes affaires et me drapai dans mon paréo, ignorant les regards venimeux des autres femmes tandis qu'il m'entraînait vers l'hôtel, un bras autour de ma taille.

Le mardi suivant, il vint me retrouver en fin d'après-midi, au moment où je m'apprêtais à me plonger dans un nouveau roman.

— Prépare quelques affaires, on passe la nuit ailleurs. J'ai une surprise pour toi.

Je désignai les bagages au pied de la penderie.

— La nuit ailleurs? Mais c'est ce qu'on est déjà en train de faire, non?

Ses yeux brillaient d'excitation.

— Appelle ça une escapade, si tu préfères.

— D'accord, dis-je, intriguée et excitée par ses airs de conspirateur. Je prends quoi?

Il entreprit de dénouer sa cravate et je m'approchai pour l'aider.

— Primo, tu mettras la robe d'Elaina et…

J'interrompis mon geste.

— Une robe de soirée? On va où?

Un sourire releva les coins de sa bouche.

— Ce ne sera plus une surprise si je te le dis.

Je levai les yeux au ciel mais il fit semblant de ne rien remarquer.

— Va pour la robe. Et quoi d'autre?

— Une tenue décontractée pour demain.

Je plissai le front comme pour deviner ses pensées. Il était libre le mercredi, je le savais.

Que mijotait-il?

— Et un maillot de bain. Sans oublier une bonne douzaine de produits de beauté, acheva-t-il en désignant la salle de bains du geste.

J'éclatai de rire.

— Tu exagères. J'ai juste un nettoyant pour le visage, une lotion tonique et un tube de…

— C'est bien ce que je disais.

— Pfft… tu es impossible.

Il ne se départit pas de son sourire.

— Impossible? Moi? Jamais.

Je préférai ne pas relever.

— Je dispose de combien de temps pour me préparer?

Il me planta un baiser sur la joue.

— Deux heures.

Deux heures plus tard donc, j'étais fin prête. Je me sentais un peu ridicule dans la robe de soirée qu'Elaina m'avait offerte pour mon anniversaire. Entre parenthèses, je ne comprenais toujours pas pourquoi. Sans doute avait-elle pensé que j'en aurais l'usage pour accompagner Nathaniel dans les nombreux galas auxquels il était tenu d'assister.

Elle était ravissante : en mousseline de soie, ceinturée à la taille et avec un dos nu plongeant d'une incroyable nuance gris ardoise. En bonne professionnelle, Elaina savait qu'elle m'irait à merveille.

Quoi qu'il en soit, je ne me voyais pas circuler dans un hôtel familial en robe de soirée, un sac de voyage à la main.

Je me regardai dans le miroir du salon pour m'assurer que mon rouge à lèvres ne débordait pas. Ça la ficherait mal, avec ma tenue ultra-sophistiquée.

Je décochai un sourire satisfait à mon reflet. Pas mal. Même avec un gros sac.

Nathaniel sortit de la salle de bain sur ces entrefaites.

J'avais beau l'avoir déjà vu en smoking, j'en eus le souffle coupé…

Je le toisai de la tête aux pieds.

— Salut, beau gosse.

Il m'embrassa sur le front.

— Salut, ma belle. Tu es trop sublime pour que je te touche.

Dire que c'était le même homme qui emportait une barre d'écartement et une palette dans ses bagages !

Je lui tapotai le torse.

— Ne dis pas de bêtises.

Il bondit, les traits crispés d'horreur, mais il s'était rasséréné avant que je comprenne ce qui lui arrivait.

— Ça va?

— Oui. Je croyais avoir oublié un truc.

— Et alors?

— Alors quoi?

— Tu l'as oublié?

— Non.

J'attrapai mon sac.

— On y va?

Il consulta sa montre et leva un doigt en l'air.

— Pas encore. On attend...

On frappa à la porte.

— Ça, acheva-t-il.

Ça?

— Le garçon d'étage qui vient chercher les bagages.

Bien sûr. Comment avais-je pu croire que Nathaniel me laisserait porter quoi que ce soit dans ma tenue de princesse de conte de fées?

Il ouvrit, remit les sacs à l'homme qui patientait sur le seuil et me tendit la main.

— Tu viens?

Nous devions traverser une enfilade de couloirs pour gagner la sortie. Les têtes se tournaient sur notre passage. Du coin de l'œil, je surpris une femme qui nous photographiait avec son portable. Je réprimai un fou rire avant de me rappeler que mon nom avait figuré dans *People Magazine*. Ma photo aussi d'ailleurs, en tant que demoiselle d'honneur de Félicia. Quand même, ce n'était pas une raison pour me tirer le portrait.

Je me souvins d'avoir tapé le nom de Nathaniel sur Google après m'être présentée à son bureau la première fois. J'avais trouvé un cliché de lui en compagnie de Mélanie. Je me demandai si l'image apparaissait encore sur Google, ou si elle avait été remplacée par une autre où je figurais. Je me promis de vérifier à la première occasion.

Tandis que nous nous frayions un chemin dans le hall, il se produisit quelque chose d'imprévu.

Je me surpris à redresser les épaules et la tête. Je venais de comprendre que je n'étais pas simplement la petite amie de Nathaniel, sa soumise, sa compagne.

J'étais son égale.

Sur tous les plans.

Dans sa chambre et à l'extérieur. Dans la salle de jeux et au-dehors. Dans le monde des affaires et dans la réalité.

Il ne m'était ni supérieur ni inférieur. Et moi non plus.

Plongée dans mes pensées, je ne m'aperçus pas que nous étions arrivés sur le quai.

— Nous prenons un bateau? demandai-je, interloquée.

— Plutôt un yacht.

Un navire de belles proportions nous attendait. Il aurait été plus à sa place sur le papier glacé d'un magazine plutôt que dans un port de Floride, à mon avis. Mais bon, je n'allais pas m'en plaindre.

— Je ne suis jamais montée sur un yacht.

— Vraiment?

— La pêche ne m'a jamais vraiment attirée.

— Et tu n'as jamais voulu aller en mer?

— Ce n'est pas ça : j'avais envie de monter en bateau, mais pas sur une simple barque de pêcheur.

Il désigna l'homme en uniforme qui s'avançait vers nous.

— Il pourrait se vexer s'il t'entendait traiter son yacht de coquille de noix.

Le capitaine nous accueillit chaleureusement et nous laissa explorer les lieux à notre guise. Notre cabine comportait une chambre, un salon et une luxueuse salle de bains. Je notai que nos sacs étaient déjà rangés dans la penderie.

La nuit tombait lorsque nous remontâmes sur le pont. Je promenai un regard circulaire. Le bateau s'était éloigné du quai pour se diriger vers le milieu du lac.

J'observai l'eau quelques minutes, savourant la brise rafraîchissante. Le yacht s'immobilisa à bonne distance de l'embarcadère.

Nathaniel se matérialisa à mes côtés et m'entraîna par la main.

— Le dîner est prêt.

Je me retournai. Une table éclairée aux chandelles, recouverte d'une jolie nappe de lin blanc et de porcelaine fine, était dressée sur le pont.

— Que c'est beau!

Il sourit.

— Assieds-toi. J'ai commandé ce que tu préfères.

Il m'avança une chaise, s'installa en vis-à-vis et nous servit du vin rouge. J'acceptai le verre qu'il me tendait et le portai à mes lèvres. Tout était parfait. Avec la voûte étoilée scintillant au-dessus de nos têtes pour parachever le tableau.

Un serveur apparut et posa un bol de potage devant nous. Je savourai quelques gorgées de ce mets délectable.

— Un jour, c'est moi qui te surprendrai, dis-je.

— Ah oui?

— Pour commencer, je te banderai les yeux.

— Ça s'annonce bien.

J'avalai une autre gorgée. Un velouté de courge butternut. Une saveur boisée et sucrée à la fois.

— Je t'installerai dans la voiture et je prendrai le volant.

— Pour m'emmener où ?

— Là où tu ne t'y attendras pas.

Du regard, il me supplia de continuer.

— Au supermarché.

Il reposa sa cuillère, l'air surpris.

— Au supermarché ?

— Oui. Je t'entraînerai dans les rayons pour te montrer comment choisir le lait et le beurre.

— Une virée au supermarché ? Tu appelles ça une surprise ?

J'indiquai la table d'un geste.

— Parce que je ne pourrai jamais t'offrir ce genre de choses. C'est vraiment magnifique. Merci.

— Tu me remercies alors que nous en sommes à peine à l'entrée ?

— Être là avec toi me suffit. Tu as pensé à tout, dans les moindres détails. C'est vraiment parfait. Merci encore.

Il me fixa, les yeux brillants d'excitation.

— J'ai vécu la plus grande partie de ma vie seul. J'ai adoré organiser cela pour toi. Et puis… te voir si belle dans la clarté de la lune, avec ces bougies qui illuminent ton visage. Et cette robe. C'est magique.

Il n'avait négligé aucun détail. Le plat de résistance était de l'agneau braisé sur un lit d'asperges rôties, suivi d'un plateau de fromages. Tout ce que j'aimais.

Je posai ma serviette sur mon assiette vide.

— C'était délicieux. Je ne peux plus rien avaler.

— Ce sera tout pour le moment, merci, dit Nathaniel au serveur venu débarrasser la table.

Je me demandais quelle serait la suite du programme.

Une douce mélodie avait accompagné notre repas. Peu après le départ du serveur, la musique changea, remplacée par les accords familiers du piano.

Nathaniel se leva, il vint se planter devant moi et m'offrit son bras.

— Tu veux danser?

Je lui pris la main et me levai.

— Bien sûr.

Nous évoluions sur le pont, étroitement enlacés. Je m'abandonnai à la chaleur de ses mains sur mes épaules et poussai un soupir, envahie par un flot de souvenirs.

— Alors, heureuse?

— Très. Ça me rappelle…

— Quoi donc?

Je m'écartai légèrement.

— Notre première danse au gala de Linda. Tu te souviens?

— Bien sûr. C'est toi qui m'as donné l'envie de danser. Comment pourrais-je l'oublier?

Je me mordis les lèvres.

— Je crois que… j'ai compris ce soir-là que je pourrais t'aimer.

— Ah?

Nous tournoyions langoureusement au rythme sensuel de la musique. Le serveur était invisible. On aurait dit que nous étions seuls au monde.

— J'ai paniqué. Je ne savais pas trop où j'en étais, mais ce n'était pas vraiment important. J'étais en train de tomber amoureuse et c'est tout ce qui comptait. Et toi, à quoi pensais-tu ce soir-là?

Son regard se perdit dans le vague.

— J'étais dans le déni total. Je ne voulais pas m'avouer combien je tenais à toi.

À la réflexion, ce n'était guère surprenant.

Il glissa une main autour de ma taille.

— En revanche, le soir de notre deuxième danse…

— Aux fiançailles de Jackson et Félicia ?

Il acquiesça de la tête.

— Ce soir-là, j'ai compris la place que tu avais prise dans ma vie et à quel point je t'aimais. Et alors c'est moi qui ai paniqué. Je craignais que tu ne veuilles plus jamais me revoir.

La soirée était trop idyllique pour ressasser le passé. Nous en avions parlé assez souvent. Pour changer, je voulais aborder le présent et l'avenir.

— Mais à notre troisième danse, poursuivis-je, à leur mariage…

— Celle-là était presque parfaite.

— Pas autant que celle-ci.

Il s'immobilisa et me serra plus fort contre lui. Je plongeai mon regard dans le sien. Nathaniel… J'eus un pincement au cœur, submergée d'amour. Si seulement je pouvais mettre cette nuit en bouteille et la respirer quand les choses deviendraient trop compliquées…

Il avala péniblement sa salive.

— Abby…

Oh non, qu'est-ce qui n'allait pas ?

— Oui ?

— J'ai pensé à ce que je vais te dire un nombre incalculable de fois. Tout compte fait, je pense que l'approche directe est la meilleure.

Mais de quoi parlait-il ?

Il s'écarta, tira un objet de sa poche et mit un genou à terre.

Je portai ma main à mes lèvres.

Il ouvrit une petite boîte renfermant un splendide solitaire.

— Abby King, dit-il avec un regard d'adoration. Je t'aime. Veux-tu m'épouser?

Quand il répéta mon nom pour la troisième fois, je m'aperçus que j'étais figée sur place, les mains toujours sur la bouche.

Je n'avais pas répondu?

— Oui, dis-je au petit bonheur, apaisée par l'expression de joie, de soulagement et d'allégresse qui se peignait sur son visage.

— Oui?

La bague devint floue.

— Oui, trois fois oui.

Il se releva.

— Tu pleures?

Je m'essuyai les yeux d'un revers de main.

— Désolée. C'est juste que toi... Là... Et ça..., ajoutai-je en désignant la bague.

Il la sortit de son écrin. Elle était sertie d'une rangée de petits diamants. Quant à la pierre, elle devait approcher les trois carats au bas mot.

Il s'empara de ma main gauche et embrassa mon annulaire avant d'y glisser l'anneau.

Je levai le bras pour admirer la bague à la lumière. L'éclat de la lune se réfléchissait sur la pierre sans défaut. On aurait dit que ma main était à la fois lourde et légère.

— Elle me va parfaitement.

— J'ai triché. Félicia m'a aidé pour la taille.

Je ris en comprenant qu'il avait planifié cette soirée de longue date.

— Et Elaina?

— La robe, c'était son idée.

— Elle était au courant pour ce soir?

Il leva encore une fois ma main gauche.

— Oui. J'ai tellement hâte, si tu savais…

— Moi aussi, dis-je, comprenant l'allusion.

Nous serions mari et femme avant la fin de l'année.

Il me plaqua contre lui, déposant une ligne de baisers le long de ma pommette. Je glissai les doigts dans ses cheveux et levai la tête pour capturer ses lèvres. Ce contact me parut familier et en même temps inédit. J'entrouvris la bouche et le goûtai, attrapant ses mains pour l'attirer plus près. Dire que cet homme, ses caresses, seraient à moi pour toujours.

Et que je serais à lui pour toujours.

Il planta un baiser au creux de ma paume, ses lèvres frôlant encore mon annulaire.

— Abby West. Ça sonne bien.

— Abigaïl West, dis-je, me délectant de la nouveauté de ces deux mots sur ma langue.

Il approuva avec un sourire ravi.

— Pas mal non plus.

Six ans plus tard

Vendredi soir. La maison est silencieuse. Apollon est couché à sa place favorite à l'étage, dans le couloir entre les deux chambres closes. Il soupire et pose la tête entre ses pattes de devant, certain qu'il va bientôt voir le bébé. Bientôt peut-être pourront-ils aller jouer tous ensemble à l'ombre de la cabane, au sommet du grand chêne.

Henry a huit semaines. Sa sœur, Elizabeth, aura trois ans le mois prochain.

La porte de la chambre s'ouvre. Abby apparaît, en soutien-gorge. Elle s'avance d'un pas léger. Elle est restée svelte, même si son corps a changé. Ses nuits ont beau être agitées, elle n'a pas l'air le moins du monde fatiguée.

Elle a été promue directrice de la bibliothèque, il y a trois ans. Entre-temps, elle a démarré une campagne d'alphabétisation, développé le programme de soutien aux lycéens et créé un camp d'été destiné aux écoliers et aux collégiens.

Elle adore ces nouvelles fonctions, mais elle s'apprête à donner sa démission pour rester à la maison avec les enfants.

Cette nuit, elle a tout autre chose en tête. Elle s'immobilise devant les deux portes fermées, s'assurant qu'il ne s'en échappe aucun bruit, avant de faire demi-tour pour gagner la salle de jeux. Elle est à la fois excitée et hésitante : c'est la première fois depuis bien longtemps qu'elle y retourne.

Elle sait qu'il sera doux avec elle ce soir, comme il l'a été la première fois après la naissance d'Elizabeth. Elle ne s'en soucie guère, cependant. Après des années de vie commune, d'amour, de disputes et de réconciliations, elle se réjouit à l'idée que, dans la salle de jeux, il est son maître.

Elle n'en désire pas plus.

Quelques instants après, la porte de la chambre s'ouvre de nouveau. Nathaniel en sort et emprunte le couloir. Il porte un jean noir, comme toujours lorsqu'il se rend dans la salle de jeux. Il se repasse le programme de la nuit, s'efforçant d'anticiper les réactions d'Abby. Elle sait qu'il ne la poussera pas trop loin, ce soir. Ils doivent se réacclimater l'un à l'autre.

Il fait halte devant la porte des enfants et les imagine endormis. Elizabeth, si pleine de vie, avec son regard inquisiteur et son esprit curieux, comme sa mère. Et Henry, qui révèle déjà une personnalité tranquille, contemplative.

Il considère son alliance, celle qui appartenait à son père. Il sourit avant de pénétrer dans la salle de jeux où l'attend sa femme, sa soumise, son amante, la mère de ses enfants, sa meilleure amie. Cette nuit, il va de nouveau dominer son corps et son esprit, passant de l'un à l'autre comme elle l'aime, de la seule manière possible.

Quand ils auront terminé, il la portera dans leur chambre où il l'adorera par le geste et la parole, l'enveloppant dans la sécurité et la tendresse de son amour.

Remerciements de l'auteur

Je voudrais d'abord exprimer ma profonde reconnaissance à mon mari, M. Sue Me. Je pense que ce n'était pas exactement ce à quoi il s'attendait en m'épousant, il y a dix-sept ans (nous avions cinq ans, au cas où vous vous perdriez en conjectures). Je sais que l'existence n'a pas toujours été un long fleuve tranquille, mais tu as toujours été à mes côtés contre vents et marées. En tout cas, tu n'as pas pris la fuite quand je t'ai annoncé mon projet d'écrire…

Mille baisers, énormes câlins et tout mon amour à mes deux enfants chéris. J'espère de tout cœur que vous ne serez pas traumatisés à vie à cause des plats préparés, des assiettes en carton et des « Oui, maman corrige les épreuves, Oui, encore… »

Ma gratitude à Danielle et Cindy (l'idée du bandeau était géniale, Danielle !) Sans vous, ce livre n'aurait sans doute pas abouti.

Une pensée particulière à toi, Ccchellesss, pour les enveloppes.

Et à vous deux, Amy et Gereurd, qui m'ont consacré leur temps.

Je voudrais aussi remercier collectivement toute l'équipe de Penguin pour leur aide précieuse et leur soutien sans faille. Vous avez été sensationnels.

Jhanteigh, je n'oublierai jamais le jour où j'ai reçu ton e-mail. J'étais en voiture. Je me suis arrêtée sur le premier parking pour le lire. Accepte ma reconnaissance éternelle pour avoir cru en moi ! (À ce propos, je ne pourrais plus jamais voir un Burger King sans sourire aux anges.)

Claire, tu es mon pilier dans ce monde de dingues. Merci pour ta patience, tes conseils avisés et tes encouragements.

Même si ma mémoire défaillante m'empêche de me rappeler le nom de chacun, je veux dire ici mes plus sincères remerciements à ceux qui, sans exception, m'ont aidée d'une manière ou d'une autre. Sachez que tout ce que je fais porte votre empreinte.

Sans oublier Mme K. Je n'ai pas de mots pour te manifester ma gratitude. Merci pour ton amitié indéfectible. J'ai une grande chance de t'avoir. Entre nous deux, c'est pour la vie.

Dans la collection

Red Velvet

SARA FAWKES

tout CE QU'IL VOUDRA
l'intégrale

Le premier volume de la série érotique de Sara Fawkes.

Le poste d'intérimaire de Lucy dans une grande entreprise new-yorkaise n'est pas le job de ses rêves, mais il lui permet de payer ses factures. Le point culminant de sa journée ? Prendre l'ascenseur le matin en compagnie d'un bel inconnu.

Sa vie bascule quand elle se laisse séduire par l'étranger, cédant sans aucune résistance à un homme dont elle ne connaît même pas le nom. Lucy découvrira très vite que cet homme n'est autre que Jeremiah Hamilton, le PDG milliardaire de la compagnie pour laquelle elle travaille, qui lui propose alors un contrat très particulier : devenir son assistante personnelle et se soumettre à tout ce qu'il voudra... Mais la vie du milliardaire est semée d'embûches, et certains de ses secrets sont dangereux. Lucy va se trouver prise dans un piège qui pourrait se révéler mortel...

SARA FAWKES

tout CE QU'IL VOUDRA

naufragée

l'intégrale

La suite et fin de la série érotique

Tout ce qu'il voudra

L'existence morose de Lucy Delacourt a basculé depuis qu'elle a rencontré le milliardaire Jeremiah Hamilton. Durant les quelques semaines de sa liaison sulfureuse avec cet homme énigmatique, la jeune femme a frôlé la mort plusieurs fois. Rejetée par Jeremiah, elle a rejoint Lucas, le frère de Jeremiah, un trafiquant d'armes qui a besoin de la jeune femme pour mener à bien ses projets. C'est sans compter sur la détermination de Jeremiah, qui parvient à retrouver Lucy. Très vite, le trio doit faire face à des menaces qui dépassent les rivalités entre les frères Hamilton.

Déchirée entre les deux hommes qu'elle aime, Lucy est devenue elle aussi une cible, victime de la vengeance que les Hamilton subissent. Comment pourra-t-elle, alors que tout contrôle sur sa vie lui échappe, faire le terrible choix qui décidera de la vie ou de la mort de Lucas et de Jeremiah ?

KATHRYN TAYLOR

les couleurs *du* plaisir
libérée

Grace est une jeune femme sans histoires. Elle ne s'est jusqu'à présent jamais vraiment intéressée aux hommes. Sa rencontre avec le charismatique Jonathan Huntington, pendant un stage à Londres, la sort de son sommeil de Belle au bois dormant. Jonathan est riche et incroyablement séduisant, sans oublier qu'il est vicomte. Il n'a cependant rien d'un prince de conte de fées... Plus il entraîne Grace dans les profondeurs de son monde de sombres désirs, plus la jeune femme se perd dans un tourbillon de plaisirs. Mais le jour où Jonathan exige d'elle une preuve d'amour quasiment impossible à satisfaire, elle doit reconnaître à quel point ses sentiments pour lui la mettent en danger.

KATHRYN TAYLOR

les couleurs *du* plaisir
dévoilée

Grace est tombée sous son emprise, corps et âme... Même si elle sait pertinemment à quel point ses sentiments pour Jonathan Huntington sont dangereux, chaque jour passé en sa compagnie ne fait qu'accroître son amour pour lui.

Mais est-il vraiment aussi insensible qu'il en a l'air ? Ou Jonathan ne voit-il, en effet, rien d'autre en elle que ce jouet obéissant ? Et lorsque Grace veut l'obliger à reconnaître ses sentiments, elle déclenche une catastrophe.

LAUREN JAMESON

prête à succomber

La série érotique en six épisodes de Lauren Jameson réunie en un seul volume.

Après avoir découvert que son petit ami la trompait, Devon décide de se consoler en partant quelques jours dans une petite ville de Californie. Elle y rencontre un homme, Zach, dont le seul regard lui donne le vertige. La sage jeune femme laisse alors s'exprimer sa sensualité, surtout lorsque Zach la persuade de renoncer à tout contrôle.

Lorsque Devon se présente à Phyrefly Aviation, où elle a décroché un poste, elle découvre que son PDG, Zacharie Saint-Brenton, n'est autre que son mystérieux séducteur, dont le magnétisme l'empêche de rester strictement professionnelle...

Devon ne pourra résister aux délices que lui propose Zach. Elle le laisse mener la danse, jusqu'à découvrir des pulsions qu'elle ne se connaissait pas et un univers de plaisirs qu'elle n'avait jamais imaginés.

LAUREN JAMESON

BLUSH

Un roman torride par l'auteur de la série best-seller Prête à succomber.

Maddy est une jeune femme au passé marqué de tragiques évènements qui l'ont conduite à couper les ponts avec sa famille et ses amis. Alors qu'elle tente de se construire une nouvelle vie, elle fait la connaissance d'Alex, un brillant homme d'affaires au caractère sombre et dominateur.

Malgré ses tentatives pour écarter Alex de ses pensées, la jeune femme ne pourra résister à l'attirance qu'il exerce sur elle, et acceptera une offre qui les plongera dans une liaison intense et tumultueuse. Mais derrière chacune des rencontres torrides des deux amants se cachent de terribles secrets qui pourraient les détruire.

MARABOUT
s'engage pour l'environnement
en réduisant l'empreinte carbone
de ses livres.
Celle de cet exemplaire est de :
250 g éq. CO_2
Rendez-vous sur
www.marabout-durable.fr

PAPIER À BASE DE
FIBRES RECYCLÉES

Imprimé en Allemagne par GGP MEDIA GMBH en mai 2014
Dépôt légal : juin 2014
ISBN : 978-2-501-09263-0
4143970 / 01